难追

顶princ皓 & 周东琪 著

国际文化出版公司
· 北京 ·

我也真的不知道我们的未来会变成什么样。

可是至少此时此刻……我知道我想一直留在你身旁。

又像逑

第 1 章　001

第 2 章　012

第 3 章　028

第 4 章　042

第 5 章　053

第 6 章　067

第 7 章　081

第 8 章　101

第 9 章　120

第 10 章　136

CONTENTS 目录

第11章 151

第12章 167

第13章 187

第14章 207

第15章 222

第16章 237

第17章 253

第18章 272

第19章 286

第20章 296

『明天见。』她与他道别。

『明天见。』他一如往常地回应着她。

第1章

　　A市的8月又热又闷，狗和知了都懒得叫，只有人最勤快，尤其是一中的高三生们，居然还有力气参加一模考试。

　　有点东西。

　　这是2013年，社会上给学生"减负"的声音喊得还没那么响，查假期开学的力度还没那么大，小孩子们的性格还没那么虎，于是8月初就被抓回学校开始第一轮复习，向量那一块儿还没怎么想起来就一模考试了，8月底一模考试的光荣榜就贴在了校园公告栏里。

　　这个光荣榜对于大部分人来说都不是很光荣：满分750分，就考了个400多分，对于他们一中这种省内强校而言，是很"拉胯"的。

　　是我不配……大家默默地想。

　　不过问题不大，时间还早嘛，等三轮复习结束又是一条好汉——再说了，他们考400多分怎么了？最高分的侯神不也就考了640分吗？人家侯神那可是……

　　等等。

　　等一下。

　　最高分不是侯神。

　　最高分是……

　　"周乐琪"。

　　啊这。

　　周乐琪是谁？这名字怎么有点耳熟……

不过这都不是重点，重点是这个名字旁边的分数……726？

什么玩意儿！

满分就750分，您考726分？那您还复习什么！

看榜的都很蒙，这个时候终于有人想起周乐琪是谁了，大喊一声："哦！周乐琪！那不是2009级那个学神吗！"

2009级学神？

大家想起来了。

对……是有这么个神人。

2009级学神，逢考必胜，百日誓师学生代表，叱咤风云以至于省内同届生无人不知、无人不晓。

而更传奇的是……她2012年高考考得稀烂。

有多烂呢？

平时都是备受老师瞩目的大热人选，结果那一年高考成绩全省三万名开外；2013年复读后再考，又考了一万多名。

从此越发出名。

这……这学姐咋又复读了啊？

大家很唏嘘，聚在一起叽叽喳喳议论了一阵，随后被8月酷暑热得受不了了，作鸟兽散。

他们得好好休息一下，毕竟明天就要正式开学了，有什么八卦，明天聊。

A市一中是省内顶尖的高中之一，一个年级2000人左右，其中1500人都是理科生，竞争那个激烈啊。

理科重点班一共就俩，高三（1）班和（2）班，加起来也就80来个人能进，尤其是（1）班非常魔鬼，而这个班的人只要高考不闹幺蛾子，"985"是没跑了。

这次考进（1）班的，有本来就很强悍的"常青树"选手，也有撞了大运、一模考试蒙得都对的人，大家开学第一天在班里坐在一起，有的平静刷题、有的兴奋聊天，表现各异。

不过，当传闻中的周乐琪背着书包安安静静地走进教室时，所有人都还是不约而同地停下了自己手上正在干的事,下意识地抬头看向了她。

这可真是正儿八经传说里的人。

别管是好传说还是坏传说,反正就是传说。

而作为一个传说来讲,她的出场实在是有点太普通了。

她穿着普普通通的校服,背着普普通通的米白色书包,扎着普普通通的马尾辫,半低着头谁也不看地走进了教室,挑了一个没人的角落里的座位坐下,安静得一语不发。

唯一不普通的可能就是她的样子了:她很白,白得发光,算不上很惊艳的第一眼美女,但是看上去干干净净的,有种很清纯的美。

啊……她真好看。

只可惜不走运,也可能是被霉神附了体,一到高考就遭遇滑铁卢。

实惨。

她一进来,大家莫名就有点不敢说话了,彼此使着眼色,可又都不知道自己为什么要使眼色,总之就是谨小慎微,不敢闹腾。

这种神秘的氛围一直持续到他们的班主任兼语文老师潘云祥走进教室。

老潘是经典"地中海",原因在于他截至目前已经勤勤恳恳地连续带了四届高三,获评"一中劳模""感动一中年度人物"等荣誉称号。

老潘带高三的水平是出了名的,原因至少有三个:

一、他特别会抓早恋。不管你藏得多深都没用,老潘永远能一眼看出谁在和谁搞对象,甚至就算没搞对象、一方有搞对象的意图他也能发现,并且能够通过神秘谈话火速把小火苗扑灭,然后通过持续监视使之再也不能复燃。

二、他会直接骂理科生是"文盲"。老潘一个语文老师,每年都当理科班班主任,并在每周班会上大肆抨击学生只刷理科题的不良现象。开场白往往是"十个理科生九个可以算文盲",结语则为"你们这样下去早晚要成文盲",首尾呼应,发人深省,通过激将策略刺激理科生学习语文,效果卓著。

三、他比学生更有持之以恒的决心。老潘曾经放言,他一定要亲手带出一个省里的最高分,否则绝不从高三班主任的位置上退下来,当年周乐琪险些为他实现这个心愿，结果谁想到后来她一连考崩了两次……老潘依然没有放弃，他果然又来带高三了。

说一千道一万，最后就一句话：老潘很牛，老潘是个狠人。

很牛的狠人老潘一进教室就虎着一张脸，恍惚间让人以为他带的不是拔尖的（1）班而是吊车尾的（37）班，大家纷纷到座位上坐好，开始听班主任训话。

老潘不负众望，在简要的自我介绍之后果然以"十个理科生九个都是文盲"开了头，并由此大大批评了全班的语文成绩有多么烂，继而又引申到他们的整体成绩有多么烂，最后例行进入了高三"强心针"环节。

他慷慨陈词："进了（1）班只是你们高三奋斗的第一步，如果有人觉得自己挺优秀，那你就大错特错了！（1）班不收想偷懒的学生，想保住你们现在坐的这个位子，就都打起精神、提起气来，拼尽全力冲一把，否则就到别的班上去，给愿意拼的同学腾出位子来！"

这些陈词很老套，可是对于年幼无知的新高三学生来说却挺有用，大家都暗暗提起了一口气，心想：我绝不掉队！青春无怨无悔！"清北"招生组准备好给我打电话吧哈哈哈哈哈！

妄想刚进行到一半，老潘拿出了一模的成绩单，冷冰冰地说："全体起立，收拾书包排座位。"

全班一愣，这才想起老潘的另一个治班之道：选座位。

这真是丛林法则：考最高分的人可以第一个选座位，其余的就按照分数依次选，直到没得选。

全班无语，但又不敢反抗，只能老老实实地站起来收拾好书包。

老潘很满意，把成绩单拿在手上一抖，咳一声，开始宣读："最高分，726，周乐琪。"

"唰"的一下，全班都不自觉地朝这位复读第二次的学神看去。

她也不抬头，依然是安安静静的，背着她的书包四处看了一圈，随后走到第三排靠窗户的一个位子上，原本坐在那里的一个男生立刻给她让座位，怎么看怎么有点恭恭敬敬的味道。

……没办法，谁让人家726分，还是他们学姐呢。

老潘啥也没说，继续报："侯梓皓。"

说完半天，没人有动作，老潘又报了一遍，还是没人答应。

老潘生气了，抬头皱着眉问："人呢？开学第一天就迟到？"

没人敢吭气。

老潘撇了撇嘴，生气地在名单上做了个标记，又继续一个一个报名字。

大家纷纷选到了座位，有的是奔着好视角选座，有的是原来的好朋友到了新班级继续坐在一起，高高兴兴、开开心心。

只是没有人坐到周乐琪身边。

也不是他们要孤立她……就是，不熟嘛，怎么坐过去呢？

不过也还真有一个胆大的小老弟：王传智，也是一中的尖子生。他也不知道是因为想跟着学神搞学习还是单纯觉得人家漂亮，反正轮到他选座的时候，他就坐到了周乐琪身边。当时周乐琪看了他一眼，也没说什么，两人就当了同桌。

这下尘埃落定，除了头一天就被老潘记住的侯梓皓，全班都有位子了，而恰好新学年第一堂课就是语文，老潘直接让大家把考试卷子拿出来，他要讲评试卷。

掏试卷的时候王传智看到了周乐琪的卷面：跟她的人一样干净漂亮，一个惊人的"138"批在卷头上——再看他自己，"107"。

果然差得远。

他想凑上去跟周乐琪搭句话，结果正巧这时候门口传来了一阵脚步声，紧接着一声明显是没睡醒的"报告"传进全班的耳朵，大家抬头看向门口，就看见了原本的年级最高分得主——侯梓皓。

年轻的男孩子高大帅气，身高起码有一米八五，眼窝很深，鼻子高挺，五官有种硬朗的立体感，不知道他家里是不是有异国或者少数民族的血统。

真的很帅。

……只是他好像没睡醒，因此整个人看上去有些懒洋洋的。

而这种散漫懒惰的作风老潘怎么能容忍呢？

"侯梓皓是吧？"老潘开始立威了，"开学第一天就迟到！怎么着，觉得自己成绩好所以目空一切？觉得自己了不起所以可以不遵守校纪校规？

"我告诉你！"老潘越发铿锵有力，"人外有人，天外有天！你这次比最高分低多少分你知道吗？86分！人家周乐琪都没飘你飘什么？你飘什么你告诉我？！"

大家都在看侯神挨训。

这场面可不多见啊！

侯神是谁？打从高二开始就"封神"了，每一次考试都是年级最前列，在高手如云的一中始终没有失手，那可是他们2011级之光，要不是这回有复读两次的周乐琪横插一杠，侯梓皓依然是最强的。

老潘很牛，连封神的人也训——不过侯神脾气吊儿郎当的，估计也不在乎老潘怎么骂吧……

全班正这么想着，却忽然看见刚才还睡眼惺忪懒洋洋的侯神猛地抬起了头，那表情……难以描述。

好像是有点震惊，还加点别的情绪……说不好。

这时大家又见侯梓皓快速在全班扫视了一圈，目光在看到窗边的周乐琪时陡然定住，那表情……更加难以描述了。

围观的同学们激动了、兴奋了。

侯神这么激动，为什么？
当然是因为不满自己的年级最高分被抢了！
当然是因为不满自己的成绩差点儿被人套了圈儿！
当然是因为要和这从天而降煞风景的复读传说拼一拼！
杠上了，杠上了，杠上了！！！

周乐琪刚一抬头就撞上了门口那个高个子男生看向她的视线。

直勾勾的，意义不明。

她不太喜欢被人这么注视，因此皱了皱眉后很快就低下了头，重新看向自己的书桌——那儿有一只蚂蚁，正在努力爬向她的自动铅笔。

她听到潘老师还在继续训那个男生，大概又过了五分钟才停下，随后才粗声粗气地高抬贵手，说："全班的宝贵时间都因为你一个人耽误了——还不快进来找个位子坐下！"

当时全班只剩下最后一个位子：第一排正中间，老潘眼皮子底下，同桌是这次考试的最低分。

……只有最倒霉的倒霉蛋儿才会坐在那里。

全班人眼睁睁看着一米八五的侯神在第一排正中坐了下来，坐在他后面的人可算遭了殃，黑板整个看不见，只能看见上方悬挂的八字励志标语——夯实基础，厚积薄发。

第二、三排的同学脸色很臭，老潘的脸色更臭，侯神的脸色最最臭。

侯梓皓的心情一直差到语文课下课。

他身后坐的严林心情也很暴躁，他踢了侯梓皓的凳子一脚，又一连串地拍他后背，说："笔记给我抄一下。"

严林，可以说是全球最传统、最正宗的学霸人设，一心搞学习，此外的唯一兴趣就是打篮球，高二的时候和侯梓皓在球场上交上了朋友，那时候他们还不同班。

他这一节课被侯梓皓挡得跟瞎了没两样，结果始作俑者却连头也不回，就扔过来一句："我没记，你找葛澳吧。"

葛澳，选座时候的天选之子，得到了倒数第二排靠墙的位子，从此获得高枕无忧、上课摸鱼的幸运，他高一、高二时和侯梓皓同班两年，是球友之一。

被提到的葛同学正好慢悠悠地拿着水壶要出去打水，听到自己的名字后凑了过来，坐在侯梓皓的桌子上拿起他的卷子一看：嚯，还真一个字儿没记。

葛澳说了一声"牛"，又打量了一眼侯梓皓阴郁的表情，以为他是因为被老潘训了不高兴，于是拍了拍他，说："没事儿，老潘不就那样儿，说两句也没什么。"

侯梓皓把他的手拨开，烦躁地说："不是因为这个。"

葛澳挑了挑眉，又看了一眼第三排靠窗坐的周乐琪，随后坏笑起来，露出了酒窝，揶揄侯梓皓："怎么着，不是年级最高分接受不了？这也没啥吧，人家都复读两回了。"

这下侯梓皓脸色更难看了。

他回头很快看了周乐琪一眼，正瞧见早晨八九点明媚的阳光映照在她身上，她正抬手把一缕碎头发别到耳后，白皙的皮肤在阳光下更显得漂亮……

……这也太漂亮了。

侯梓皓快烦死了，他扭过头压低声音问葛澳："她怎么会到咱们班上来？"

葛澳耸了耸肩，把侯梓皓的卷子放下，说："我哪知道？估计又考崩了吧。"

侯梓皓不说话了，眉头那个皱啊。

而严林脾气已经上来了，他抬起头看着闲聊的俩人拍桌子："笔记！能不能来个人给我抄一下笔记！"

没人理他，他更气了，又踢了一脚侯梓皓的椅子，说："你要不跟老潘商量商量，看看能不能换个座位，你搁这儿坐着我甭上课了。"

葛澳的酒窝又露出来，说："我觉得也应该换换，坐第一排也太难顶了，你跟他聊聊，保不准能换。"

他刚说完，就看到侯梓皓一下站起来往门外走，连一旁小心翼翼想跟他搭话的袁嘉惠都没看见。

啧啧。

课间最后两分钟，王传智想跟周乐琪搭上一句话。

小姐姐长得真漂亮、成绩真好……嘿，要不他问个题吧？

王传智掏出了下节课要用的物理卷子，清了清嗓子准备打招呼，还没出声就听到头顶传来一个声音："不好意思，麻烦让一下。"

王传智一抬头，看见了他们侯神。

他蒙了，赶紧放下了物理卷子，又推了推鼻梁上的眼镜，拘谨地说："这……这是我的位子。"

语气虽怂，道理却正。

"是吗？"侯神却只耸了耸肩，"现在是我的了。"

这……这话说得就有点欺负人了吧！

王传智虽然身高只有一米七一，可是却无惧与一米八五的侯神当班对峙，他霍地站了起来……开始收拾书包，并默默向第一排走去。

全班：……啊这。

不是，侯神这是啥意思啊？特意去跟老潘争取了？还非要跟周乐琪坐同桌？

这……这是真杠上了啊……

正好这时候上课铃响了，大家纷纷坐回了座位上，但眼神还盯在侯神身上，看着他面无表情地坐下，又面无表情地放好了书包，最后面无表情地在物理老师赵英梅走进教室的当口掏出了物理卷子。

喔，冷酷。

赵老师没有老潘话那么多，开场白只有高冷的"大家好"三个字，然后就回身掏粉笔写板书。

她一上来讲的是前面的选择题，冲量、动量什么的，对于第二次复读的周乐琪来说这些东西已经刻进DNA了，于是她就没再听，继续目不斜视地看着她桌上的那只蚂蚁。

它原本的目标是爬上她的自动铅笔，可是现在周乐琪把笔拿起来了，并在它周围画了个不大不小的圈。那个圈没有任何限制的功能，可那只小蚂蚁却不管怎么爬都爬不出去，一旦靠近笔画的边缘它就仿佛被一道无形的墙挡了回来，周而复始。

挺可怜的。

周乐琪看着它鬼打墙，有点想救它，可她翻了翻自己的笔袋发现今天没带橡皮，而且现在她的胃有点疼。

不是什么病，就只是饿了，她今天早上没吃东西。

她有点难受地捂了捂胃，这时眼前却忽然出现了一只骨节分明的手，手里拿着一块橡皮。

是她的新同桌。

他眼睛还在看黑板，右手还在记着笔记，只有左手在给她递橡皮，周乐琪其实不知道他是怎么发现她需要橡皮的。

她犹豫了一下，低声说了一句"谢谢"，然后从他手中把橡皮接过，此时尚且没有发现这个原本就很帅的男生已经变得更帅了——他今天早晨进教室的时候头发还有点乱，现在就是打理过的样子，显得干净利落。

她用他的橡皮把那个圆圈擦掉，然后又把橡皮还给他，他可能没发现吧，还在记笔记。周乐琪扫了一眼，发现他的字偏大，以前一定专门学过，所以就算潦草也依然好看。

她没再看了，只是把他的橡皮放回他的桌子上，然后继续看她的蚂蚁。
而蚂蚁已经不见了。
……它终于逃走了。

到下课的时候周乐琪更不舒服了。
一来是这物理课把她给听困了，一模考试的内容毕竟还是偏基础，对她来说没有什么价值，难免越听越困；二来她的胃也越来越难受，于是赵老师一走出教室她就趴在了桌子上，上半身缩成一团，舒服了不少。

其实学校是有小卖部的，只不过在一楼，他们高三在五楼，她懒得跑那么远。离吃午饭的时间越来越近，她再坚持一下就好。

她趴在桌子上，周围都是同学说话的声音，他们各自都有朋友，只有她是一个人。她的新同桌一下课也出去了，于是她这儿显得更空旷了一些。不过这没关系，反正去年也是这样，她已经习惯一个人了。

她不需要有人陪她说话。

她只要坐在窗子边，能照到一点阳光就好。

周乐琪脸朝向窗子趴着，看着外面的阳光亮堂堂的，心情便渐渐好了起来，她还出了一点汗，困意越发地涌上来。

这时耳边却突然出现一声响，是什么东西被扔到了她的桌子上。

她抬头一看。

……是一块面包。

是小卖部里一贯很畅销的那种肉松面包，油亮亮的，肉松铺得很厚实，咬到里面还会有微甜的夹心，是周乐琪从高一开始就很喜欢吃的一种面包。

她虽然瘦，但其实是个肉食动物。

她坐起来看向这面包的主人，也就是她的同桌，他身边还围着好几个人，有男生也有女生，都在笑呵呵地从他拎上来的小卖部塑料袋里掏吃的，一个有酒窝的男生还在调侃，说："嚯，侯神今天这么勤快，还亲自跑小卖部呢?"

周乐琪看见她同桌斜了那个男生一眼,说:"话多别吃。"

那个男生笑嘻嘻地抢了几包"亲嘴烧"跑了。

大家都散了,她同桌这时候才像刚发现她的注视一样偏头看了她一眼,脸上也没什么表情,说:"我买多了,给你吃吧。"

周乐琪看了一眼那个面包,确实有点想吃,但她想了想还是说:"不用了,谢谢。"

她同桌耸耸肩,有点痞,说:"不想吃就扔了吧。"

然后就低头开始掏他的笔记本了,一副不想多说话的样子。

周乐琪抿了抿嘴,想了想,说:"那谢谢了,明天我把钱给你。"

今天她没带零钱。

侯梓皓抬头看她一眼,两人算是头回这么近地正面对视,这时候周乐琪才感觉到他究竟有多高,即便坐着也比她高很多,眉眼一带也是真的很深邃。

"那行,"他笑了一下,"我叫侯梓皓。"

说完他向她伸出了手。

这个自我介绍插得挺自然,就是握手的动作有点突兀,周乐琪不知道是不是在比她小两岁的这帮学弟学妹之间比较流行握手,也不太方便问,于是就跟他握了,说:"你好,我叫周乐琪。"

那个时候太阳已经升得很高,盛夏的正午阳光明媚璀璨,实在容易令人目眩神迷。

侯梓皓听坐在自己身边的周乐琪做着简短的自我介绍,心里也有点打晃,想着:

我知道你叫周乐琪。

我当然知道了。

第 2 章

除了那几句关于肉松面包的交涉外,周乐琪就一天都没有再跟侯梓皓说过话了——也不单是和侯梓皓不说话,她跟任何人都不说话。

而与她正相反,侯梓皓的身边一直都很热闹。

只要到课间,他身边总要围那么几个人,还有外班的男生来找他打球、外班的女生来给他送东西。这些外班人的来往多半又会引起本班人的讨论,尤其是女生们会忍不住说一些酸话,男生们则会视情况选择调侃或是跟着说酸话。

……实在是挺吵的。

周乐琪熬了一整天,终于熬到了放学。

一中治校奉行自由散养的原则,不设晚自习,还是走读制,每天下午五点就放学,学生去哪儿、做什么,一概不管,可偏偏越这样,优秀的学生们越是自己使劲儿,在学校里虽然嘻嘻哈哈的,可是一出校门就各自钻进补习班,或者是自己回家刷题熬夜,卷得要命。

五点放学的铃声一响,全班的学生就开始各自收拾东西,这时候老潘进来了,通知了两个事儿:一个是明天要选班委,让想报名的同学今晚回去准备准备;另一个是指名让侯梓皓留下来值日——今天开学第一天,还没有班委能排出一个值日表,于是只能让迟到的同学包揽了。

老潘刚走周乐琪就听到侯梓皓在旁边号了一声,紧接着他的朋友们纷纷笑嘻嘻地凑过来跟他闹了。

葛澳是第一个凑过来的,一通嘲笑猛如虎,又说:"那你今天还打

不打球了?张宙宁约咱们呢,说他们班一个能打的都没有,还得跟着咱们打。"

侯梓皓面无表情地不说话。

袁嘉惠也过来了。(1)班40人,总共9个女生,她就是其中之一,长得浓眉大眼漂漂亮亮,从高二开始就被誉为"理科实验班之光"。

这时候她又走到了侯梓皓旁边,说:"猴子,我帮你一块儿扫吧,扫完去看你们打球。"

她这话是对侯梓皓说的,但余光却锁在周乐琪身上。

这叫什么?女生的直觉——她总觉得这周乐琪有点危险,猴子跟她当同桌也让她心里头不痛快。

不过好在这复读两回的学姐也挺识趣,全程收拾自己的书包,这时候还站起来说了一句:"不好意思,麻烦让一让。"

她和侯梓皓坐在第三排靠窗的位置,她坐里面,侯梓皓坐外面,侯梓皓不起来她就出不去。

侯梓皓倒是应得挺快,她一说立马就站起来了,麻溜儿地往旁边一让,周乐琪也没看他,低着头走了。

葛澳在她消失以后吹了个口哨,不由自主地说了一声"酷",结果肚子上立刻挨了一下,他捂着肚子瞪侯梓皓,问:"你干吗?"

而侯梓皓已经转身去拿扫帚了。

目睹全过程的袁嘉惠做了一番合理解读,点化了葛澳:"你傻不傻?他都跟人家杠上了,你还夸她酷?可长点儿心吧你。"

说完,她追着侯梓皓去拿簸箕了。

葛澳贼无语,揉着肚子犯嘀咕,心想:猴子没那么小气吧?而且瞧他刚才给人家让路那个麻利劲儿,也不像讨厌人家嘛。

傍晚的放学路总是很热闹的。

有些家长会来接孩子,但更多的是自己结伴回家的学生,大家手上拿着从校门口小摊上买的小吃,一边吃一边聊假期做了什么、一模考得好坏、分班去了哪里……聊个没完。

周乐琪独自穿过热闹的人群,向距离学校有些远的文化宫站走去。

一中处在市中心，最繁华的地段，因此离学校近的公交站往往都有许多人在等车，不仅有学生，还有在附近上班的人。而文化宫那边就空一些了，只不过要走大概两站路，还是挺远的。

但周乐琪是愿意走上这么长一段路的，她不太喜欢周围都是人的感觉，尤其不喜欢有人认出她再对她指指点点，她宁愿走到文化宫那边，那里认识她的人就少了。

她慢慢地走，两站路走了半个多小时，等她走到的时候天色已经暗下去了。她又在站台上等了一会儿，301路公交车才姗姗来迟。

一开始车上的人很多，没有空座，好在后来就渐渐空了。周乐琪家住在离市区很远的开发区，这趟车她是要坐到底的。

车上的人由多变少，直到后来只剩几个人，周乐琪在一个靠窗的位子上坐下，那时天终于彻底黑了，街上的霓虹开始闪烁，马路上的光影留在她的眼里，她安安静静地看着，好像可以一直这么看下去。

但车最终还是要到站的。

那时是七点一刻，等她走回锦华小区就是七点半了。

这个小区已有些年头，所以即便从车站到小区门口的路灯都很亮，进小区以后就暗了不少，原本就不宽敞的路被四处乱停的私家车挤占，越发显得不规矩、显得逼仄。

周乐琪多少有点怕黑，因此从进了小区的大门开始就一路小跑，直到跑进她家的单元门还不能放心，一直留意着门洞的黑影中是不是有人。

楼里没有电梯，她一口气跑上了自家所在的五楼，老式小区的楼道里贴满了小广告，她家门前也一样。她站在门口自己待了一会儿，等呼吸平稳了才从书包里拿出钥匙，先打开一道有点生锈的铁栅栏门，再打开里面的一层木门，走进了家里。

家里也没开灯，一团漆黑。

周乐琪心中忽然生出一股不祥的预感，她一边试探地叫着"妈妈"，一边伸手去开灯，没人回应她，而灯亮起来的时候她看到了家中的狼藉。

这是个不大的房子，大概六十平方米，客厅和餐厅连在一起，彼此不太能被区分。她只开了客厅的一个灯，可对于这么小的房子来说已经足够了——足够她看见满地的碎碗和在客厅的小沙发上呆坐着的妈妈——余清。

她表情呆滞，手被割破了还在流着血，但她就像没有知觉一样，放任伤口暴露着。

地上是她的手机，周乐琪小跑过去的时候隐约看到了短信聊天界面，姓名备注是"周磊"，对方发来的最后一句是"对不起"。

"周磊"。

这个号码的备注曾经是"老公"。

周乐琪心中跳了一下，但这时候没有心思管手机了，只顾得上先蹲下看她妈妈手上的伤口，估计是被碎碗割破的，好在并不是很深，不用去医院。

周乐琪松了一口气，又站起来去门口的小柜子里拿药箱，折回来给伤口消毒、包创可贴，整个过程她妈妈都没有说话，像是还没有回过神来。

还是周乐琪先叫了她一声："……妈妈？"

依然没有反应。

这种情况周乐琪已经经历得很多了，她知道现在自己说什么都没用，于是她把药箱收起来，紧接着把家里所有的灯都打开，随后才去收拾地上的碎碗。

等都收拾好了，她又进狭小的厨房看了一眼，发现案板上有切了一半的韭菜，她找了一圈围裙，穿上以后开始淘米蒸米饭，切菜炒菜。

她打鸡蛋的时候听到了一阵脚步声，是余清走过来了，正站在厨房门口看她，看神情像是平静了不少。余清很抱歉地看着她，脸色还苍白着，有些尴尬地问她："琪琪回来了……今天，今天在学校怎么样？"

一个把高三读到第三遍的人，还能怎么样呢？

周乐琪笑了笑，看起来倒是挺开朗，回答说："都挺好的——妈，你先看会儿电视吧，我一会儿就弄好了。"

余清看起来更尴尬了，她把手在衣服上擦了擦，说："还是我来吧，你这刚放学，去歇一会儿……"

"没事儿，"周乐琪已经转过头去开始打火了，"就快好了。"

鸡蛋下锅，炒菜的声音大起来，余清抿了抿嘴，有些失魂落魄地走出了厨房。

吃饭的时候饭桌上也很安静。

周乐琪有点拿不准应不应该问妈妈今天发生了什么,毕竟自打去年和那个人离婚,妈妈的情绪就一直有些不稳定,忽然大哭或大怒都是寻常事,而且容易触景生情。

对,"那个人"。

她已经不会再叫他爸爸了。

她怀疑是今天那个人给妈妈发了什么消息才导致妈妈情绪的波动,她如果多问,也许妈妈会更崩溃,但是她如果不问……也许以后还要出大事。

周乐琪想了想,先给余清夹了一些炒鸡蛋,然后才试探着问:"……今天,发生什么事了吗?"

这个问题的提出伴随着很大的风险:她妈妈可能会立刻痛哭起来,也可能会发怒,而这些情况一旦发生,周乐琪就难以完成今天的作业……其实现在已经八点半了,她给自己安排的作业很多,再加上课外补充习题,她今晚不可能早于凌晨一点睡觉了。

不过学业问题跟家庭问题比起来好像也无足轻重了,周乐琪最恐惧的是家庭又有什么变故——是那个人不想继续给她们生活费了吗?还是什么其他更棘手的情况?如果真的出现很糟糕的事,她该怎么解决呢?

周乐琪不知道,只能屏息凝神地等待,等待她的妈妈告诉她发生了什么。

这时余清的眼眶已经红了,眼泪掉进了她面前装米饭的碗里,她的手指紧紧地攥着筷子,告诉周乐琪说:"你爸……要娶高翔了。"

周乐琪一听,一方面松了一口气,另一方面又心中一沉。

高翔,那个人出轨六年的婚外情对象。

这事儿都被发现好多年了,尤其在去年他们离婚之后,这个结果就更可以预见了,因此周乐琪并没有什么意外。但妈妈似乎不这么想,她虽然已经下定决心要走出那段婚姻,可依然为对方要结婚的消息而崩溃。

周乐琪心里有点无力。

她不知道该怎么再劝慰妈妈了，毕竟这几年她安慰妈妈已经太多次，什么方法都用过、什么话都说过，现在周乐琪觉得自己已经是个空壳子，再也没有什么新鲜的东西能拿出来了，她只能再次给余清夹了一些菜，然后告诉她："妈，没事儿的。

"等我这次高考考完，我们就离开这里，"她努力笑着，装作对未来很神往的样子，"去北京生活，再也不回来了。"

她要考到北京。

去最好的学校，读最好的专业，然后早点挣钱。

挣很多很多钱，让她和妈妈再也不必等待那个人每月一次的转账，她还要买一个房子，和妈妈在那里生活。

再也不回到这里。

这样的向往也不新鲜了，余清同样听过很多次，可是周乐琪的高考已经失败了两回，以至于让余清也对这一切感到怀疑和忐忑。

但她同样不想让自己的女儿太有压力，她也勉强地笑着，拍着周乐琪的手背说："你别有压力，就按照你以前那么学就行了——你不是最擅长学习了吗？"

以前……

周乐琪捏着筷子的手指无意识地紧了紧，随即又笑起来，点点头答应了一声，看上去自信又从容。

就好像……她真的还是以前的那个周乐琪一样。

作业做完，周乐琪果然是凌晨一点多才睡觉的，而由于她和妈妈搬到了开发区，离学校又很远，她要保证上学不迟到起码五点半就要起床，因此那天她只睡了四小时，如果再扣掉中间辗转反侧的失眠，那她最多睡了两小时。

她赶时间，自然还是没有机会吃早饭，而且出门的时候也忘记了要带零钱还给同学。

301路公交车是周乐琪的救星，如果没有这趟直达的车，她的上学路就会多出不少波折，然而她心里还是不太喜欢这条线，原因大概是它会途经她曾经的家。

——位于市中心的蝴蝶湾小区。

而这里，现在已经是那个人和他婚外情对象的"爱巢"了吧。

周乐琪冷笑了一下，扭过头不再看窗外那片熟悉的建筑了。

她到校的时候离早读时间还有三分钟，老潘已经背着手站在教室门口查迟到了，看到她的时候皱了皱眉。

也是，这已经是老潘第三次带她读高三了，心里肯定对她很失望吧。

周乐琪觉得自己没办法面对这位老师，更没办法说服自己在他面前抬起头，只能眼睛看地说了一声"潘老师好"，随后连老师的答复也不太敢听，匆匆走进了教室。

而一进教室她就感觉到全班的视线都聚在了自己身上，大概她对于这些学弟学妹来说还是个挺新鲜的存在。她心里有些难受，可脸上依然没什么表情，只朝自己的座位走去。

她的同桌今天没有迟到，已经坐在座位上了。

今天的侯梓皓比昨天更帅。

他剪了头发，看起来更清爽干净，白色的校服运动衫不知道为什么能那么白，第三排窗边清晨的阳光也很捧场，将他的轮廓映照得更加分明、好看，像青春剧里必须用慢镜头展示颜值的那种很有氛围感的男主角一样。

……有点太明朗、太耀眼了。

周乐琪抿了抿嘴，想跟他说一声"借过"，结果她还没开口他就站起来了。一米八五的个子总是很有压迫感，何况他当时不知道为什么一直盯着她看，让周乐琪下意识地往后退了一小步，然后才想起来说："……谢谢。"

她坐进了座位。

老潘用早读课选了班委。

都高三了，其实想当班委的人也不太多，只有少数几个比较积极，袁嘉惠就是其中之一。

漂漂亮亮的小姑娘梳了个精神的高马尾辫，走上讲台热情洋溢地说了一通"为同学们服务"之类的话,自然很得民心,鉴于她是唯一报名要当班长的,于是顺利拿下了这场等额选举。

参选学习委员的是严林。

他就没有多少漂亮话,上了讲台以后推了推眼镜框,又冷又酷的,只说了一句:"选我,帮你们打赢猴子。"

这话可太对味儿了。

侯神从高二开始回回考试霸占榜首,没有失手的时候,这让2011级的同学在对他服气的同时不由得生出了一点叛逆之心:什么玩意儿,就不能来一个厉害的人把侯神打趴下吗?

严林作为挑战者翘楚尤其受到追捧,他这话一撂,全班鼓掌喝彩、吹口哨的都有,要不是碍于老潘还在一边儿站着,班上的男生都想把他抱起来往天上抛。

至于侯梓皓嘛……没什么,就很无语。

等一圈儿选完了,最后就剩文体委员没人报了。

文体嘛,文艺和体育,这是老潘发现没人报名以后即兴搞的机智二合一。这大礼包整的,被选中的倒霉蛋儿要同时负责出黑板报和统计运动会报名。

这当然没人报名了,可架不住有人推荐,比如葛澳就举起了手,向老潘热情举荐了侯梓皓,理由是:他学习好,体育也好,美术虽然不知道水平,但是估计有什么困难也能克服,简直就是文体委员的不二人选。

老潘两手一拍,连侯梓皓的意见都没问,把这事儿直接定了。

侯梓皓:?

他不甘心,想反抗一下命运,结果老潘扔过来一句:"正好你昨天也迟到了,就在服务同学中反省一下自己吧。"

侯梓皓很想说,他昨天已经在值日中反省过了,而且很深入,真的没必要继续反省,他正打算就这么直说,这时却听见……周乐琪笑了。

他微微一偏头,看见了她带笑的侧脸,那笑容很短暂,没一会儿就消失不见,可是却明晃晃地往他眼睛里钻,他还看见了她可爱的小虎牙,这与他记忆中的一些画面重叠起来,让他的大脑直接空白了好几秒。

而就是这几秒坏了大事——他错过了表示反对的最佳时机,老潘已经火速号召全班鼓掌通过了。

他很无语。

早读课下课的时候几乎全班都来嘲笑侯梓皓了,几乎得排队拿号。葛澳笑得最欢,侯梓皓气得不想看他,他却更得意,其他人也跟着起哄,一口一个"文艺委员"地叫他。

侯梓皓忍无可忍,要不是因为考虑到周乐琪还在边上看着,他真要打人了,此时就只能压着脾气说:"什么文艺委员?是文体好吧。"

文艺委员……听起来跟个小姑娘似的。

当然他也不是说男生就不能当文艺委员,可是这个称呼真的怎么听怎么别扭……

葛澳还在那儿带头笑,后来还是袁嘉惠走过来稳了稳场面,说了葛澳一嘴:"你别笑了行不行,过段时间运动会你可得记得报名,给人家体育委员分担分担工作。"

葛澳对袁嘉惠一向是没什么脾气的,听了她的话很快就不笑了,就是酒窝还露着,透着股贱劲儿,说:"知道了班长,群众服从安排还不行吗?"

袁嘉惠满意地哼了一声,又叫侯梓皓去买早餐,说她今天早上起晚了还没吃,又问他吃没吃。

一边正在收作业的学委严林高调路过,推了推镜框吐槽:"他懒得恨不得让人抬,找他下楼买早饭?袁嘉惠,你没醒呢吧。"

旁边的葛澳又坏笑一声,适时补充道:"今时不同往日,人家现在是体委了,那不得锻炼锻炼,运动会三千米肯定得是体委的啊。"

杀人诛心。

多损哪。

侯梓皓已经给气得没脾气了,结果没想到葛澳还嫌不够,又接着说:"何况他昨天都下去了,还差今天这一回吗?"

听到这里,侯梓皓不禁闭了闭眼。

天地良心,他是真的懒得楼上楼下到处跑,他昨天之所以肯下去,那还不是因为……

他用余光看了一眼周乐琪，她正慢条斯理地从书包里抽出昨天的作业交给严林，对他们这边的吵闹置若罔闻。

他犹豫了一下，问了她一句："……你吃早饭了吗？"

她似乎没想到他会忽然跟她说话，因此愣了一下，看向他的时候眼神还有点飘忽，仿佛在确认他是不是在问她。

侯梓皓于是又问了一遍。

这举止让袁嘉惠和葛澳都愣了，连收作业的严林都忍不住开启了八卦模式，如此众目睽睽之下，周乐琪说："啊……不用麻烦了，谢谢。"

这话乍一听挺对的，但是仔细一想又是答非所问：侯梓皓问她吃没吃，她却没有回答这个问题，只说不用麻烦他帮她买东西。

侯梓皓也没有再追问，就点了个头，然后又转回去对袁嘉惠说："那我不去了，我也吃过了。"

袁嘉惠一听，身边的气压立马低了好几个度。

她有点僵硬地点了点头，又紧紧盯了周乐琪一眼，扭头走了。葛澳摸了摸鼻子，想了想还是追了上去，喊了一句："哎，你等会儿，我跟你去！"

然而等到第一节课下课的时候，周乐琪的桌子上还是多了一个面包，这次口味换了，成椰蓉的了。

她很惊讶，又抬头看向侯梓皓，后者正慢慢悠悠地坐下，也不看她，就说："上了一节课我又饿了，顺便给你带的。"

……这当然是很牵强的理由了。

虽然第一节数学课确实有点难顶，但也不至于让他饿。他是看她脸色不太好，怀疑她今天还没吃早饭，所以才专门跑下去给她买的——当然了，为了显得逼真，他也勉为其难买了一包薯片给自己打掩护。

然而这份好意实在让周乐琪很难消受——她虽然很想吃，可是却发现自己又忘带钱了……

她把面包推回他桌子上，说："真的不用了……还有昨天那个面包的钱，我，我明天带给你吧？"

她说完就有点害臊，生怕眼前这个学弟觉得自己一个当学姐的贪小便宜。

而侯梓皓当然不会在意这些小事,他侧过脸来看向她,又把面包推回给她,这时忽然对她笑了笑。帅气的男孩子笑起来格外好看,深邃的五官也显得明朗,他说:"不着急,以后有的是机会。"

以后不管什么……都有的是机会。

周乐琪本以为她这个还债的机会怎么也得等到明天才有,没想到当天放学的时候就掉到了她眼前。

——她在公交车站见到了侯梓皓,他还跟她一起上了301路。

上车的时候他就在她身后,高大的男生把上车的人流都挡开了,一手插兜一手摸了摸鼻子,有些不好意思地对她说:"忘带卡了……能不能帮我刷一下?"

周乐琪其实在站台上等车的时候就看见侯梓皓了。

当时她就觉得奇怪,心想他为什么也来文化宫这边等车,明明校门口就有车站。何况像他这样朋友很多的人,难道放学以后不应该和朋友们一块儿走吗?

但是这毕竟不关她的事,她也觉得跟他不熟,没必要问,两人当时又是隔了几个人站着,于是彼此都没有打招呼。

结果上车的时候他却在她身后拍了拍她,她一回头,看到他露出了有点尴尬的表情,问她能不能帮他刷一下卡,他忘带了。

这当然没问题。

"嘀"。

侯梓皓笑了一下,对她说了一声"谢谢",那个样子让周乐琪莫名想起了原来她家邻居养的一只德牧。

"不客气。"她说。

车上剩的座位正好够用,他俩坐在了一起。

周乐琪其实更喜欢独处的时光:原本这趟车上只有陌生人,她就可以无拘无束,心里也觉得自在,可是侯梓皓这么一个现实生活中认识的人出现了,她就觉得好像受到了禁锢,而且有一种莫名的社交压力,让她不得不想一些办法避免和他说话。

她想了想,坐下以后没多久就从书包里拿出了单词书,开始看那些已经被她记烂了的单词。

她表演得很辛苦，好在侯梓皓挺识趣，也没有打扰她，打从上车起就一直无声无息的，周乐琪用余光观察他，觉得他好像是在发呆。

她松了一口气，继续装作背单词。

天慢慢黑下去了，光线越来越暗，已经不再适合看书，何况这车晃得她有点想吐，她于是把单词书收了起来。

这时候离她到站只剩两站路了。

公交车上的人已经剩得很少，而侯梓皓一直没有下车，她于是猜想他也住在开发区。

难道……以后他们每一天都要坐同一趟车吗？

她又感觉到压力了。

周乐琪抿了抿嘴，这时候倒是主动开了口，问坐在自己旁边的人："……你家也住在开发区吗？"

侯梓皓那时候正低头在手机上打字，他太高了，公交车上的座位间距对他来说有些小，以至于不得不蜷着腿，那个姿势估计让他有点不舒服。

他正在看手机，但是她一出声他就立刻不看了，脸也很快转向她，周乐琪还没反应过来，他的手机已经黑了屏。

"嗯，就在那附近，"他说，"你也是？"

周乐琪点了点头。

"那挺巧的，"他看着她又补了一句，"以后还能一块儿上下学。"

太棒了，精准踩中周乐琪的雷区。

她不自在的感觉更强烈了，想了想又问他："……那你为什么要到文化宫这边坐车？校门口那个站不是更近吗？"

这话一出口周乐琪就觉得自己没礼了：公交又不是她家开的，她有什么资格管别人在哪个站坐哪趟车呢？这么问未免太霸道、太多管闲事了。

不过，侯梓皓倒没有什么脾气，看起来像是个性格不错的人，听她问完就答："学校那边人太多，车上挤还没座位，这边空一些。"

说的也是。

周乐琪"哦"了一声，不再说话了，他们于是陷入了沉默。

侯梓皓的手指在自己的膝盖上忽快忽慢地敲，过了一会儿他又说："今天谢谢你帮我刷卡。"

周乐琪看向他，说："举手之劳，我才是要谢谢你的面包。"

顿了顿，她又补充道："我明天肯定会记得把钱还你的。"

车窗之外车水马龙，闪烁的霓虹明明灭灭，映在两个人的瞳孔中都非常漂亮。

侯梓皓看着她眼睛里摇曳的光影，先说了一声"好"，随后又补了一句："要不加个QQ吧，方便我'催债'。"

周乐琪笑了一下，并不明显，可是却拒绝了，说："我没有QQ。"

她说的其实是实话，她真的没有那些聊天软件——本来是有的，但自从她第一次高考失败后就卸载了，倒不是为了勤学励志，只是想要割断和原来同学们的联系而已。

她很恐惧。

恐惧看到别人已经走进了大学、走进了新的生活，只有她一个人还在原地踏步，甚至越来越糟。

她想躲避这所有的一切，不去看任何人，也不要被任何人看到。

然而她说的虽然是实话，可听起来却很假——谁能想到一个当代高中生会没有聊天软件呢？

侯梓皓自然会觉得这是她的拒绝，他应了一声，声音有些低沉。

气氛尴尬。

好在这时候公交车停了，司机在前面说到终点站了，让乘客们下车，他俩也都站了起来往车下走，刚才的尴尬于是就被顺利搁置了。

天已经完全黑了，白天的炎热也有散去的迹象，9月的晚风终于带上了些许清凉。

两人在站台上告别。

……其实也不算告别，只是周乐琪说了一声"再见"，然后就转身走了，侯梓皓看着她离开的背影，最终也没把那句"我送你"说出口。

算了，以后吧。

他一直等到再也看不见她了才收回目光，顺手打开了浏览器。

思考片刻，在输入框严谨地打下一行字：

"如何购买公交卡？"

当侯梓皓回到家里的时候已经快九点了。

不是他磨叽，而是开发区离市中心实在太远了，他跟周乐琪分开的时候是七点一刻，等坐上回市区的公交车就七点半了，路上杂七杂八加起来要一个多小时，等他走进皓庭国际小区，可不就快九点了吗？

他家住在顶层复式，33楼，电梯门一开就是家，他在门口换拖鞋的时候丁姨出来了，好担心地说："怎么才回来呀？太太给家里打了好几个电话了，你再不回来阿姨都不知道怎么说了呀。"

丁姨是他们家的家政阿姨，南方人，有江浙一带的口音，无论高兴还是不高兴句尾都要带个"呀"字，说起话来也快，跟北方人的快嘴皮子比起来是两个味道。

侯梓皓从兜里掏出手机给她看了一眼，解释："跟同学出去来着，手机半路没电了。"

丁姨嘀嘀咕咕地小抱怨了一通，侯梓皓安静听了两句算是意思意思，然后就开始打岔，说他饿了，问家里有没有饭。

那当然有了，他家丁姨怎么会让他饿着？挑高五米的餐厅里早就摆好了晚饭，正儿八经三菜一汤荤素搭配，再周到细致不过。

丁姨端菜去热了，侯梓皓则到自己位于这个大复式二楼的房间里换衣服、洗手，等他下楼的时候饭菜已经热好，他跟丁姨道了谢，又问她知不知道他爸妈什么时候回来。

"先生去杭州了呀，过几天才回的，"丁姨一边擦手一边说，"太太今天有饭局，一会儿就回来了。"

侯梓皓答应了一声，然后开始吃饭。他知道丁姨特别注重别人吃她做的饭时的表现，会从中获得成就感，因此刻意做出"这菜绝了"的表情，时不时就要夸上一句"好吃"，她果然很满足。

吃到一半门口又有声音，是他妈妈苏芮妮回来了，她穿着一身白色的职业装，是个干练美丽的女人，她身后的司机帮她把一箱名酒搬进了门，然后就离开了。

丁姨口中唤着"太太"迎上去，帮她把手中拎的小包收好，苏芮妮则显得很着急,直到在餐厅里看到侯梓皓才放下心来。

"你今天去哪里闹了?"苏芮妮半笑半怒地走到餐桌边坐下,看着自己正在吃饭的儿子,"我给你打了好几个电话,你怎么都不接?"

苏芮妮也是嫁到北方来的南方媳妇,但她的口音已经被同化了,不再有什么南方的痕迹,只是吃饭的口味还是南方的,因此家里才会请丁姨。

侯梓皓开始头疼了。他毕竟是不敢得罪他妈的,否则她一定要喋喋不休批评个没完,完全是在公司对待下属的那种严厉作风,这很恐怖,他和他爸都怕。

他于是赶紧把筷子放下,把刚才对丁姨说的话又重复了一遍,只是解释得更加详尽到位,而且最后还加了一句保证,说以后一定把手机充满电再出门,决不会再闹失联。

可惜即便如此也没能止住他妈妈的脾气,她依然一边摘着脖子上的项链和手上的戒指,一边训他,比他班主任还能叨叨。

他怕了,于是匆匆吃了几口饭就拎起书包准备跑,为防他妈再追穷寇。他迫不得已装了个可怜,说:"妈,咱明天再训行不行?这都九点多了,我作业还没开始写,您再骂我我今天甭睡了。"

说完,苏芮妮果然表情软化,有要放过他的意思,他于是见缝插针开始往楼上走,结果刚走到楼梯口就又被叫住。

只不过这次苏芮妮不是要训他,反倒是关爱他。

"你也不用太拼命,"苏芮妮把首饰交给丁姨收下去了,自己一边拿了个小刀拆装酒的箱子一边随口说,"放轻松点,我和你爸还是原来的意思,出国读书也可以。"

轻松。

侯梓皓手中拎着沉甸甸的书包,包里装着今天的作业,理、化、生各一张卷子,数学是练习册,语文一篇作文,英语要做一张练习报纸,要做完起码四个小时。

他的耳中忽然响起了一些有点渺远的声音。

"你当然可以去选择那些当时当刻的轻松……"

记忆中那个人正在说着。

"可是如果你没有孤独地拼命努力,没有狼狈地摔过跤,又怎么知道最后靠自己就不能赢?"

　　清清楚楚。
　　历历在目。
　　——无论是这些话,还是说这话的那个人。
　　侯梓皓笑了一下,没再答什么话,转身上了楼。

第 3 章

周三是让人又爱又恨的一天。

值得爱的是这天上午有体育课。

(1) 班的体育老师李致远不是一般人,脾气贼虎,绝不允许任何主科老师抢他的课时,坚持要让学生加强体育锻炼,但同时他对学生又很心软,尤其女生们一求他他就不忍心再让她们跑步了,男生也跟着沾光被放去自由活动,这么多年一直被学生们敬称为"菩萨李"。

值得恨的是这天下午有周考。

一中之所以敢散养学生,是因为校方知道省重点的学生们有这个素质,他们自己知道学习,而考试就是对他们最好的督促:你当然可以不学啊,不学就不学,谁求着你学了?但是我们就是要周周考试,你怕不怕?考差了你臊不臊?

周考是这样安排的:每周三下午最后两节课统一考试,第一周考数学,第二周考语文,第三周考英语,第四周考理综,一个月下来考完了一圈,出成绩。

贼拉刺激。

这事儿折磨得学生要发疯,尤其是 (1) 班的尖子生们最在意成绩,周三一早那个气氛就开始紧绷了,连对体育课的向往都消散了一大半。

唯一在状况外的人就是凌晨两点才睡觉的侯梓皓。

他是踩着早读课的铃声进教室的,途中还接受了站在门口的老潘的"死亡注视",不过他好像也不是很在意,堂而皇之地路过,走到自己座位上坐下了。

老潘气哼哼的,可是又没抓住什么问题,在班里溜达了一会儿,盯着全班读了一阵高考背诵篇目,随后就气哼哼地走了。

唉,老潘好像永远都在生气。

他一走,侯梓皓就立刻偏过头看周乐琪,还小声问她:"不好意思……你昨天的生物作业交了吗?"

周乐琪偏头看他,正瞧见他眼睛里的血丝,知道他昨晚是熬夜了。

她不知道他为什么熬夜,也不是很感兴趣,只是把生物卷子从桌洞里拿出来给他。

早读课下课的时候严林来收作业,大概他还记恨着昨天侯梓皓不回消息的事,因此在收他作业的时候就撑了一句,问:"脸色这么差,肾虚?"

周乐琪那时正在喝水,侯梓皓确定他听见她呛了一声。

他当时想弄死严林的心都有了。

第三节课终于到了体育课,这就是周乐琪最不喜欢的课了。

除了因为她本身是个运动废柴以外,更大的困扰是人际社交——体育课的自由活动时间经常会让她尴尬,去年复读的时候就是这样,她身边的同学们各自有朋友,只有她落单,而李致远又不允许学生带书到操场看,结果就是她不得不漫无目的地独自在操场上晃荡。

像个孤魂野鬼。

而今年倒是有一些变化——她碰到了几个挺热情的女生。

比如他们班的班长袁嘉惠。

(1)班加上周乐琪总共九个女生,另外那七个都跟袁嘉惠抱团,她大概也是很有责任心的那种女孩儿,总觉得要团结同学,于是到了自由活动时间就带着其他人一块儿来找周乐琪说话。

几个女孩子都挺活泼的,其中一个高个子的女生高倩情和一个微胖的女生许欣给周乐琪留下了尤为深刻的印象,她们也是袁嘉惠的闺密。

她们拉着周乐琪一起去小卖部买水,袁嘉惠还特意多买了一瓶,高倩情在一旁问:"你买两瓶干吗?"

许欣比高倩情上道,一听就抢答:"那当然是替别人买的了。"

说着眼神就往篮球场那边瞟——男生们正在球场上打球呢。

周乐琪听着什么话都没说，只是把买来的冰水放在手心里，驱散着炎热。

袁嘉惠就有些害羞了，她打了许欣一下，和小姐妹们一同笑了一会儿，又看了周乐琪一眼，埋怨其他人说："在学神跟前你们瞎说什么呢？别给我丢人了行不行？"

说着，又走过来挽住周乐琪的手臂，笑着说："咱们去看他们男生打球吧，有几个人打得可好了，有看头。"

周乐琪不习惯被不熟悉的人如此亲近，她的肢体有些僵硬，那种对于社交的抗拒感又强烈了起来，但她也不想表现得太孤僻、太不合群，于是也对袁嘉惠笑了笑，说："好啊。"

球场上很热闹。

男生们已经打得热火朝天，篮球在场上到处飞，走近了看的时候几乎都看不到球；场下就更热闹，已经有很多女生在场边围着看、跟着叫了。

那些女生大部分都不是他们班的，而是（43）班的，那是文科班，女生多男生少，和（1）班正相反。

其中有一个短头发的矮个子小姑娘尤其招眼，她长了一张圆嘟嘟的小脸，手里抱着一瓶脉动，在场边蹦蹦跳跳地大声喊严林的名字，还一直叫："你们！你们不要撞严林啊——哎哎哎你，就是你，注意点儿，注意点儿！——啊啊啊，严林冲呀妈妈爱你！！！过人！过人！盖他！哎好好好好好好！"

他们（1）班的女生已经全笑倒了，高倩倩还在旁边帮周乐琪介绍，说："那是（43）班的米兰，高一的时候跟严林一个班，据说一直是他的小粉丝，可离谱了。"

许欣附和："对对对，就离谱，严林都不搭理她，就她在那儿一头热，他们班班主任说了她多少回了，她还这么疯——唉，严林那么冷的人，估计也烦死了。"

周乐琪实在有点儿被震撼到了。

时代真是变了啊……潘老师名声那么响，居然也镇不住学弟学妹。

她被袁嘉惠她们带着走到篮球场旁边的水泥阶梯上，找了个位子看球，这时候才发现米兰是特例：只有她一个人在给严林加油，其他人都是在给侯梓皓喊的。

她对运动一窍不通，但是也能看得出来他打得很好。

他个子高，四肢都很修长，篮球在他手上好像也没多大了似的，给她造成了一定程度上对比例的混乱；他动作也快，运球的时候几乎看不清动作，奔跑、起跳、投篮，一连串动作一气呵成，篮球抛出了漂亮的弧线，"嗖"的一下不偏不倚落进了篮筐，这时候就算有人指着他告诉她那是体育特长生，她也不会有所怀疑。

真的打得很好。

他经常得分，大概是全场得分最多的吧，每次投中场边就会爆发出欢呼声，他的朋友们也都会过去围着他跟他击掌庆祝，少年奔跑起来的样子显得生机勃勃，明朗又健康。

周乐琪静静看了一会儿，那时不知道想起了什么，忽然有些出神，直到一场结束的哨声响起，她才回过神来。这时候男生们都往场下走了，打赢了的红光满面，输了的就垂头丧气，倒是很好辨认。

场面更热闹，女孩子们也都围了上去，热热闹闹地笑、说话，一片嘈杂，周乐琪还听到身边的许欣她们在说要到前面去给猴子他们递水。

她看向被大家议论的那个主人公，却发现他也正在看向她这个方向，深邃的五官在阳光下尤其立体，他跟旁边的人说了几声"借过"，然后就朝这边走了过来。

周乐琪当然不至于觉得他是来找她的——果然，他刚往水泥台阶上迈了两级，袁嘉惠就朝他伸出了手，把手里拿的矿泉水递给了他，笑着说："给，渴了吧？"

哦，原来袁嘉惠多买的那瓶水是给侯梓皓的。

侯梓皓当时似乎愣了一下，又很突兀地看了周乐琪一眼，随后把水接了过去，对袁嘉惠说了一声"谢谢"。

周乐琪恍然大悟，又联想起这两天课间袁嘉惠总是会走到侯梓皓身边说话，于是就把一切理顺了。

她正这么想着，却发现侯梓皓又在看她了，她觉得他这时候看她很奇怪，不知道是不是担心她会乱说话。

她抿了抿嘴，这时候却听袁嘉惠对自己说："学姐，你看我说得没错吧？猴子很厉害的，打球贼溜。"

这句话没什么问题，就是那一声"学姐"有点刺耳。

她说话的声音很大，在场人的目光本来就在追着侯梓皓，这么一来更把这一声"学姐"听进了耳朵里，(43)班的人本来不知道传说中那个复读了两回的"学神"就在自己眼前，这下总算尽人皆知了，于是大家纷纷把目光招呼到了周乐琪的身上。

好奇的、审视的、旁观者的目光。

一下子，就让周乐琪遍体生寒。

后来还是有些不愉快的。

周乐琪虽然没有和任何人起争执，但是明眼人都能看出她的脸色冷了下去，然后一句话都没说，径直转身走了。

这当然不是最恰当的处理方式，太不圆滑了，很容易就跟所有人的关系搞僵，可是周乐琪根本不在意——她的生活已经有那么多糟心的事儿了，早就没有心情再忍耐别人，如果有不愉快的事儿找上她，她的处理只会是转头就走。

冷淡而直接。

她走了，剩下的人就难免尴尬。

最尴尬的当然是袁嘉惠，她大概也没想到周乐琪会这么处理这件小事，心想：一般人不都应该默默受了这种软刀子吗？她这么狠，就不怕以后在班里混不下去？

她有点蒙，但没忘了要博取同情，装作不知道发生了什么的样子四处看了一圈，一副受惊吓的样子，还问身边的人："这……学姐是怎么了啊？我是说错什么话了吗？"

高倩倩和许欣都安慰她，高倩倩说："我也不明白怎么了，你就是正常说话啊，她反应过激了吧？"

许欣脾气更大，看着周乐琪已经走远的背影冷哼了一声，还开了嘲讽技能："咱们不用管，问心无愧就行了——不就是成绩好点吗，狂得跟什么一样，她要是厉害能复读两回？说不定原来那些成绩是作弊来的呢！"

高倩倩揽着袁嘉惠附和："就是就是！"

这一通输出闹得现场更加热闹，大家都跟着议论纷纷，（43）班的人除了米兰在专心致志地给严林递毛巾擦汗，其他人也都兴致勃勃地听八卦。

袁嘉惠心里踏实了，觉得自己得了民心，默默满足了一会儿，然后又有点委屈地看向侯梓皓，瘪了瘪嘴问："猴子……你说她刚才那是什么意思呀？……是我做错什么了吗？"

高倩倩和许欣一听她这么说了就开始帮着她说话，让她不要傻乎乎地总把责任往自己身上揽，可袁嘉惠更希望说这些话的是侯梓皓——她希望他也能觉得那个周乐琪是个神经病，是周乐琪欺负她。

没想到这时候侯梓皓笑了一下，而表情却已经冷了。

"大家一个班的同学，你干吗叫她学姐？"

说完，他看了她一眼，意味微妙，好像一下看到了她心底。

袁嘉惠心中猛地一沉，隐约觉得自己被他整个看穿了，而周乐琪也把她的心思看穿了，一时之间既难堪羞愤又尴尬委屈，说不出话了。

一边的葛澳看情形不对想劝和，但是侯梓皓已经转向了许欣，没什么表情地说："没根据的话还是不要乱说了吧，或者其他人要是有本事，也作弊得一个700多分试试？"

许欣被撑了一个大红脸，刚才的义愤填膺不见了，还忍不住往袁嘉惠身后缩了缩。

原本闹腾的操场一下安静下来，大家都有些无所适从了，侯梓皓也没在原地多待，先看了看手里拿的水——已经被他拧开了，又看了看袁嘉惠，想了想说："这水谢了，一会儿回班里我把钱给你。"

说完，拿起自己的校服外套就拨开人群走了，严林拔高了点声音问他："你不打了？"

他一边走一边背对着人群摆了摆手。

后来一整天周乐琪都没跟任何人说话。

她就跟原来一样孤僻地坐在自己的座位上，上课记笔记，课间要么趴在桌子上睡觉，要么就低头做作业，明明一句话都没说，可就是让全班都感觉到了低气压，大家走路都不自觉地比平时轻了一点。

而侯梓皓也不幸被误伤了——周乐琪不跟他说话了。

虽然她本来也不怎么跟他说话，但是今天气氛的确变了，下午上生物课的时候她铅笔掉地上了，他弯腰给她捡，还给她的时候她连看都没看他，更别提说什么"谢谢"了。

唉……

下午的周考考了数学。

数学就是魔鬼，考得人脑仁爆炸，（1）班虽然尖子生遍地，但还是难免翻车不断——不仅压轴的导数题做不出来，倒数第二题的数列也是一团糨糊，甚至填空题里的向量也让人一脸蒙，除了三角函数能做出来以外，其他每一题都有点挡手！

侯梓皓的数学一向拔尖儿，但这个周考题也做得他头疼，体感难度高于高考，他连特殊值这么不要脸的方法都掏出来用了，居然还是搞不出填空最后一题。而且做题时间也不够，都快交卷了，他还在数列第二问，导数那道题还没开始。

而那个时候周乐琪早就搁笔了，都开始收拾书包准备提前交卷了。

周乐琪提前交卷的时候全班都傻了，大部分人还剩好几道大题，而且前面也还有好几个小题空着没做出来，他们就看着周乐琪轻飘飘地把卷子交了。数学老师薛军收了卷子低头看了一会儿，满意地点了点头，然后就告诉她可以走了，于是周乐琪就在众目睽睽之下独自背着书包走出了教室。

一直到走出校门她才终于松弛下来，而白天袁嘉惠的那一声"学姐"却还留在她的耳朵里。

"学姐"……

她想起了去年，去年复读的时候她也有相似的经历，那是一个男生，本来是成绩最好的，后来她来了以后他就一直考不过她，因此受到了一些调侃。那个男生大概也是气不过，就一直阴阳怪气地叫她"学姐",似乎想通过这个叫法向别人证明自己并不是不如她,只是她复读了而已。

那是很压抑的一年。

她家里的破事儿层出不穷,到了学校又要忍受那一声声以"学姐"为名的嘲讽,让她觉得压抑,以致后来一直对这个词很排斥——尽管她知道,他们叫她"学姐"本身是没有问题的。

今天的袁嘉惠也是一样。

周乐琪知道是自己反应太过了,可是……

算了。

就这样吧。

她慢慢地走,走到文化宫等公交车,车来了她就上去了。今天她来得早,车上的座位比平时更多,她选了一个靠窗的地方坐下来,随后很快就有一个中年男人一屁股在她旁边坐下了。

那人不是很高,微胖,有点谢顶,和她贴得很近,但是并没有在看她。

周乐琪皱了皱眉,偏过头看了一眼车内:到处都是空座,还有很多旁边没人的座位,这个人为什么非要跟她挤?

她想站起来换个位子坐,那个中年男人却扭过头来看她了,还主动跟她搭话,问她是不是一中的学生,一张嘴,一股浓重的口臭便扑面而来,让周乐琪忍不住别开了脸。

她有点无措。

"周乐琪。"

这个时候忽然有人叫她,她一抬头——

看见了侯梓皓。

他正单肩背着书包,气息有点急促,在她愣神的时候已经直接越过那个中年男人来拉她的手腕。

掌心是热的。

她有些迷茫地被他拉起来,跟着他往后排空荡的地方走去,还听到他一边走一边说:"不是让你等我吗?你怎么自己先走了?"

那么自然……好像跟她很熟似的。

周乐琪当然不至于不知好歹，知道他这是在替她解围，更有保护她的意思，同时她也感觉到那个中年男人还在盯着她看。她有些紧张，于是尽量自然地回答侯梓皓，说："……下次等你。"

这话倒是把侯梓皓给说愣了。

……还有这种好事儿？

他微不可察地笑了一下，随后很酷地"嗯"了一声，把周乐琪让进靠里的位子坐下，然后在她身边坐定了。

他抬头看了前面那个中年男人一眼，对方很快目光回避，拿后脑勺儿对着他们。

周乐琪见那个男人总算回过了头，心中长舒了一口气，这时才发现侯梓皓还在拉着她的手腕，她抿了抿嘴，一边把手抽出来，一边低声对他说："……谢谢。"

侯梓皓这才发现自己一直拉着人家，有点不好意思，他咳了一声，说："没事儿。"

说完这句以后周乐琪就再没说话的意思了，侯梓皓下意识地看了一眼自己的手，总感觉那里还留有刚才牵她的触觉，细腻而……

打住。

侯梓皓，你能不能别这么猥琐？

他在心里骂了自己一句，又不着痕迹地看了周乐琪一眼，见她半低着头，情绪看起来还是低落，于是自然觉得她还在为今天体育课上的事情不高兴。

他想安慰她，于是咳了一声吸引她的注意，她偏过头看向他，皮肤细腻又白皙，又让他想起刚才拉她手腕的感觉了。

……她真漂亮。

"今天白天的事儿，"他很正经地说，"我觉得……"

结果还没说完就被周乐琪打断了。

她摇了摇头，说："没事儿，我明白你的意思。"

他皱了皱眉，问："我是什么意思？"

周乐琪觉得他这是在打马虎眼：还能是什么意思？他的目的当然是

要为袁嘉惠解释了，劝和嘛，少不了要为人家说好话，也有可能是想让她跟袁嘉惠道歉，两边各让一步什么的。

她是不太有兴趣的，但也不愿意迁怒，想了想说："今天的事我没有放在心上，以后也不会跟她起冲突，你放心吧。"

这话……怎么听着那么不让人放心呢？

侯梓皓仔细品了品，越品越不对劲，于是说："你是不是误会了？我不是替袁嘉惠说话的。"

周乐琪挑了挑眉，一副很意外的样子，还问："你们不是……"

剩下的话她没说出口，所以侯梓皓一开始也没听明白，还是后来反应了一阵才回过味儿来，当时那可真是一阵急怒攻心。

他简直无语："那当然不是了！"

周乐琪看他眉头皱得厉害，好像还带了点脾气的样子，不禁觉得自己踩到了他的痛脚——这也是可以理解的，他们之间不熟，想来他也是怕她在老师们面前多话吧。

为免他再多想，她于是就装作相信了，点头说："是吗？那是我想多了，不好意思。"

周乐琪这个人，不管说什么话都是一个表情、一个语调，以至于侯梓皓一时之间也没法判断她到底是不是真的信了。

然而，现在他如果抓着这件事继续解释，从观感上来说又难免显得奇怪，恰当的处理只能是就此打住。但他越想越郁闷、越想越无语，一直到公交车到了终点站还没缓过劲儿来。

……那个堵啊。

到终点站的时候那个中年男人还在车上，侯梓皓一直注意着他，到站的时候也故意拖到最后才下车，在站台上一直看着那个男人走远了才收回目光。

明显是保护的姿态。

周乐琪注意到了他这些小动作，心中有些触动。

她复读了两年，原本认识的朋友早都不在 A 市了，而她自己又怎么都融不进新的圈子，所以真要算起来，她其实已经很久没有接受过别人的好意,今天这是头一回。

她很感激。

侯梓皓把目光收回来的时候恰好碰到周乐琪抬头看他,她好像在笑,又好像没有,眉眼看起来很柔和,不像平时那么冷淡了,有种柔美的味道。

她说:"谢谢。"

……侯梓皓咳了一声,来掩饰自己当时的局促,说:"没事儿,应该的。"

这句"应该的"有点微妙,不过周乐琪并没有深想,时间已经不早了,她如果晚回家妈妈要担心的。

"那我先走了,"她说,"明天见。"

"……明天见。"

她转身走了,身影很快就在夜色里消失不见。

周乐琪打开家门的时候看到了周磊。

他就在家里的小沙发上坐着,而余清则在餐桌边的椅子上坐着,两人隔得尽量远,桌子上有三碗米饭、三副筷子。

周乐琪没想到会看到这一幕,她的心像是猛地被刺了一刀,因为太突然了,以至于血都来不及往外流,以至于神经都还来不及感觉到痛。

而周磊一看到她就站起来了。

那是个相貌平平的男人。

个子不算很高,有几乎所有中年男人都会有的啤酒肚,相貌上唯一的优点大概就是皮肤白,除此以外,乏善可陈。

不过他的穿着很体面,西装革履,戴有金丝边的眼镜,一副斯文体面的样子。

可斯文体面的人会一而再再而三地出轨吗?

会和外遇对象有那么多不堪入目的对话吗?

周乐琪冷笑了一下。

周磊朝她走了两步,表情有点尴尬,但又似乎努力想亲近她,叫了她一声:"琪琪……"

他没能再说下去,因为他刚叫完这一声,周乐琪就不由自主地露出了厌憎的表情。

浑身上下都在抗拒、都在犯恶心。

周磊更尴尬了,而周乐琪根本不再看他。她把书包放下,然后就走到余清身边,说:"妈,咱们吃饭吧。"

说完,当着他们的面把多出来的那副筷子收了起来,把多出来的那碗饭倒进了垃圾桶。

余清的眼眶已经红了,拉着女儿的手也叫:"琪琪……"

又来了。

又来了。

周乐琪的心里涌起一阵强烈的无力和愤怒。

她的妈妈又开始心软了。

她在这一段婚姻中受了那么多伤害,被那个男人用各种方式背叛过无数次,她也不知道有多少回下定决心要彻底和他一刀两断,可是闹到最后每次都会心软。

她根本不应该让周磊再踏进这个家门,也不该给他做饭、容许他留在这里,更不该让周乐琪和这个自己名义上的"爸爸"沟通!

周乐琪已经厌倦了这些周而复始,她也不像自己的妈妈一样心软,可能更像周磊吧,跟他一样狠心——他既然能那么彻底地抛妻弃子,那她为什么就不能同样彻底地不要这个爸爸呢?

她根本不动容,脸上连个表情都没有,对余清的哀求置若罔闻,背对着周磊说:"请你离开吧,我们要吃饭了。"

那个男人脸皮很厚,在她的逐客令面前还试图挣扎,说:"琪琪,爸爸没别的意思,就是来看看你和妈妈,看看你们需要什么……你一直不接爸爸的电话,爸爸想看看你……"

这些话很好笑。

每一个字都好笑。

好笑得周乐琪忍不住回过身看向了他。

"需要什么?"她反问,"我需要蝴蝶湾那个房子,需要一辆车一个司机每天送我上下学,行吗?恐怕高翔不会允许吧。"

周磊哑然。

周乐琪神情轻蔑:"想看我?原来不是天天能看见吗?可是你每天都不回家,在我生日当天也跑出去和那个女的鬼混,在我看来你也不是很想见到我,那现在又为什么说这些话呢?"

周磊节节败退。

周乐琪一步不让,甚至显得咄咄逼人,她在学校里的那种沉默寡言完全不见了,此时的她是如此善辩。

"你根本不爱我,也不爱这个家,否则不会在我第一次高考的时候出轨,不会让人家闹到家里。"她的眼神和话语都像锋利的刀子,"最起码,你不会表面说要改正,结果却还在我复读的那一年继续干那些恶心的事。"

"琪琪,我——"周磊试图辩解。

而周乐琪根本不听。

她忽然快步走到大门口,一把把破旧的木门和铁栅栏门都打开,大声说:"请你离开,以后再也不要来。"

余清已经开始哭了。

呜咽的哭声绵延不绝,就像两年间周乐琪无数次听到的那样。

她岿然不动,决不妥协。

场面凝滞了一会儿。

周磊似乎发出了一声叹息,随后终于妥协了,脚步沉重地向门口走来,经过周乐琪的时候她别开了脸,连一眼都不想多看。

他在走之前似乎还想张嘴对她说什么话,她也没有听,"砰"的一声,用力关上了门。

那天余清一直在哭。

周乐琪心里其实不知道她为什么要哭——那个男人有什么好?有什么地方值得她的眼泪?可是余清就是要一次一次为他哭,甚至原先那两年还始终坚持着不肯跟他离婚,如果后来不是周磊先下定了决心,他们现在还会维持着这段可悲可笑的婚姻。

周乐琪生气,可是她又同情自己的妈妈。

她是一个没有工作的女人,在被周磊背叛之前她一直在家里过着富足的生活。

不工作几乎可以等同于不社交,那时候余清除了家里的保姆几乎不和其他人交往,现在她和周磊离婚了,家里连保姆也没有,只要周乐琪去上学,余清就要开始独处,从早上一直等到周乐琪回家。

孤独是让人溃不成军的东西,她一定很痛苦吧,可又没有办法突破这个"瓶颈"——她已经四十多岁了,几十年没有工作的人,现在该去哪里找工作?体面的工作不会要她,而不体面的工作她又没办法接受,上下都没有着落。

只能继续待在家里。

她没有事情做,当然只能一遍一遍回忆过去,哀叹她苦心经营过如今却支离破碎的家庭,而回忆的作用是什么?除了加重痛苦,根本没有其他任何功能。

周乐琪也无法责备她,她知道余清有多么痛苦,也知道她有多么无助,因此当她哭的时候周乐琪能做的仅仅是陪着她,把原先说过无数次的安慰话再重复一遍,直到那天的那顿饭彻底凉透了。

那天的一切是在晚上十点半平息的。

余清已经睡了,周乐琪独自坐在餐桌旁,把残羹冷炙收拾完,从柜子里拿出台灯打开。

她知道自己应该开始做作业了,如果现在开始做,她就可以争取在凌晨三点前做完,那么她就还能再睡将近三小时。

可是那天她的心里很乱,而且烦躁不堪,面对着面前的卷子和练习册,她只有想把它们撕碎的欲望,根本提不起劲写。

她心里憋着一股火,然而却不能撕作业,最终还是从草稿本上撕了一页纸,撕的时候也不敢太用力了,否则声音太大会惊动已经睡着的妈妈,如果被妈妈看到她也崩溃了,妈妈一定又会流泪的。

周乐琪……你要争气。

这一次高考一定要成功,然后就去北京。

只要去了北京,一切都会好的。

第4章

第二天薛军上课的时候抱着周考卷子和作业一起进班,先报了成绩。

周乐琪,146。

侯梓皓,139。

严林,137。

……

葛澳,106。

袁嘉惠,105。

……

高倩倩,97。

……

许欣,73。

……

及格线是 90 分,全班不及格的有五个,平均分也就不到 110 分。

……而周乐琪却只扣了 4 分。

这下可好了:昨天上体育课的时候全班都听到许欣她们在那儿咋呼,说什么周乐琪的成绩都是作弊来的,结果前脚刚造了谣,后脚人家就考出一个 146 分,而许欣自己却只考了 73 分。

啊这。

吃瓜群众默默吃瓜,心里都有一些风起云涌,可是远远比不上侯梓皓心中的不平静。

……他居然比她低了 7 分?

侯梓皓不是玻璃心的人，也不是事事要掐尖儿非得争第一不可，但是7分未免也差太多了吧？他担心周乐琪会觉得他菜，进而对他印象不好。

这个问题就很严重了。

如此想过之后，一向对分数不太在意的侯神不禁头一回对自己的成绩产生了自卑心，甚至在卷子发下来的时候还忍不住默默调了个角度，努力不让周乐琪看到他的卷面，并且还在心中默默立志：下一次，下一次他必须得考过她。

周乐琪当然是不知道侯梓皓这些内心戏的。

薛军还在上头滔滔不绝，又强调了一遍高三的重要性，告诫大家不要偷懒，要为青春的美好奋力一搏，不要做对不起自己的事情。

周四轮到周乐琪做值日，侯梓皓本来打算留下帮她，结果葛澳忽然冒出来横插一杠子搅局。

葛澳问侯梓皓："你最近干吗呢？一放学就看不见人，去哪儿鬼混了？"

侯梓皓生怕周乐琪听见，赶紧把葛澳的嘴捂了拖出去，葛澳吃了一惊，上下打量侯梓皓："你干吗呀大哥？真做亏心事儿了？"

"滚。"侯梓皓皱眉。

葛澳"嚯"了一声，很感兴趣，立刻追问是什么大事儿，侯梓皓不说，这时候透过教室的窗户看见周乐琪把扫帚放下开始收拾书包了，于是立刻抛下了葛澳，声称"有事明天再聊"，随后就在周乐琪走出教室之前先一步下了楼。

周乐琪走出学校的时候正好看到侯梓皓在校门口的路边摊买水果冰粥。

她想了想，还是没有主动跟他打招呼，打算默默走开，没想到他却正好回头看见她了，还问她："你值日做完了？"

周乐琪有点蒙，点了点头。

他"哦"了一声，又说："那你等我一会儿？我这儿也马上就好了。"

他都这么说了，她还能说什么？只好在原地等他。

然后他俩慢慢悠悠地在文化宫站等车，车来了又慢慢悠悠地上车。

侯梓皓眼尖，一上车就看到昨天那个中年男人还坐在车上，他皱了皱眉，觉得有些不对劲。

昨天是周考，周乐琪提前交了卷子，坐车的时间比平时早起码十五分钟，如果这个男人是上班族或者每天按规律坐车，那么今天这个时候他就不应该出现在这趟车上。

他心中升起警惕，从上车刷卡到坐到座位上一直在默默观察这个男人，倒没有发现他有什么异常，除了在他和周乐琪上车的时候往他们这个方向看过一眼以外，就没有什么其他动静了。

但侯梓皓依然刻意带周乐琪坐到后排，和那个男人保持了一段距离，坐下后问她："你原来坐车的时候经常能碰到他吗？"

他是这周才开始坐这趟车的，对这条线不熟悉，但估计周乐琪会知道。

而出乎侯梓皓预料的是，周乐琪其实也对这趟车很不熟。

她的父母离婚不久，她也是从上学期才开始坐公交车，那时候坐的还是校门口的车，不是这趟301路，所以她也不知道这个中年男人是不是经常坐这趟车。

她摇了摇头，说："不知道。"

侯梓皓不知道背后还有一些复杂的缘由，他觉得周乐琪之所以不了解那个中年男人的情况，可能是因为她本来就不太关注别人，所以就也没再多问，只是自己给自己提了个醒，以后要多留心那个人。

两人坐定了，侯梓皓把塑料袋里的冰粥拿出来，一共两碗，他递了一碗给周乐琪："给。"

那个冰粥在一中学生之间享有盛名，尤其夏天卖得很紧俏：雪花一样的碎冰铺在底下，上面则铺满了清清凉凉的水果，譬如西瓜、雪梨什么的，还会浇上熬得很软糯的红豆。根据个人喜好，还可以再加上些葡萄干、花生碎之类的。

周乐琪没想到侯梓皓会给她买冰粥，有些惊讶，然后就打算推辞，然而侯梓皓就好像知道她要说什么似的，当先补了一句："做活动，买一送一的。"

……买一送一？

周乐琪本以为只有大超市会搞什么促销活动，原来路边摊也有这种事吗？

她不太确定，而眼前的冰粥侯梓皓已经举了半天，周乐琪想了想还是接了过来，说："谢谢……我明天把钱给你。"

侯梓皓也没再继续掰扯这个事儿，两人开始吃冰粥了。

周乐琪舀了一勺被红豆汤浸透了的碎冰，勺子上还带了一块小西瓜，入口时甜意一直蔓延到舌根，清凉的感觉。

真好吃。

侯梓皓跟周乐琪当了快一周的同桌，也渐渐摸到了一些规律，开始有一点能够理解她的微表情了。他也举不出具体的例子，但是现在观察她的眉梢、眼尾、嘴角、侧脸，他隐隐约约就会有一些感觉，觉得她此刻的心情正在变好。

他的心情于是也在跟着变好。

两人默默地吃了一会儿冰，周乐琪偏过头看了侯梓皓一眼，委婉地说："我觉得你还挺不一样的……"

周乐琪早就有这种感觉了：侯梓皓和她认识的那些优秀学生都不大一样。

怎么说呢？就是有点太……太自由了。

他打游戏，也打篮球，上课的时候不是那么积极投入，总给人一种很轻松自在的感觉。而一般来说成绩优异的学生都是很拼命的，抓紧每分每秒学习，有时候甚至苦大仇深，比如她自己，又如她原来认识的那些考到名校的同学。

哪有人像他似的，把高三过得跟高一一样？

而侯梓皓听了这话倒像是挺有感触，他笑了一下，带点痞气和散漫，可是偏偏显得更帅了，他也看着她，优越的眉骨线条使得眼睛显得更深邃。

"我知道你是什么意思，"他说，"我原来可不是什么好学生。"

周乐琪一听这个有点意外，问："你原来成绩不好吗？"

侯梓皓耸了耸肩，说："一般吧，高一的时候成绩很一般。"

周乐琪惊呆了。

一般来说，顶尖成绩和普通成绩之间是差距不小的，一个原本是普通成绩的学生要真的拔尖儿拔到年级前列，而且稳定在最高分，可能性很小，这是由心态、习惯、基础共同决定的。

"真的？"周乐琪有点不信了。

"我骗你干吗？"侯梓皓笑了一下，随意又坦然，"那时候我学习态度不端正，后来认真学了成绩就上来了。"

周乐琪觉得这事儿挺有意思的，同时觉得这背后一定有什么励志故事，否则怎么让一个人有这么大的改变？

她又低头舀了一勺红豆冰沙，边舀边问："那是什么动力促使你开始好好学习的？"

那时候她的注意力全在冰沙上，自然就没看见侯梓皓侧头看着她的那个神情：透着回忆、怀念、微微的光亮以及淡淡的温柔。

他在看她。

在她不知道的时候，一直在看她。

周乐琪过了一阵没听到他的回答，感觉有些奇怪，她抬起头看向他，而这时侯梓皓已经把目光错开了，一边吃西瓜一边随口答："也没什么，就是觉得努力这种事，就算不看结果，本身也挺酷的。"

周乐琪的心微微一晃，舀冰沙的手也顿了一下。

她忽然觉得这句话有点耳熟，可同时又很陌生。

还有那个曾经抱有这种信念的自己……也是同样的熟悉又陌生。

她沉默着，手中的勺子过了好一阵才又动起来，低着头淡淡地说："是很酷，可是现实有时候没有这么单纯。"

天色渐渐暗了。

"有结果的坚持才叫坚持，至于没结果的，大概只能叫笑话吧。"

她的声音低了下去。

那个时候周乐琪不知道她自己为什么要说这种话，也没意识到那天自己的话比平时多，她只是说了当时当刻跑到脑子里的话，而对这个行为背后隐藏的理由毫无察觉。

侯梓皓却发现了一些微妙的变化，他心里有一点触动，同时眉头也微微皱起来了。

也许是因为那个时候他已经隐约察觉到……

……她在坠落。

次日是周五，一周的最后一天。

周乐琪走进班里的时候就感觉到班里的气氛有点不寻常，原本觉得只是周末快到了，大家情绪比较高涨，但是后来又觉得他们的眼神不太对，好像都在看她，这就让她有些慌乱。

这种慌乱一直持续到侯梓皓走进教室。

说起来也挺奇怪的，明明她跟他也不是很熟，可是他一来她就觉得心里踏实了一点，可能因为最近他们总是一起回家，所以慢慢有点熟悉了吧。

他看起来又是熬夜了的样子，她忍不住问了一句："你是失眠了吗？"他每天看起来都没休息好。

侯梓皓一听，觉得这话有点关心他的意思，心里有点飘，但脸上还是端得很酷，马马虎虎地说："没有，我就是做作业比较慢，熬得晚——没事儿。"

一副让她放心的样子。

周乐琪"哦"了一声，想着要不要跟他说几个提高效率的方法，这时候老潘就走进了教室，于是全班一团忙乱，纷纷掏出语文课本准备早读。

老潘走上讲台，清了清嗓子，说："有几项班级工作要布置，各位同学，尤其是各位班委，注意听一下。"

他说了一串事儿，什么大扫除、什么收团员费、什么作文竞赛报名，侯梓皓全都左耳进右耳出，唯独那最后一件事深深烙在了他的心上。

"最后就是这个月的黑板报要出了，"老潘推了推架在鼻梁上的眼镜，视线穿过人海锁定了侯梓皓，"文体委员注意一下，主题要求下课到我办公室来拿。"

侯梓皓真没想到自己有一天居然要出黑板报。

他那个艺术水平吧，给他一支笔他都不知道能不能把人的五官画全，尤其是头发，最多只能画一排竖线表示，这种水平怎么出黑板报？老潘还强人所难，说什么最好用水彩来画，这样颜色比较鲜艳，主题都给他定好了——"青春飞扬，无悔高三"。

"无悔"？

别人来画确实无悔，但他来画就是误会。

周乐琪本身不是幸灾乐祸的人，可是侯梓皓从潘老师办公室回来后看起来实在太颓丧了，那张出黑板报的通知就被他放在桌子上，他连看它一眼都嫌多。这种画面又让她想起原来她家邻居养的那只德牧了——看起来很凶的大狗，从来不发脾气，生气了也就自己趴着不理人而已。

又可怜又好笑。

这个联想让周乐琪没忍住笑了一下。

而侯梓皓一偏头正好看见周乐琪在那儿笑，更闹心了。

他虽然喜欢看她笑，但是这个事儿说起来真有她一半责任：要不是选班委那天她忽然在他旁边笑了一声，他怎么会神志恍惚，错过拒绝当文体委员的机会？

现在可倒好，她一个罪魁祸首，居然还好意思笑。

然而这口锅肯定扣不到人家头上，侯梓皓因此只能忍气吞声，过了一会儿还不得不过去问人家："……你会画画吗？"

周乐琪其实会一点儿。

小时候她学过一段时间画画，虽然后来没有坚持练习，但是出黑板报还是足够的。

不过她听侯梓皓这个意思好像是希望她帮他，而出黑板报一般都要放学后留下来，这样会让她晚到家，她妈妈会担心的。

周乐琪想了想，问："你画画水平怎么样？"

这个问题太难以回答了。

侯梓皓沉默了一会儿，然后就从桌洞里掏出一个草稿本摊开，一边摘笔帽一边说："我给你演示一下好吧。"

说完"唰唰唰"十秒画完，把本子推到了周乐琪面前。

周乐琪看了一眼，也沉默了一会儿，然后问："……那你有其他朋友能帮你吗？"

侯梓皓机智地从这句话里听出了两个意思：

第一，她确实认同他画的是一团糨糊；第二，如果他没有别的选择，她还是有可能会帮他的。

侯梓皓来劲了。

他十分沉着地把笔帽盖上，然后又以很遗憾的表情远远地看了一眼正在掏耳朵的葛澳和正在刷模拟卷的严林，摇了摇头，说：“我觉得他们可能还不如我。"

周乐琪当时想说"应该不会有人不如你了"，但她忍住了，想了想，只是问：“潘老师说要用水彩？"

这话听起来是有门儿。

侯梓皓转悲为喜，但表情还是很沉着，说：“水彩我可以放学以后去买，黑板报上的字我也能写，主要就是这个画没辙。"

周乐琪抿了抿嘴，没说话。

这时候上课铃响了，英语老师走进了班，侯梓皓也就没再追着周乐琪继续说黑板报的事儿，可是一整天都没放弃，时不时就要当着周乐琪的面叹一口气，然后再回头看一眼教室后面一个大字儿也没有的黑板。

堪称教科书级别的求生暗示。

事实证明，努力就是人生的法宝，只要够努力，甚至可以变废为宝。

他最终还是说动了她。

其实周乐琪答应帮忙倒不单单是因为同情侯梓皓，更是因为感激他。他之前帮她买面包、请她吃冰粥以及替她解围的事情她都记得，她的生活是一团乱麻，而他给了她一些善意，这就足够让她感激他。

班里同学都走了，周乐琪就走到教室正中间看了看后面那块黑板，对侯梓皓说：“要不你先去买个水彩？我在这儿把黑板擦一下，然后画个草图什么的。"

那时候教室空荡荡的，除了暖色的夕阳以外就只剩他们两个，侯梓皓看着她撸起袖子以后露出的一小截雪白的手臂，觉得自己开始紧张了。

咚。

咚。

咚。

这事儿说起来也挺奇怪的，其实这一周他没少跟她单独相处，晚上陪她坐车回家的时候他们还一直坐在一起，那个距离比现在近多了，可是他都没有那么紧张，而现在她站得离他有五六步远，他却很突然、很猛烈地感到局促。

为什么呢？

难道是因为，他第一次听到她声音的那天，也正好是在教室里，也正好是在这样的黄昏中吗？

他不知道。

周乐琪半天没等到侯梓皓的回答，以为他是不愿意出去跑腿，她想了想，又说："或者我们交换也可以，我去买，你擦黑板。"

侯梓皓这才回过神来。

他咳了一声，扭头看了看窗外，忽然问她："你饿不饿？"

周乐琪："嗯？"

他又回过头看她了，背着窗外的光对她一笑，两手插兜，眉眼深邃。

"我饿了，"他说，"咱们先吃饭去吧。"

那天他们在学校后门的小吃一条街上一起吃了牛肉面，等饭的时候侯梓皓去隔壁的小文具店买了水彩和画笔，等他回来时牛肉面刚好端上桌，热气腾腾的。

这家牛肉面馆已经有些年头了，周乐琪读高一的那年它已经办了五周年店庆，到今天已经开了快十年了。

店面不大，座位也不多，老板娘是个爱干净的人，一向把店里收拾得很干净，桌子上从不会有黏糊糊的油。最关键的是她家的面好吃，牛肉给得很多而且熬得很香，可以算是一中学生的"白月光"。

周乐琪是这家店的常客，老板娘都跟她很熟了，上面的时候还跟她聊天，说："小姑娘今天只吃一碗面啊？不加肉了？"

坐在她对面的侯梓皓听得挑了挑眉。

周乐琪忽然被点破饭量，尴尬得脸一下红了起来，她匆匆忙忙地对老板娘点头，又叽里咕噜说了几个字，但是谁也没听清，直到老板娘走远了她脸上的红晕还没消退。

把侯梓皓逗笑了。

他摸了摸鼻子，尽量保持不笑，自然地说："你不用给我省钱，吃不饱就加肉呗。"

周乐琪一听更臊了，一边从筒子里拿筷子，一边低着头掩饰，说："不用了……你快吃吧。"

侯梓皓表面随意地答应了一声，但心里已经开始笑了，还默默地想：她局促的样子真可爱。

他忍不住一边吃面一边注意观察她。

她吃饭吃得很慢，可是真的吃得很香，尤其吃肉的时候看起来更开心，还会拿勺子一小口一小口地喝面汤。汤碗里的热气一直在冒，让她出了一点汗，脸色因而更加红润，看起来更漂亮了。

原来她喜欢吃肉。

意识到这一点之后的两秒钟内侯梓皓想起了起码十家饭店，每一家都有一些口味很出众的硬菜，还有他们家丁阿姨做的糖醋小排也很好吃，他很想带她去尝尝。

他正这么想着，对面的周乐琪已经把筷子放下了，侯梓皓有点惊讶，问她："你吃好了？"

她已经在拿纸巾擦手了，说："好了。"

侯梓皓扫了一眼：她把牛肉都吃了，但是面条剩了一半。

侯梓皓："……"

难怪她瘦呢，原来是只爱吃肉，不怎么吃主食的。

他打算劝她再吃一点儿，但是看她的表情好像是有话要说，他于是问她："怎么了？"

周乐琪抿了抿嘴，问他："你带手机了吗？"

侯梓皓一愣，点头："带了。"

说完就把手机从裤兜里掏了出来，连问都没多问一句，直接解锁递给了她。

周乐琪没想到他这么干脆就把手机给她了。手机毕竟是很私密的东西，对他们这种不太熟的关系来说，他起码应该多问一句她要手机干吗的。

这人……未免也太信任她了。

虽然他没问，但周乐琪觉得自己还是应该解释一句，于是主动说：

"我得给家里打个电话,说今天会晚回去一会儿。"

她在跟他解释。

这其实只是常规的礼貌性说明,可是侯梓皓心里依然感到了一阵熨帖——他很喜欢她跟他说明自己的行为,好像在给他一个交代。

他吃了一口面,说:"行,你随便用。"

周乐琪"哦"了一声,然后就拿着手机出去了,没一会儿就回来了,把手机还给了他。

那时正好他也吃完了。

她问他:"走吗?"

侯梓皓点点头,站起来:"我去结账,你在门口等我吧。"

周乐琪点了点头。

他结账的时候她就站在门外等他,那时候天色已经有些暗了,霞光因此变得更加温柔。

在他看向她的时候,她正半低着头在踢脚下的小石子,侧影温柔,额前零散的碎发随着傍晚徐徐的微风摇晃,而她的身后是来来往往的车辆和行人,大家看起来都很忙碌,来去匆匆。

所有的一切都很普通,只有她站在那里,显得与众不同。

他笑了一下,在老板娘找零钱的空当拿出了手机,又在通话记录中找到了她刚才拨打的那个电话号码。

是一个座机号码。

他看着那串普通的数字忽然有点紧张。

想了想,他把它存了起来。

备注是——

"她家"。

第 5 章

他们回到教室的时候正好是六点。

周乐琪从书包里随手拿了个草稿本,用铅笔简单打了个草稿,因为听说潘老师给的题目是"青春飞扬,无悔高三",她于是决定画个乘风破浪的大帆船。为了显得鲜艳一些,她打算用水粉把浪花画成彩色的。

她几笔在本子上勾了个轮廓,又把艺术字的布局排了一下,然后递给侯梓皓看了一眼,问:"你觉得这个版式行吗?"

侯梓皓的艺术造诣能给出什么意见?那当然是周乐琪说什么他都觉得行,非常行。

"那就这么着吧,"周乐琪也看出来他提不出什么反对意见了,于是直接把袖子挽起来,走到黑板跟前去打量了一下,"那我们今天就先用粉笔打草稿,周一再上色。"

侯梓皓对画黑板报的工作量完全没概念,本来以为这事儿一天就完了,没想到之后还能再画一天——也就是说周一她还会留下?他们还能再在一起吃一顿饭?

他心情很好,一边去教室前的讲台上拿粉笔一边答应了一声,拿完回头的时候看到周乐琪在搬椅子,他于是走过去帮她搬,又问她:"搬椅子干吗?"

周乐琪指了指黑板上端:"高的地方得踩着椅子画。"

侯梓皓看了一眼那把椅子,觉得踩上去恐怕不太稳,他又打量了一眼黑板的高度——他倒是不用踩椅子就能够得着上面,于是说:"要不高的地方还是我来,你弄下面?"

周乐琪抿了抿嘴,把草稿给他看了一眼,说:"上面要画画,画帆船。"

侯梓皓沉默了一会儿,又看了一眼帆船复杂的样子,说:"……当我没说吧。"

周乐琪没绷住,笑了。

她不笑的时候显得很严肃,可笑起来却很甜,小虎牙隐约露出来,甜甜蜜蜜的。

侯梓皓的心情因为她这一笑而越发愉悦起来,也许是他们一起吃了顿饭的缘故,距离感好像一下子消除了很多,他也笑了,还调侃了她一句,说:"行,你笑,你是当代徐悲鸿还是怎的?"

周乐琪的心情也很轻松,不知道为什么,跟侯梓皓在一起的时候她从来都没什么压力,此时还回了他一句:"比你强就行,不服你自己画。"

侯梓皓贫也就贫一句,被周乐琪一撑立刻服软,说:"服服服,服死我了——您请画。"

哄人的语气。

周乐琪倒是没有意识到自己被哄了,也许因为侯梓皓说这话的语气太自然了,以至于让她已经意识不到她还比他大两岁——他的一切都很成熟,不是说他老气横秋,只是说……他很会照顾人。

周乐琪调整了一下椅子的角度,准备踩上去了,这时候侯梓皓就适时地把手伸给她让她扶着,还嘱咐她:"你小心点儿,别摔了。"

周乐琪抿了抿嘴,答应了一声,犹豫片刻后还是搭了一下他的手臂,站了上去。

她开始画了。

黑板那么宽,其实他俩应该分工合作,一人搞一边才能快点弄完,可是侯梓皓一直担心她摔下去,所以一直站在她身边看着。

周乐琪有点无语,侧过身看着他,说:"我不会摔下去的,你去那边儿打格线吧,把艺术字写了。"

她侧身的时候又一次意识到了侯梓皓有多高,也许他不止一米八五,应该更高一些,一米八七或者一米八八,因此即便现在她站在椅子上也没有比他高特别多。

他听了她的话以后皱了皱眉,又看了她踩着的那把椅子一眼,说:

"能行吗?"

他的语气好像当她是个小学生。

"能行,"周乐琪摆摆手催他快走,"你记得把字写开一点,画好格线以后离远一点看看合不合适。"

安排他安排得十分流畅。

侯梓皓对她也是真没什么脾气,随她怎么安排都行,他走出去了两步去拿尺子和粉笔了,经过她的时候还是看了两眼,不放心又嘱咐了一遍:"你小心点儿,这个椅子没有那么宽,别踩空了。"

而周乐琪已经不搭理他了,专心致志地在那儿画帆船的帆。

侯梓皓叹了口气,去打格线了。

周乐琪的性格,怎么说呢,就是特别认真。

认真到有点犟、有点轴的地步。

其实这个黑板报估计老潘也没很当一回事,随便画画就可以了,高三搞学习的时候,谁还有时间搞这个?

周乐琪本来也就打算随便糊弄一下,可是真等她拿上粉笔,她就觉得这个事情是她的责任,她不能容许自己做出的事情有什么不完美的地方,因此她越画越投入、越画越较真儿,有几个地方画了擦、擦了画,别说,还真有当代徐悲鸿那个劲儿。

劲儿着劲儿着……当代徐悲鸿踩空了。

当时她正在执着地画船尾,还打算在船身上写个"梦想号",结果她刚跨出一步打算降低一点重心,右脚一下就踩空了。

"咣当"一声巨响,椅子翻了。

她却没有摔疼——他把她扶住了。

"小心。"

她听到他在她耳边说。

他们坐上公交车的时候已经八点多了。

天完全黑了,车上空空荡荡的,周乐琪没法儿再看书,睡意也涌了上来。

她困了。

她有很久很久没有睡过一个好觉了。

从几年前那个人出轨被发现开始，她就经常在半夜被父母争执的声音吵醒，后来他们分居又离婚，夜里的声音就从吵架声变成了妈妈的哭声。

一天又一天，周而复始。

后来她就开始恐惧黑夜、恐惧睡眠，也许是因为潜意识里她知道，夜里一定会发生什么令她恐惧和厌倦的事情。

她于是一夜一夜地失眠。

可是现在她困了。

她不知道为什么她会这么困，是因为公交车的摇晃太适合睡觉了吗？她靠在车窗上意识越来越模糊，后来不知怎的就睡着了。

呼吸绵长。

侯梓皓偏头看着她睡着的样子，心里也是一片寂静无声。

她很瘦，靠在车窗上睡着时更缩成了小小的一只，乌黑的头发扎成马尾辫，那时已经有点松了，可是竟然看起来更漂亮，有种柔美的味道。

就像两年前他走出教室，在教学楼三楼的走廊上第一次远远地见到她时一样。

他平复了一下呼吸，然后动作小心地伸出了手，轻轻、轻轻地抬起她的头，又轻轻、轻轻地让她换了一边睡。

她可能太累了，没有被他吵醒，只是中间嘤咛了一声，把他吓得血压飙升——好在最后无事发生。

周乐琪醒的时候发现自己居然靠在了侯梓皓肩上。

她立刻坐直，脸也一下子红了，好在车里的光线不是那么亮，估计不至于暴露得多么清楚。

"对不起，"她难掩尴尬地说，"我，我睡着了……"

还靠在了他肩上……

她又难堪又愧疚，甚至有些不敢看侯梓皓的脸了，好在他这人挺善解人意，大方地耸了耸肩，说："没事儿……"

说到一半他顿了顿，突然觉得此时如果表现得太自然有可能会被她看成轻浮的人，于是话锋又急转直下，表情严肃地补了一句："下次注意就行。"

周乐琪:"……好的。"

公交车到站是九点一刻。

侯梓皓看了看漆黑的天色和开发区几乎无人的街道,对周乐琪说:"今天太晚了,我送你吧。"

他的好意让周乐琪感激,然而刚才的尴尬还留在她心里,她有点不自然,觉得自己冒犯了他,这让她陷入了一种自责的情绪。

何况……她也有一些不太光明正大的小心思,不愿意被人知道她住在那个破败的地方。

因此尽管那时候她也有点害怕在这样的黑夜自己一个人回到那个没有路灯、逼仄的老旧小区,她还是选择婉拒了他的好意。

"谢谢,不过还是不用麻烦了,"她说,"我家离得不远,自己回去就行。"

侯梓皓还想再争取一下,但她已经抢先跟他说了"再见",还没等他回一句她就转身走了,背影离他越来越远。

这让侯梓皓莫名产生了一种被遗弃的感觉。

他为自己这个想法感到无语,想了一会儿还是选择跟了上去——他发誓他真的不是变态,只是今天确实太晚了,他不放心她。

他一路远远地跟着她走,看到沿途的路灯越来越暗,道路也变得越来越狭窄。

她似乎有点紧张,走路的时候一直小心翼翼地看着道路两边黑暗的角落,唯恐那里藏了人,后来更是快速地跑了起来,也许是为了防止有人忽然冒出来伤害她。

像是一只势单力薄且惊慌失措的小鸟。

他的心忽然疼了一下。

他跟着她一路走,终于看着她走进了小区,走进了单元门。他在楼下看着,看着楼道里的灯一层一层亮起来,又透过隔音糟糕的老式墙体听见了她开门关门的声音,这才终于松了一口气。

可他没有立刻离开,而是在她家楼下默默地徘徊了一会儿,平复着一些在那时难以被描述清楚的情绪,又过了大概一刻钟才离开。

周一一上学,葛澳就被他们班的黑板报惊艳了。

虽然那只是个还没上色的半成品,可是基本的框架已经搭起来了,版面主体的帆船画得精细生动,连浪花都很有层次,旁边的艺术字也新颖漂亮,引得他一通"啧啧啧"。

他和严林勾着肩搭着背点评:"猴子可以啊,艺术水平这么高吗?"

严林严谨地上下打量一番,怎么看怎么觉得这种画不是侯梓皓那个"艺术盆地"能搞出来的,于是犀利地指出:"不可能,他肯定找外援了。"

葛澳也觉得有理,毕竟张宙宁对猴子绘画水平的形容是"恰似王八画口红",他还不至于瞎到这个程度。

他正在琢磨到底谁帮了侯梓皓的忙,教室门口就来了俩人:一个是他们班的班长袁嘉惠;另一个就是(43)班的米兰,来找严林的。

葛澳朝着严林挤眉弄眼,起哄:"严林,'妈妈爱你'!"

严林气得失语了一会儿,过了三十秒才缓过来,然后微笑还击:"谢谢,爸爸也爱你。"

说完不给"敌方"还嘴的机会,径直走出教室找米兰了。

葛澳还在原地懊恼自己刚才的落败,很不爽,正好这时候袁嘉惠从他身边路过,笑着问他:"你和严林又闹什么呢?"

葛澳的不爽消散了,他挠了挠头,说:"我俩讨论猴子的艺术水平呢,说他肯定请外援了。"

说着指了指黑板报。

袁嘉惠当然也知道侯梓皓的艺术水准,她看了一眼黑板上的画,总觉得那种细腻的画风是女生的手笔。

难道……

她沉默了。

葛澳察言观色,感觉到了袁嘉惠的低落。

上回体育课上袁嘉惠叫了周乐琪一声"学姐",猴子就当众替周乐琪出了头,他虽然情绪挺平静的,可是当时那个场面实在很尴尬,所有人都觉得他一点都没给袁嘉惠面子。

结果就是那天以后袁嘉惠一直没缓过劲儿来,直到今天都还没鼓起勇气跟侯梓皓说话——当然了,更没有跟周乐琪说过话。

眼下袁嘉惠正盯着黑板报愁肠百结呢,葛澳也不方便打扰她,于是挠了挠头,悄悄溜了。

严林就没法溜了,米兰正在门口堵他呢。

米兰是个很有本事的女生。

一中的学生统一要穿校服,校服嘛,大家穿上都一个样,可她就是有办法把它穿出花来——要么把校裤裤脚挽一下,露一小截高中女生纤细的脚踝,要么就特意在订校服的时候买大一号,硬拗出慵懒休闲风。

别说,还真挺好看。

她一见严林就两眼冒光,"噌"的一下蹿到他眼前,严林都不知道她怎么能跑这么快。

他跟她拉开一点距离,随后四下看看有没有老师经过,发现没有后又皱起眉来看着米兰,说:"你又要干吗?"

米兰对他的冷淡毫不在意,还反问他:"你为什么又把我QQ删了?"

这事儿不新鲜了,在这次之前,严林起码已经删过米兰的QQ四次。

严林很坦然,回答:"上次你自己说的,考不进文科第一考场就还我一片清净。"

对,是有这么件事儿。

那是暑假的时候,米兰每天给他发两百条消息,严林烦不胜烦,又是拉黑又是删好友,结果也没用,米兰甚至能盗葛澳的号继续跟他聊,堪称"神通广大"——

严林投降了,在QQ上对着葛澳的头像卑微地敲下一行字:……你到底想干吗?

"葛哥哥"很快回复:咱俩打个赌吧。

清北抢我:?

葛哥哥:要是我一模考进第一考场,你就答应我一个愿望。

清北抢我:?

葛哥哥：怎么，不满意？

清北抢我：我再说一次，我不想陪你胡闹。

葛哥哥：问题不大，你要是接受不了也可以当作我在追星，你就当个平凡的偶像就行，其他的我可以单方面脑补。

清北抢我：……

屏幕消停十分钟，其间"清北抢我"反复上线下线十余次，疑似因极度无语而精神崩溃。

后来他终于平复了，上线回复：行。

葛哥哥：真的？！

葛哥哥：我截图了，你说话算话！

清北抢我：但是要加一个附加条款。

葛哥哥：你说。

清北抢我：你要是没考进，从此以后就还我一片清净。

屏幕再次消停十分钟，轮到"葛哥哥"上线下线十余次，疑似因极度兴奋而精神失常。

葛哥哥：行！一言为定！我给你考进第一考场！

清北抢我：……祝好。

两位的交流十分愉快，而最终，米兰离进第一考场只差了几分。

其实她真的已经进步很多很多了，原来她在文科生里成绩很靠后，整个文科也就不到 300 人。

她整个暑假真的很拼命地学习，起得比鸡早，睡得比狗晚，天天在空间打卡学习，拼命拼到让严林都不禁生出了恐惧心理，真担心她能考进第一考场。

他祈祷文科生们都能在暑假拼命学习，希望他们能把米兰牢牢挡在第一考场之外。

好在最后老天有眼，米兰还是差了一点，放榜当天严林紧张坏了，直到看到她的成绩才终于长舒一口气，一回家就愉快地删掉了米兰的

QQ 小号——"严林妈咪的第 89 个小号"。

然而严林没想到,这个女生居然如此不讲诚信——她又创建了第 90 个小号,再次来加他。

他崩溃了,上线质问:你不是说一言为定吗!!!

严林妈咪的第 90 个小号:人不能两次踏进同一条河流。

清北抢我:?

严林妈咪的第 90 个小号:意思是,答应你的是以前的我,而现在的我已经不是以前的我了。

严林那天被气得差点儿进医院。

严林已经对米兰无计可施,现在的态度是彻底服气了,以至于此时此刻看到米兰来他们班门口堵他也没有什么反应,连话都不回了。

米兰也不生气,只是抱着两只手臂命令他:"你快把我加回来。"

严林:"不。"

米兰跺脚:"为什么!"

严林揉了揉眉心,觉得头疼:"没有为什么,就不想加行不行?"

米兰气得脸都鼓了起来,她脸本来就是圆圆的,现在鼓起来更显得可爱。

她生气地在原地走来走去,这时候正好看见老潘从办公室出来要往教室走,她眼睛一转看向严林。

严林虽然不知道她要干吗,可是心里警铃大作,已经预感到大事不好,立刻警惕地问:"你要干吗?"

米兰嘿嘿笑,一边靠近他一边说:"我在你班主任眼前对你做点什么,你觉得怎么样?"

说完,她真的跳起来作势要袭击他!

严林赶紧把她按住!

要是被老潘看见自己班的学生当众与异性非正常接触,那还不得……

严林额角青筋直跳,压低声音咬牙切齿:"加加加!从 1 号到 90 号都给你加回来!"

米兰得意了,开始确认战果:"真的?"

严林已经转身走进班了。

她在原地看着他高大挺拔的背影,又联想到此刻他有火没处撒的憋气表情,几乎笑得打跌,心情立刻灿烂了,趁老潘走到教室门口之前,及时装作路过匆匆跑了。

这叫什么?

来时两袖皆清风,去时硕果一大棚。

人类的悲喜总不相通:这边严林一大早就被米兰的围追堵截气得胃疼,那边侯梓皓的心情却相当愉悦。

他以前最喜欢的就是节假日,上学的时候分分秒秒盼着放学放假,可是现在不一样了,他就盼着上学,因为只有上学才能见到某个人,才能跟她吃饭、送她回家。

他熬了两天,总算盼到了周一,一大早就如愿见到了想见的人,她见到他的时候似乎还对他笑了一下,漂亮得让人心旌摇荡。

唉。

而放学之后的时间就是侯梓皓最喜欢的了。

他事先做过功课,在学校附近发现了一个口碑很好的小吃店,据说那里的红烧肉很好吃;如果她不喜欢,隔壁还有一家卖炸鸡的,也是肉,说不定她会喜欢。

然而等到放学时,他还没来得及邀请她跟他一块儿出去吃饭,教室里就出现了一位不速之客。

……是袁嘉惠。

袁嘉惠走进教室的时候班里就只剩侯梓皓和周乐琪了,她背着书包去而复返,同时迎上了他们两个注视的目光。

好像她是一个外来者。

袁嘉惠的心像被人拧了一下,钝钝地疼。

但此刻露怯是不行的,她于是勉强露出笑容,努力自然地跟已经好几天没说过话的侯梓皓打了个招呼。

他也跟她打了个招呼,可是紧接着却问:"你怎么来了?"

很掉她的面子。

袁嘉惠心里的疼感更强烈了,她赶紧通过放下书包这个动作来掩饰自己的弱势,并笑着说:"我来帮你画黑板报啊,葛澳他们都说你画画贼丑,我这不是怕你'开天窗'嘛。"

虽然调侃的语气有助于稀释尴尬,然而由于现场尴尬浓度太高,这种稀释起到的作用微乎其微。

周乐琪是最尴尬的,毕竟她和侯梓皓之间并没有什么乱七八糟的关系,然而袁嘉惠的到来却让气氛变得微妙起来了,这让周乐琪有了不舒服的感觉,好像忽然担上了什么莫须有的罪名一样。

侯梓皓也没想到袁嘉惠会突然闹这么一出,他沉默了一会儿,刚想说话,这时候周乐琪却先从座位上站起来了,还背上了书包。

她看向他,没什么表情,说:"既然有人帮你了,那我就先走了。"

她说这话时语气很淡,虽然不像生气了,但却有种疏远的感觉,与上周五轻松开心的状态截然不同。

侯梓皓心里警铃大作。

他知道她本来就有点误会他和袁嘉惠之间的关系,今天这事儿要是不给说清楚了,往后还不一定会有多少麻烦。

因此他一见她往外走,赶紧也开始收拾书包想追上去,只可惜……很快就被袁嘉惠拦住了。

她拉住了他的手臂,神情委屈,看起来像要哭了,说:"猴子……我有话跟你说。"

周乐琪已经走出了教室。

侯梓皓看着她消失的背影,心里忽然七上八下,变成了一团乱麻。

他完全没心思在这儿继续和袁嘉惠纠缠,很快就抽回了手臂,匆匆对她说:"有什么话明天再说吧,我得走了……"

说完,他毫不犹豫地越过了她。

他们陷入了沉默。

好像很短暂又好像很漫长的沉默。

过了一阵,她鼓起所有勇气回过头看他,而那时他还没离开教室。

今天周乐琪是一个人走到文化宫站坐车的。

最近这段时间侯梓皓每天都跟她一起坐车回家,今天只有她自己。她倒是没有什么不适应的,但301路的司机先生却觉得很意外,还笑着问她:"朋友今天没陪你坐车啊?"

把周乐琪问得一愣。

她有点蒙,可是又觉得跟一个陌生人说太多也挺奇怪的,因此当时她只是勉强笑了笑,没再多说什么。

上了车,她又看到了之前那个中年男人,他也看到她了,突然对着她笑。周乐琪头皮一阵发麻,立刻把眼睛错开,余光迅速在车内扫了一圈,看见一个阿姨身边还有空座位,她立刻走了过去,和那个阿姨坐在了一起。

中年男人扭过头看了她一眼,周乐琪紧张地攥起了手。

他们沉默地对峙了一阵,后来还是那个中年男人先收回了目光,周乐琪这才缓缓松了一口气,随后意识到自己出了一身汗。

她沉默地坐着,过了一会儿从书包里掏出了单词书。

背到第十五个单词的时候公交车到站了,很不幸,她身边的阿姨要在这一站下车,车还没停就站起来了,跟周乐琪说:"小姑娘,你让一下,阿姨要下车了。"

那个中年男人听见了,周乐琪确定,他刚才回头看了她一眼。

她感觉自己汗毛倒竖。

可她没有办法,只能侧身给阿姨让位置出去,同时眼睛又在车厢里四处打量,看看还有没有哪位女乘客身边有空位。

……没有了。

她正感到一阵迷茫,车到站了,车门打开,而这一站却没有新的乘客上车,只有几个人要下去。周乐琪眼睁睁地看着车门开了又关,等车发动的时候,周乐琪隐约感觉那个中年男人有要站起来的趋势。

她的心一下子提到了嗓子眼儿。

然而这时候司机先生忽然刹了车,车门再次打开,周乐琪疑惑地偏头看去——

……却看到了侯梓皓。

他的气息有点急促,可看到她的时候却好像松了一口气,少年的眼神比任何人都执着清澈,好像只能看得到她一个人似的。

周乐琪的心忽然跳了一下。

他已经向她走来了,很快就理所当然地在她身边坐下,遮挡住了那个中年男人令人不适的、窥探的目光。

而周乐琪已经顾不上考虑那个人了,她仍然惊讶于会在这里看到侯梓皓上车——他……他不是应该在学校和袁嘉惠一起画黑板报吗?

她又怎么知道侯梓皓刚才有多折腾:他先是拿出运动会跑一百米的速度跑出了学校,随后估摸了一下时间,觉得肯定赶不上文化宫那一站的车了,于是又紧急打了个出租车坐到下一站。结果他到的时候301路正要开走,要不是司机先生看他眼熟行了个方便,他还得再打一辆出租车坐到下一站。

好在……他还是赶上了。

周乐琪的惊讶还没有平复,看着他问:"……你怎么在这儿?"

她的眼睛因为惊讶而睁得大大的,像是一只在森林里迷路的小鸟,透着一股可爱劲儿。

侯梓皓的心都软了,看着她的眼睛反问:"我不在这儿还能在哪儿?上回你不是说以后要等我的吗?"

既理直气壮,又有点委屈。

周乐琪被问得一时语塞,可是想了想刚才教室里尴尬的场面,她又觉得有话说了。

"上次是特殊情况,"她抿了抿嘴说,"而且今天你不是还得把黑板报画完吗?"

侯梓皓的眉头皱起来了,说:"是得画完,但你跑了我怎么画完?"

周乐琪的眉头也跟着皱起来了:"可是班长不是去帮你了吗?"

他沉默了一会儿,表情复杂,好像有点憋气,又好像有点无奈。

"那不一样,"他过了好一会儿才说,"黑板报我只跟你画。"

这……

周乐琪有点蒙,脱口而出就问:"为什么?"

沉默片刻之后侯梓皓回答道:"因为你画得好,我就喜欢抱大腿行不行?"

周乐琪:"……"

这个答案难免有插科打诨的嫌疑,周乐琪觉得有点无语,也懒得再接他的茬儿,索性又把手里的单词书打开来看了。

他看她不理他了,也有点着急,坐在座位上频频偏过头来看她,过了一会儿又开始探她的口风,问:"那明天我们继续画吧,我请你吃饭行吗?"

周乐琪默默把单词书翻过一页,还是不理他。

可是她的余光看到了车窗,那里倒映着他的影子,她透过镜面的反射看到他吃瘪着急的样子,不知道为什么心情忽然变得好了一点。

不像刚才那么闷了。

第二天是一个阴雨天,也是开学以来的第一个阴天。

还没转凉的时候碰上阴天是很难受的,总会有种又闷又潮的感觉,因此(1)班的学生们也都不像平时那么有精神了,有点恹恹的。

与此同时,那天的早读课老潘没来教室巡视,甚至都没来查迟到,这让(1)班的学生们在感到自由的同时也感到有点慌乱,总感觉事情没那么简单,说不准老潘就在筹划突击考试。

大家于是很警觉,眼尖的人还发现班长袁嘉惠也不在座位上,更怀疑接下来会有什么大事发生。

事实证明,(1)班学生的嗅觉都很灵敏,预感也都很准确——那天果然发生了一件大事。

只不过……和他们预计的方向不太一样。

第6章

早读课还没下的时候班长回来了,她径直走到第三排靠窗的位置,站在侯梓皓座位旁边对周乐琪说了一句:"周乐琪,潘老师叫你去他办公室。"

被班主任叫去办公室可不太妙,一般都意味着犯了事儿,然而(1)班的吃瓜群众怎么也想不出规行矩步、成绩拔尖的周乐琪能犯什么事,于是纷纷一边偷看一边迷茫。

周乐琪倒是很坦然,她对袁嘉惠点了个头,然后就站了起来,侯梓皓也站起来给她让了个位置,她就平平静静地走出教室了。

潘老师的办公室是一个很大的房间,带高三的老师们共用,就在教学楼五楼拐角的地方,正好和(1)班的教室是对角。周乐琪第一次读高三的时候老师们就在那个办公室,现在两年过去了,他们还在那里。

她走到熟悉的办公室门口,喊了一声"报告",很快里面就传来了潘老师的声音。

"进来。"

周乐琪推开了办公室的门。

就像在学生中享有"盛名"一样,周乐琪在一中的老师们之间也是很有知名度的,他们都曾把她视作学校的骄傲、对她寄予厚望,可是也都连续两次亲自见证了她的失败。此时当她再走进办公室,他们看她的眼神就有些复杂了。

周乐琪开始感到抬不起头了。

其实从小学一年级开始,她就一直很喜欢进老师办公室。可能因为她成绩好吧,所以没有一个老师不喜欢她。她每次进办公室要么是接受表扬,要么是接一些演讲或者比赛之类的任务,反正都是好事。

可是现在……她却发现自己开始惧怕走进这里了。

如临深渊。

周乐琪低着头,努力克制着内心的胆怯,从大办公室的门口,一路经过了众多老师的桌子,走到了老潘的办公桌前。

"潘老师好。"

老潘那时候正在低头看手机,眉头紧紧地皱着。

和稀疏的头发不同,他的眉毛倒是出人意料地浓密,而且很短很粗,因此一皱眉看起来就更明显,好像真的打成了一个死结。

他听到声音以后抬起头来看她了,表情有点难以捉摸,这让周乐琪有些不明所以。过了一阵,他指了指办公桌对面的椅子,对她说:"先坐下吧。"

这是要长谈。

周乐琪心中忽然有了一种不祥的预感,她抿了抿嘴,随后沉默着坐下了。

老潘也很沉默,明明是他把她叫来的,可此时却似乎不知道要说什么,过了好一阵才叹了一口气,却还是什么都没说,只把手机推到了她的面前。

"看看吧。"

周乐琪皱起眉,低头看向手机屏幕。

……那是几张照片,都是关于她和侯梓皓的。

一起从学校走出去。

一起在文化宫站等车。

一起在牛肉面馆吃饭。

周乐琪当时一下蒙了,半天都没反应过来老潘为什么要给她看这些,过了好一会儿才突然意识到:

……老潘在怀疑她和侯梓皓早恋。

周乐琪当时就感到一阵莫名其妙。

她没想到自己会遭到这么无端的指控,而且在她看来早恋是很丢人的事情，尤其对于她这种高考连续失败两次的人来说。

她的脸一下子涨红了，简直手足无措，连连对着老潘摇头，说："潘老师，我、我没有……早恋……"

她的否认很真实，可是这种姿态老潘见得多了。高中学生里有的人明明就是早恋了，可是当着他的面却能声泪俱下地否认，他早就见惯不怪了。

因此老潘心中的想法丝毫没有被动摇，他仍然紧紧地盯着周乐琪，反问："你说没有是吧？好，那你给老师解释一下，你们为什么每天都一起坐车回家？"

这个问题问得好，周乐琪一下就有话说了，她很积极地解释道："这件事情是巧合，因为我们家都住在开发区，所以正好坐一趟车……"

她本以为这句话可以成为有力的佐证，却没想到老潘一听到这儿脸色更不好看了，还直接打断了她，说："你撒这种谎，难道以为我不知道侯梓皓家住在哪儿吗？"

说完，他从办公室的抽屉里拿出学生信息表，直接推到了周乐琪面前。

周乐琪很快就看到了侯梓皓的名字，地址那一栏，清清楚楚写着"皓庭国际"四个大字。

……那分明是市中心的高档社区，离开发区"十万八千里"。

她蒙了。

哑口无言。

老潘看到她沉默了，以为她是羞愧默认，随即也沉沉叹息了一声。

他把学生信息表和手机都收了回去，一边收，一边语重心长地开了口：

"周乐琪，老师知道复读的经历让你在心态上承受了很大的压力，可是我也希望你不要因此而走上歪路。"

他语气很诚恳。

"你是一个学习的好苗子，也是知道轻重的孩子，现在谈恋爱的确可以让你轻松一时，可是未来呢？被早恋毁掉的学生有多少？数都数不清！你不要你的未来了吗？"

"复读。"

"压力"。

"早恋"。

"未来"。

一个比一个沉重的名词接二连三地向周乐琪压过去。

她几乎不能做出反应了。

潘老师的声音不算很大，只是正常音量而已，可是这个办公室是一个封闭的空间，这样的声音已经足够让整个办公室的老师都听到，甚至出入往来的学生们也都能听得一清二楚。

周乐琪感觉自己就像个被游街示众的小丑。

她的脸烧得火辣辣的，心脏不知道为什么一直在疯狂地跳，血液都好像在倒流。她从没有觉得那么羞耻、那么没脸、那么尴尬且无地自容。

她一句话都说不出来，只能一直低着头抠自己的指甲，因为太用力而把无名指的指甲抠断了，还流了血，她感到一阵尖锐的疼痛。

老潘看她一直低着头，浑身紧绷的样子，心里也是连连叹气。

他知道她是个好学生，或许是他带过的最好的学生，他是真心希望她能绷紧那根弦，在今年的高考中取得一个好成绩，不要辜负了她自己。

他相信她已经认识到了自己的错误，因此也不打算再继续为难她，沉默了一会儿后说："这次我体谅你的特殊情况，就不追究你和侯梓皓的事情了，老师希望你自己能好好反省，不要再让我失望——明白了吗？"

"失望"。

周乐琪看着自己指尖的血弄脏了校服的裤子，一点一点洇开。

像是什么伤口一样越来越大。

"……明白了。"

她回答道。

周乐琪回到教室的时候面无表情，只是对侯梓皓说了一句："出来一下。"

说完也没等他反应过来，径直又走出了教室。

她当时的状态是压着的，因此并没有被班上的其他人察觉出什么不对劲，可是侯梓皓却发现了她的异常——她的情绪波动得很厉害。

他不知道发生了什么，担忧多于诧异，立刻就起身跟着她走了出去。

而在他们身后……袁嘉惠的神情也复杂极了。

周乐琪一直走到了教学楼的负一层，这里停放着很多学生的自行车和教工的私家车，这个时间没有人在，只有并不很亮的白炽灯在摇摇晃晃。

她在一盏灯下站定。

侯梓皓跟了她一路，心里一直起起伏伏，她的背影和那天独自在黑夜里回家的样子很像，一样孤独又紧绷，同时还带着那天所没有的愤怒。

她在生气，也在难过。

可是他却不知道她为什么会这样。

直到她冷冰冰地质问他时，他才恍然大悟。

"侯梓皓，"她连名带姓地叫他，声音在空旷的地下车库泛起回音，"你家住在哪里？"

那时他的心突然一跳，一下什么都明白了。

——他穿帮了。

是谁告诉她的？

老潘？

他为什么会突然找她说这个？

难道有人诬告他们早恋？

谁？袁嘉惠？

他很快就想了一大串，什么都想明白了，可偏偏就是不知道该怎么在此时此刻接周乐琪的这句话。

他沉默了。

周乐琪冷笑了一声，白炽灯的光在她脸上留下阴影，使得她此时看起来特别冷漠，同时特别有敌意——就像个刺猬，把自己的一切都变成武器，拼命地想要保护自己。

"你为什么要骗我？"她质问他，"因为一模的时候我成绩比你好，所以你嫉妒了，想用这种方法坑我？还是你觉得之前体育课上我欺负你朋友了，所以你要用这种办法报复我？"

她在用她能想到的一切恶意来揣测他。

侯梓皓原来只是哑口无言，而现在就是彻底无语了——他不知道她为什么会有这些想法，更不明白自己此前的行为怎么会被这样误读。

他也有点着急了，立刻解释道："我没有嫉妒你，袁嘉惠也不是……我没有任何要伤害你的想法，我……"

然而他还没说完，周乐琪就已经冷冷地打断了他。

刚才在办公室经历的一切让她的自尊心遭到了前所未有的折辱，她此时甚至说不清自己到底是什么感觉，是愤怒还是委屈，只感觉到一把火在她心里越烧越旺。

她咄咄逼人："不是？没有？好，那你告诉我，你为什么要骗我？这段时间又为什么要天天和我一起坐车？"

而回应她的却只有侯梓皓的沉默。

周乐琪的火气被他此时的沉默越拱越高，因为她其实早已给他判了刑，认定他就是要害她，不管因为什么理由，反正就是要对她不利。

这也挺正常的。

她的生活从来都不缺少那些从天而降的横祸，以及不知出处的恶意。

两个人都陷入了沉默，只有车库里的白炽灯还在摇摇晃晃。

当先打破沉默的是侯梓皓。

其实那个时候他也没有什么想说的，可是他知道如果他不说话，那么先开口的压力就会转移到她身上。

她会不舒服的。

所以他就说话了。

"我没想到这事儿会变成这样，也没打算这么快就跟你说。"

周乐琪听到了他的声音，抬头时看见了对方眼中尚且来不及遮掩的狼狈。

"但我真没有想伤害你的意思，"他的声音低沉，"我只是……"

"……真的很在乎你。"

周乐琪的眼睛微微睁大。

她看着他，他也正在看着她，只不过她的目光中有的仅仅是警惕和审视，而他眼中的则是坦诚，以及细碎的、不易被人察觉的紧张。

沉默的僵持。

直到她终于肯大发慈悲地给他一个回应。

"我不知道你是认真的还是在开玩笑,"她错开了眼睛,声音冷淡,"如果是开玩笑,那我觉得一点都不好笑,希望你能停止这样的行为。

"如果是认真的……"

她顿了顿,又看了他一眼。

只是很平常的一眼,可是却仿佛把他整颗心都拎起来了。

"很抱歉,我不会接受。"

她平静而坚决地说。

这是让人意外的答案吗?

当然不是。

他虽然一向是个比较乐观的人,可也不至于以为她会在这时候理解他——她只认识他一个星期而已,而他已经认识她两年了。

他们从一开始就不是对等的关系。

侯梓皓笑了一下,尽量想显得轻松一些,从而遮蔽此时他眼中的落寞。

他挺成功的,起码在周乐琪看来他就并没有多伤心,她因此认定他刚才的话只是一句恶劣的玩笑,而这让她难以避免地更加生气。

她再也不想跟他说哪怕一句话了。

周乐琪深吸一口气,帮助自己平复情绪、保持理智,过了一会儿才终于能说话了。

她看着他说:"潘老师那里我希望你能去解释,其他你怎么说我不管,但是必须告诉他所有事都与我无关。可以吗?"

"可以。"他毫不犹豫地答应了她。

周乐琪点点头,更加严厉地说:"还有以后,希望你不要再开类似的无聊玩笑,欺骗别人是很卑劣的行为。可以吗?"

侯梓皓的眼睑半垂着,依然回答:"可以。"

但是我没有开玩笑。

我都是认真的。

"另外,"她的眼神更加漠然了,似乎在做总结陈词,"一会儿回教室以后希望你能换一个座位,不要再跟我坐在一起。可以吗?"

这次侯梓皓沉默了。

周乐琪的眉头紧紧皱了起来,声音变大,又问了一遍:"可以吗?"

她生气了。

有那么一瞬间侯梓皓觉得如果他不立刻答应她,她会气得哭出来。

他于是又一次说:"……可以。"

她似乎终于满意了,并在他话音落下的瞬间就立刻转身离去。

像是这辈子都不会再回头看他了。

回到教室以后,(1)班的同学们震惊地看到侯梓皓跟葛澳换了座位。

大家不明所以,葛澳也很蒙,在侯梓皓提出要跟他换座位的时候激烈反抗:开玩笑,他为什么要换座位?他自己的座位在后排墙角,上课不会总被老师盯着看,而且他同桌没他成绩好,这让他完全没有压力,谁要换到第三排和顶级学霸坐一起啊!

葛澳不愿意了,说:"我不换,为什么要换啊?这个座位得二模结束以后才能换的——再说当初不是你上赶着非得和人家坐一起吗?现在为什么又变卦了?"

众目睽睽之下侯梓皓也没法解释,他沉着一张脸把葛澳拖了出去,说:"我跟老潘说过了,他同意换座位,你就跟我换吧。"

葛澳太无语了,不明白为什么受伤的总是自己:米兰闹严林,被严林删了QQ,结果米兰就跑来盗他的QQ号;猴子和那个周乐琪现在好像也闹矛盾,闹就闹吧,结果却要换他的座位!

岂、岂有此理!

葛澳沉思片刻,再次试图自救,说:"猴子你看啊,全班40个人,你完全可以和其他人换座位嘛,咱们都是兄弟,何必坑自己人呢,对不对?"

如此合情合理,可恨侯梓皓却油盐不进,还说:"不行,只能跟你换。"

葛澳崩溃了:"为什么?!"

侯梓皓当然有自己的理由了:在他看来,班里的女生都跟袁嘉惠关系比较好,上次体育课的事儿出了以后她们就都站在袁嘉惠一边,万一跟周乐琪坐了同桌以后欺负她怎么办?至于其他男生就更不行了,万一他们天天骚扰她怎么办?

还是葛澳最好,既不会欺负她,脑子又缺根筋,再合适不过。

侯梓皓也没跟葛澳再解释,就撂了一句话:"是不是兄弟?是兄弟就别那么多废话,赶紧换。"

葛澳算是看出来了,今天这事儿他不点头是不能算完了,可是他不甘心啊,凭什么说换就换?

他气不过,对侯梓皓说:"要换也行,叫我一声哥,然后求我。"

他本来以为侯梓皓就算再不要脸,碰上这种要求起码也要考虑一下,没想到他眼都没眨一下,就说:"哥,求你了。"

葛澳败了。

惨败。

事情的结果,就是葛澳泪别了自己心爱的座位,拎着书包颤颤巍巍地走到了周乐琪身边,并在对方偏头看向他的时候不自觉地哆嗦了一下。

他克制着紧张,试探着说:"你、你好,我叫葛澳。"

然后指一指她身边的座位,继续小心地问:"请问……我可以坐在这里吗?"

周乐琪对他点了点头,然后就扭过脸去继续看自己的书了。

葛澳这才颤颤巍巍地坐下。

刚坐下,一个名叫侯梓皓的路人就从他身边低调路过,并顺手掐了他一下。

葛澳疼得差点儿叫出声来,这才想起来刚才侯梓皓交代他办的事儿。

他快无语死了,但是又没办法反抗,最后只能乖巧地从口袋里拿出侯梓皓刚从楼下小卖部里买回来的创可贴,悄悄从盒子里撕出一条,小心翼翼地递到周乐琪面前。

周乐琪疑惑地看他一眼。

葛澳紧张地吞了一口口水,又指了指她受伤的无名指指甲,说:"你流血了……用这个包一下吧。"

周乐琪愣了一下,下意识地以目光寻找侯梓皓的身影,而那时他正在教室前面跟严林说话,背对着她的方向,并没有在看她。

她收回了目光,接过了葛澳给的创可贴,说:"谢谢。"

葛澳如履薄冰,赶紧说:"没事儿没事儿,不客气不客气。"

后来那一整天周乐琪和侯梓皓都没有再说过话,两个人坐在教室的两端,堪称(1)班最遥远的距离。

(1)班的人都在议论,有人说他俩是早恋被老潘发现了,搁这儿装不熟避嫌呢;也有人对此论调嗤之以鼻,说他们只是吵架了所以才分开坐。

许欣和高倩倩就是后一条论调的忠实支持者,她们还围着袁嘉惠说:"我说什么来着?侯神肯定不喜欢那个周乐琪,你就是瞎操心——你瞧,他俩分开了吧?"

她们比袁嘉惠本人还得意。

而袁嘉惠就远不是如此乐观了。

她昨天气不过,在家待了一夜还是不能平复,于是今天早上怒气上了头,冲动之下跑去找老潘举报了周乐琪和侯梓皓,还把 QQ 空间里其他同学拍的他俩的照片都给老潘看了,他果然很生气,爆炸生气。

她当时很爽,可是等冲动退去以后就后悔了。

尤其当她看到后来侯梓皓看她的那种漠然的眼神时……

她后悔得想要大哭一场。

这天放学周乐琪终于是一个人走了。

她一个人走出教室,一个人走出校门,一个人走两站路走到文化宫站,一个人在站台上等车,一个人在走上公交车的时候刷卡。

一切都恢复了她最熟悉的状态。

她一个人坐在座位上,身边空无一人,没有人会再坐在那里给她无形的社交压力了,也没有人会再来打破她舒适的独处时光,当然更没有人会再给她一碗买一送一得来的冰粥。

她又看到那个中年男人了,他又在偷偷地看她,几站路过后,当他发现那个高大的男孩儿没有再出现在这趟公交车上时,他望向她的目光便越发明目张胆起来。

他的确不用再有什么顾忌了。

……因为没有人会再为她挡了。

周三是严林的受难日,因为这天有体育课,而好巧不巧,(1)班和(43)班的体育课是一起上的,这也就意味着他将不得不和米兰碰面。

光是碰面一节课也就算了,问题在于米兰周三的亢奋是可以持续一整天的,甚至还可能提前到周二晚上——这周二晚上严林做物理作业的时候手机就开始狂振,他抬头看了一眼,果然是米兰在QQ上连着发过来十几条消息,手机振得他桌子都在晃。

他的头开始疼了。

严林不想回,打算和米兰拼一波耐力,看是她先放弃打扰他还是他先顶不住回复她,比了十分钟以后他被米兰的毅力打败了,并且怀疑如果他继续不回复,她会持续给他发信息发到天亮。

行,我输了好吧。

严林认命了,刚要拿起手机,他们家院子门口就传来一阵响动,呼呼喝喝的说笑声和道别声传来,让他知道是父母回来了。

那时已经是晚上十点半。

他的父母原本并不是惯于晚归的人,只是最近情况有点特殊,他们时常会跟附近的几个邻居一起在外面吃饭喝酒,聊一些有关拆迁补偿的事情。

今晚他们应该又去哪个麻将馆或者大排档里了,回来的时候一身酒气和烟味。严林的妈妈张春燕扶着已经烂醉的丈夫进了屋,急火火地跟严林说:"严林,快快快,给你爸倒杯水!"

严林其实不太理解一个喝酒喝了好几斤的人为什么回家以后还得喝水,但是他不想掰扯这些事,于是只默默倒了一杯水端过去。

他爸爸严海大咧咧地接过了杯子,一顿大酒让他满脸通红,精神也很亢奋,他很高兴地说着醉话,拍着严林的胳膊说:"孩子,咱家要发财了知不知道?咱家人的命要往好处走了!"

然后就是一串大笑。

严林皱了皱眉,等严海把水喝完就把杯子拿走了,然后就把作业和手机拿进了自己的房间。

发财?也许吧。

改命?他看未必。

不过这些事儿是不归他管的，他要管的仅仅是自己的一亩三分地——把学习搞好，然后上最好的大学。

靠努力改变命运。

他在逼仄、破旧、潮湿发霉的房间里坐下了，窗户外面到处是断壁残垣——那些都是已经拆掉的危房，现在成了半工地，只剩几栋小楼倔强地扎在原地，像是平坦的草原上忽然冒出的几棵枯树。

他不再看，继续翻开尚未完成的物理作业，刚写了两个字手机又开始振，他叹了口气把手机解锁，看到米兰发来的信息。

严林妈咪的第 90 个小号：你在干吗？

严林妈咪的第 90 个小号：喂严林，你屏蔽我了？

严林妈咪的第 90 个小号：你再不回我明天体育课上就亲你了啊！

严林赶紧回复。

清北抢我：在写作业。

他刚打出四个字，对面立刻就发来一大串话，好像等待已久了。

严林妈咪的第 90 个小号：你终于回我了，你再不回我就要报警了。

严林妈咪的第 90 个小号：下次你得回快点儿，不然妈妈得被你吓死。

清北抢我：……

米兰给他发信息一般都是这样，没什么正经事要说，就是问问他在哪里、在干什么，他的回复一般也就是几个句号、省略号什么的，她也不在意，还挺自得其乐。

就比如现在，她就兴致勃勃地跟他说（43）班今天来了一个借读生，初中还跟他和侯梓皓同校呢。

严林妈咪的第 90 个小号：她叫罗思雨，你认不认识？

严林从小学时候起脑子里就只有搞学习，他才不会记得什么无关紧要的初中女同学呢。

清北抢我：不认识。

米兰也很快就回复了。

严林妈咪的第 90 个小号：真棒，不重要的女生别记，以后继续保持。

接着发过来一个字符画笑脸。

严林无语地关上了手机。

米兰又继续发了几条,严林不再回了,她也挺识趣,知道今天他耐心的份额已经被用掉了,因此见好就收,聪明得滑不留手。

让他无计可施。

第二天早上,严林发现只有他妈妈起床了,在做早饭,而他爸还在屋里睡觉。

他洗漱过后坐到桌子边喝小米粥,沉默了一会儿,又喝了两口小米粥,斟酌一下后说:"妈,要不你也劝劝爸,差不多就行了,别贪便宜,省得出事儿。"

这话诚恳,可惜张春燕没怎么听进去,只马马虎虎地点头,然后就说:"放心吧,你爸妈心里有数——快吃饭吧。"

严林心里有点闷,说不出理由的闷,而且莫名有点不想在家里待,因此匆匆吃了两口就出门上学了。

因为家里拆迁的事儿,严林最近多少有点烦躁,他本来打算上体育课打场球放松一下,结果没想到他的球友侯梓皓比他心情还差。

而且是差得不能再差。

侯梓皓从早读课开始就一直挂着脸,收作业的时候也不理人,以至于他前后左右的人都不敢招惹他,一个个噤若寒蝉,到了课间都不敢说话。

葛澳就更惨,因为他完全是无辜的,现在跟周乐琪坐一起,上课的时候莫名就会紧张,下意识会坐得直挺挺地听课,结果等到课间的时候他已经背肌酸痛,算半个废人了。

严林深感无语,在走到操场去上体育课的路上忍不住问侯梓皓:"你到底怎么了,昨天为什么非要换座位?"

葛澳比他还好奇,也追着问:"就是就是,你展开说说,也算兄弟这背肌没白酸。"

而侯梓皓根本没心情搭理他们。

他的注意力依然全在周乐琪身上。

他现在虽然跟她坐得很远,可是有关她的一切,他还是没法克制地关心。

比如今天她走进教室的时候他就看到了她眼下的青黑，知道她昨天一定失眠了；生物课下课的时候她趴在了桌子上，他于是怀疑今天她又没有吃早餐；还有此时此刻，她正独自一个人走在他的斜前方，身边没有一个朋友陪着她，他于是又担心她会不会因此感到孤独。

……他就像个事儿妈一样担心这担心那，尽管他清楚地知道人家根本不稀罕。

真要命。

严林和葛澳跟侯梓皓认识很多年了，尤其严林跟他从初中开始就是同学，从来没见过他状态这么不好，因此难免有些诧异，此外还对他有点同情。

然而他的同情刚冒了个头，米兰就不知道从什么地方忽然冒了出来，她今天扎了个小辫子，额前的刘海儿蓬松柔软，蹦蹦跳跳地就朝他跑过来，还兴高采烈地跟他挥手，大声喊着他的名字，引得满操场的人都看了过来。

严林只想立刻离开此地。

而在米兰朝严林跑过来的同时，她身后还有另一个女生也向严林和侯梓皓走来，直到走得很近了才略显局促地跟他们打招呼。

米兰非常强势，一下就把严林挡在自己身后，杜绝他和其他女生说话的可能，而严林本来也没兴趣跟不认识的人说话，因此就没搭理；至于侯梓皓，当时还在偷看周乐琪，自然也没有要跟眼前这个女生说话的意思。

可是……他却发现周乐琪正在看着他这边，脸色惨白，神情也很不对劲，他仔细分辨了一下，才发现她正在看的就是他面前的这个女生。

他不由得感到奇怪，也就多问了那个女生一句："不好意思，请问你是？"

那个女生似乎没想到他会不认识她，当时的脸色有点尴尬，又有点落寞，像朵脆弱的小白花。

她回答说："……我是罗思雨。"

第 7 章

周乐琪是认识罗思雨的,尽管从小学到初中她们都不是一个学校的。

其实说认识也不确切,毕竟她们只见过为数不多的几面,只不过每一次印象都非常深刻就是了。

第一次是在罗思雨家里。

那是在 2012 年,周乐琪第一次高考前不久,当时余清已经怀疑周磊出轨了,但他一直坚决地否认,又是发誓又是自证清白,绝不承认自己有什么婚外情。后来有个周末他说他要去公司加班,余清表面装作信了,可后来却带着周乐琪一起开车跟踪了他,跟着他一起开进了一个小区。

她们在他上楼之后跟着他上去,一家家敲开门确认,后来终于找到了他。

他跟一对陌生的母女在一起,那个母亲就是现在他即将要娶的女人高翔,女儿就是罗思雨。

那天大家闹得非常难看。

余清是个温柔的女人,温柔得有些懦弱,可是那天她却爆发了——长久以来的怀疑终于被确认,她既悲伤又愤怒,只恨不得她面前这对男女立刻一起去死。

她像发了疯一样扑向他们、撕打他们,而周磊则一直牢牢地钳制着她,展示着令人绝望的男女间体力的差异。他是那样防备她,仿佛她有多么厉害、多么凶狠,仿佛她才是那个加害者,而他身后的高翔则是那么柔弱和无辜,宛若一个完美的被害人。

一切都可笑至极。

人恐怕永远都不能想象有的人能把真实的自己藏得多么幽深，譬如周乐琪吧，她一直以为自己的爸爸是个忠厚、儒雅的好人，他爱妈妈也爱孩子，对所有人都彬彬有礼。她从来都没想过有一天他会背叛家庭，还会当着她这个女儿的面帮助小三欺负她的妈妈，既卑劣又令人作呕。

她的世界正在她面前坍塌。

也就是在那一天，两个家庭碰面了。

周乐琪原本以为罗思雨是周磊偷偷养在外面的私生女，没想到根本不是，她有自己的爸爸，叫罗龙。

高翔比周磊厉害多了，她不像他一样摇摆不定，在妻子和小三之间犹犹豫豫，她早就做好了离婚的决定，甚至早早跟自己的丈夫分居了，并以此作为自己对周磊情深的证明，用这样的软刀子逼迫周磊离婚。

周乐琪不知道罗思雨在这里扮演了什么样的角色。

她明明有自己的爸爸，为什么却能如此平静顺畅地接受周磊这个外来者？那天周乐琪和余清一起找上门的时候，罗思雨正和她妈妈一起在给周磊做饭呢。

她难道不觉得这种行为是对自己亲生父亲的背叛吗？还是说，就因为周磊更有钱，她就也像她妈妈一样，可以毫不犹豫地背叛自己原本的家庭了呢？

周乐琪只觉得荒诞。

第二次见面就是在民政局了。

周磊与余清离婚了。

那天周乐琪其实不想去，因为虽然她表面上装作不在意，装作坚强冷酷，可是她也觉得疼痛，并且胆怯于面对没有爸爸的、完全陌生的生活模式。

她还是坚持着去了，因为她不忍心让她的妈妈独自面对这一切。

从民政局出来的时候她又一次看见了罗思雨，她就跟在高翔身边，好像是来接周磊的，一副迫不及待要把这个男人抢走的样子。

当时周乐琪只觉得可笑。

抢？不，根本不用抢。

她和余清都不会再要这个男人了,她发誓她靠自己就可以让妈妈过得很好——既然你们这么喜欢捡垃圾,那就拿去吧。

那天之后所有人就各自回到自己的生活了,周乐琪也以为自己这辈子都不用再和这些人纠缠。

没想到她却在学校又见到了罗思雨。

她为什么会在这里?周乐琪明明记得她不是一中的学生。

另一边,侯梓皓和严林也渐渐想起他们初中班上确实有罗思雨这么个人了,只不过他们记得她的成绩并不好,在班上是中等偏下的水平,中考考到哪里去了他们倒是没有关心过,只不过肯定没考上一中就是了。

没等他们问,罗思雨就自己先解释了,说:"我……我是艺术生,来一中文科班借读的,学籍还在三中。"

三中,A市升学成绩靠后的普通高中。

侯梓皓和严林对这事儿是不太关心的,她既然说了,他们也就是点个头,然后说:"哦,那恭喜你。"

这的确是值得恭喜的事情——一中这种学校,每年不知道有多少学生想挤进来借读,就是为了得到更好的师资和学习环境,要办成这事儿可不容易,光有钱不行,还要找关系,难得很。

米兰是知道情况的,因为她当年考一中就很悬,她家里人还帮她琢磨过这个事儿,想着要是她没考上就帮她想办法走关系借读,当时她爸还说"千难万难"呢。

她看了罗思雨一眼,主动搭了个话,说:"那你们家挺厉害的,我们学校贼难进。"

罗思雨听了这话,低下头有点腼腆地笑了笑,说:"也还好,爸爸妈妈关心我。"

"爸爸"。

这话周乐琪听见了。

她当然知道罗思雨此刻说的"爸爸"并不是罗龙,据她所知罗龙开了一家饭馆,就是因为经营艰难才让他的老婆孩子对他不屑一顾,这样的处境恐怕也让他没什么办法把罗思雨送进一中。再说要是他真有这个能耐,估计高一时就把她送进来了,何必等到高三?

那就只能是周磊的手笔了——也是,他都要跟高翔结婚了,不得好好巴结巴结人家的闺女?

周乐琪淡淡一笑。

这时候菩萨李来了,开始吹哨让大家列队站好,(1)班的学生们都开始站队,罗思雨也要回到(43)班的队列里了,走之前她又偷偷看了侯梓皓一眼,却发现他的目光从始至终都在若有若无地看另一个方向。

她悄悄顺着他的视线看过去。

……看到了周乐琪。

周三的周考考的是语文。

周乐琪对今天的考试很重视,虽然周考的重要性并不特别突出,但是她很希望能考好,从而挽回老潘对她的印象,因此难得地,她在考前有些紧张了。

语文算是周乐琪的短板,她曾经创下过科学技术类文本阅读选择题全错的纪录,甚至那一次作文也跑题了,立意偏到三类文,最后成绩只得了91分,差2分就不及格。

这回考试她很谨慎,做阅读题的时候认认真真、逐字逐句地推敲思考,结果做到后来时间不够用了,古文阅读匆匆而过,作文也没有充足的时间思考下笔,考完以后怅然若失。

卷子收上去以后她心里很郁闷,忍不住开始猜测今天的卷子自己能考几分,又想万一考得很差怎么办,潘老师会不会对她更失望,越想越难受。

难受得她坐在自己位子上一直出神。

而把她的神志拉回来的人却是罗思雨。

她不知道为什么从(43)班跑到(1)班来了,在教室门口站着张望,看起来有些局促紧张,有好事的男生到门口去问她找谁,她就红着脸说:"我……我找侯梓皓。"

高三生的生活太无聊,几乎就剩下学习,这让他们对任何捕风捉影的八卦都很感兴趣,何况这八卦还和侯梓皓有关,这就更引人注目了。

那个男生立刻扭过脖子朝着班里戏谑地喊:"侯神,有人找!"

这一嗓子喊得班里的男生都跟着起哄，考完试以后的轻松让他们都来劲了，而侯梓皓坐的那个位子是贴着墙的，从他那个角度根本看不见门口来找他的人是谁，听见班上的人起哄他只感到莫名其妙，等走到半路一看才发现来找他的人是罗思雨。

……这就更莫名其妙了。

侯梓皓走出教室站到罗思雨面前，问："你找我？"

高大帅气的男生总是很吸引人的，尤其侯梓皓在周乐琪以外的人面前会更帅——唉，怎么说呢，在周乐琪面前他总会有点紧张，因此收敛着自己的一切，对别人他就无所谓了，但偏偏这个样子会让人觉得很有魅力。

罗思雨脸红了，越发局促地点了点头，问道："你今天有空吗？我……我想请你吃个饭。"

侯梓皓挑眉："请我吃饭？"

罗思雨脸更红了，说："我刚来一中，什么都不知道，在这里也不认识什么人，想跟你了解一些学校里的情况……"

说到这里她的语速开始变快了，好像很不好意思似的，说："你方便吗？不方便也没关系的，是我太冒昧了……"

这话说得很有分寸，不过她看着他的神情却透着点哀求和可怜，让人一见就舍不得拒绝。

侯梓皓皱了皱眉。

说这两句话的工夫，(1)班的人就陆续收拾好书包准备放学了，他们一个个往教室外走，经过侯梓皓和罗思雨的时候就开始挤眉弄眼，然后发出一些奇奇怪怪的笑声，闹得罗思雨脸更红，侯梓皓更无语。

周乐琪也随着很多人一起走出了教室。

有一瞬间，她和侯梓皓对上了目光，同时她也看到了罗思雨，她两颊绯红、眼神躲闪，好像承受不住大家的打量一样，隐隐要往侯梓皓身后躲藏。

让她想起了几年前高翔往周磊身后躲藏的样子。

她不太感兴趣，只匆匆看了一眼，很快就收回了目光。

转身离开。

当天晚上，周乐琪再次失眠了。

她其实真的已经非常非常疲惫了，高三每天高强度的学习本来就让她难以支撑，家里压抑的气氛更让她心力交瘁。

而现在连学校的事也是一团乱麻了。

她躺在床上翻来覆去，尽管反复逼迫自己清空脑袋赶快睡觉，可是很多画面还是不停地在眼前兜来转去：老潘的批评，同学的议论，以及今天罗思雨的出现。

这些最近发生的事只是小小的引子，背后钩出的是更可怕的东西，譬如那些争执和撕打的画面，譬如一些聊天记录截图的影像，也譬如某个男人在人群中大声喊叫的样子。

所有她拼命想遗忘的东西都再次顽固地浮现了。

她的世界好像变得越来越狭小，四面八方都是高大的墙壁，它们正同时向她逼近，将她牢牢地困在一个垃圾场，她努力了一百万次想要从这里逃出去，可最终却发现一切都是徒劳。

她是垃圾场的囚徒。

周乐琪的眼睛紧紧地闭着，手无意识地攥住了枕头的边缘，同时还死死地裹着被子。今晚有些闷热，她出了一身汗，难受得要命，可就算这样也仍然不愿意把被子松开。

为什么？

她在寻找安全感吗？

可是被子是不能给人安全感的，哪怕她把自己裹得再紧也没用，否则她就不会失眠了——看吧，现在连她的心脏都因为睡眠的过度缺乏而隐隐作痛了，可她依然睡不着。

她眼睁睁地看着天在一点一点变亮。

第二天语文周考卷子发了，她果然考崩了。

113分。

其实这个成绩也还行，只不过对于她这种水平的尖子生而言很"拉胯"，这回考得最好的是严林，127分；然后是语文课代表尹鑫，126分，侯梓皓次之，124分。

……她离语文的第一梯队有十几分的差距。

　　周乐琪看着自己的卷子陷入沉默。

　　老潘上课评讲试卷的时候很生气，说全班都考得不好，平均分只比隔壁（2）班高不到3分，跟文科（43）班不分伯仲，称此为（1）班的奇耻大辱，并且又开始骂他们这些理科生是"文盲"了，诗词鉴赏做得一塌糊涂。

　　老潘讲完试卷，到下课的时候怒火又转移到了别处，他看着教室后方一连几天都没继续动工的半成品黑板报气不打一处来，说："文体委员抓紧时间把黑板报弄完！七零八落画一半放在那儿算怎么回事！"

　　说完气哼哼地走了。

　　严林由于这次考试成绩超过了侯梓皓，心情非常不错，语文课一下课就跟葛澳一起到侯梓皓座位旁边嘲笑他，并且哪壶不开提哪壶，直问他的黑板报事业怎么停滞了。

　　葛澳也搭上他的肩膀，笑得贼眉鼠眼，说："你说实话，这黑板报不是你自己弄的吧？是不是你前同桌帮你弄的？"

　　这个"前"字真是杀人诛心。

　　侯梓皓气得心口发堵，没想到葛澳还不算完，先嘀咕了一句"我就知道你艺术水平没那么高"，又继续八卦："说真的，你是不是被讨厌了？现在人家不搭理你了？"

　　侯梓皓：葛澳这个家伙。

　　……居然猜中了。

　　侯梓皓不说话，只把葛澳搭着他肩膀的手扒拉开，又下意识地看向教室的另一端，看到周乐琪正独自坐在位子上低头看卷子，额前的碎发垂落下去，就像上周五那天晚上她靠在他肩膀上睡着的时候一样。

　　只这样一眼已经足够让他想念她。

　　严林比葛澳有眼力见儿，看得出来侯梓皓是真的心情不好，因此也就不再插科打诨，更不追问他和周乐琪之间是怎么回事，只扭头看了一眼画了一半的黑板报，问侯梓皓："这事儿怎么办？你有谱吗？"

　　侯梓皓把目光从周乐琪身上收回来，也看了一眼黑板报，转了转笔，有点烦躁地说："没事儿，我今天晚上瞎画两笔凑数吧。"

葛澳问:"能行吗?老潘不满意咋办?"

"那正好,"侯梓皓一脸爱咋咋地的表情,"赶紧把我撤职。"

当天放学后侯梓皓就留下来画黑板报了,而周四也正好是周乐琪做值日的日子。

她也看到他留下了,拿着那盒他们上周五一起去买的水彩站在黑板前,有些手足无措的样子。他回头看见了她,对视的那个时候好像有点想跟她说话。

周乐琪把目光错开了,继续低头扫地,装作没看到他。

然而没过一会儿她还是听到了他走近她的脚步声,并听到他说:"不好意思,请问那个浪花的部分……"

声音和那天在负一层车库时一样低沉。

周乐琪的背脊有些僵硬,不知道是什么让她隐约产生了想逃避这个人的情绪,她发现自己不能抬起头看他。她低着头扫地,灰尘和碎纸屑挤满了她的视线,她听到自己正在用很冷淡的声音对他说:"你随便用几个颜色搭配一下吧,涂上就可以。"

拒人于千里之外。

她不知道他听到她的话以后会露出怎样的神情,只知道她说完之后他们之间就只剩长久的沉默,过了好一会儿他才低低应了一声,然后转身走了。

她不确定他刚才的声音是不是有些落寞。

她过了一会儿才抬起头,正看到他站在黑板前的背影,他连水彩都不会用,不知道那是要蘸水的,还在用干巴巴的笔涂抹色块企图蘸上颜色,结果当然是徒劳。

周乐琪抿了抿嘴,不知道为什么心里竟产生了一股负罪感,明明她对黑板报这事儿根本没有任何责任的,可是……就真的有点愧疚。

她又犹豫了一会儿,终于还是动摇了,心想:就帮他最后一次吧,就当……就当感谢他上周五请她吃的那碗牛肉面。

然而周乐琪刚打定主意,手里的扫帚还没放下呢,事情就又出现了一些变化。

——罗思雨来了。

她在教室外探头,看到(1)班教室里几乎要没人了,于是就小心翼翼地走了进来,手里还抱着几个笔记本。

她走到侯梓皓身后轻轻拍了一下他的后背,周乐琪扭过了头,又听见侯梓皓问:"你怎么来了?"

罗思雨轻柔的声音也传过来了,回答说:"来把笔记本还你啊,我都复印好了。"

侯梓皓答应了一声,说:"行,放我桌子上吧。"

罗思雨答应了一声,过了一会儿又问:"你在出黑板报啊?水彩怎么不蘸水?"

侯梓皓也许是刚意识到水彩要蘸水用吧,因此愣了一下没说话,罗思雨笑了,声音银铃一样好听,既温柔又活泼。

"你不会画画吧?"她说,"要不我帮你?我是学美术的。"

周乐琪一边把地上的垃圾扫进簸箕里倒掉,一边听到侯梓皓回答:"没事儿,不用麻烦了,我自己收尾就行。"

可罗思雨却笑着说:"不麻烦呀,对我来说这很容易的——而且这个帆船比例有点问题,我把这个擦了帮你重新画一个吧?"

"哐当"一声。

铁制的簸箕被放回卫生角,声音略大,隐隐刺耳。

侯梓皓立刻回头看过去,却只来得及看到周乐琪背着书包离开教室的背影。

那天,周乐琪再次在301路公交车上碰到了那个中年人。

她其实在从学校走到公交车站的路上就默默在心里许愿了,祈祷今天不要再遇到他,而老天爷一向对她的心愿不予理会,她再次碰到了他。

她的心沉了沉,但是也不至于太恐慌,毕竟自从侯梓皓不再坐这趟车了,周乐琪就慎重地思考过该怎么处理独自碰到那个中年人的情况——她决定干脆不坐下,一直站在司机先生身边,一直站到下车。

这样虽然难免辛苦,可是却很安全,那人总不至于在司机先生眼皮子底下对她不利。

只是她这个行为确实看起来很奇怪,司机先生也忍不住问她为什么不去座位上坐,周乐琪就扯谎,说她的腰椎有点不好,一直坐着会腰疼,得多站一站。

司机先生很感慨,一边开车一边说现在的高中生辛苦,小小年纪都有腰椎病了,感叹了一会儿又开始跟她闲聊,问:"小姑娘,那个小男生这几天怎么没跟你一起坐车啊?"

周乐琪抿了抿嘴,从后视镜里看到了那个中年人正在盯着她的后背,她毛骨悚然,心跳开始加快,脸上则努力保持镇定,声音略大地回答:"最近他有点事情不能一直陪我,不过他会在终点站接我的,送我回家。"

司机先生笑起来,又叮嘱她要好好学习,不能分心。

周乐琪装作轻松地与他攀谈,而精神却始终紧绷。

一到终点站,周乐琪立刻抢在第一个下了车。

她无暇关注那个中年人的动向,只是努力快步向家的方向走,等到了路灯昏暗的地方,她的步伐就越发快了。

后来索性跑了起来。

她在破旧的小路上奔跑着,脚下凹凸不平,差点让她摔倒,可是她也不敢停下,只是不停地、不停地跑。后来她也不知道是不是自己的错觉,总觉得身后传来了其他人的脚步声,急促而密集,仿佛在追赶她,令她难以抑制地感到恐慌。

她太害怕了,以至于完全不敢回头,因为她不知道如果真的看到那个人在追她,她又该怎么办。她只能逃,拼命地逃。

直到逃回了家里,用颤抖的手飞快地锁上大门。

她这才敢长长地舒一口气。

那时余清在厨房里做饭,并没有发现她的异常,她也不愿意把这件事告诉她,因为她知道余清没有办法帮她解决这些困难,知道后只会担心着急,毫无裨益。

她必须得自己面对。

周乐琪强忍着因恐惧而迟迟难以平复的生理性颤抖,走到自家狭小的窗户边向外看,并未看到什么可疑的人影在附近徘徊,她于是松了一口气,渐渐觉得是自己多心了,也许刚才根本没有人在跟踪她,只是因为她最近睡眠太少,精神恍惚才产生了幻觉。

她这样安慰着自己,然后就若无其事地跟余清一起吃晚饭,简单说着在学校发生的事,全是报喜不报忧。饭后洗碗、洗澡,再开始做作业。

一切如常。

直到晚上九点多,家里的座机忽然来了一通电话。

那时余清已经睡了,周乐琪正独自一个人在小客厅里做作业,她担心电话铃会把余清吵醒,于是赶紧走过去接听。

"喂?"

电话那头传来一个熟悉的声音。

"喂?"

"那个……我是侯梓皓。

"……请问你方便来一趟派出所吗?"

周乐琪赶到派出所的时候已经接近晚上十点。

这个时间的派出所比她想象的热闹多了:喝酒闹事的、卖淫嫖娼的、酒后驾车的、盗窃抢劫的……犯什么事儿的人都有,千奇百怪。

其中就有侯梓皓,原因是打架斗殴。

她是在派出所二楼的一个大办公室里找到他的,当时屋子里有十几个警察,每人面前都有那么几个滋事被抓的,大家解释的解释、争吵的争吵,一片闹哄哄。

那么多人里周乐琪一眼就看到侯梓皓了,大概因为他当时还穿着校服,在一堆社会人中显得尤其格格不入。他就坐在警察面前,时不时地看一眼手机,神情间带了些烦躁,随意一扭头的时候忽然看到她了,眼中不耐烦的神色立刻就消退了,并且很快站了起来。

像是一直在等她。

他看向她的那个时候周乐琪说不清自己心里的感觉是怎样的,有点微妙,有点杂乱,她一时搞不清,只是很快朝他走了过去。

走近以后她立刻就看到他身边还坐着另一个人:那个公交车上的中年男人。他脸上挂了彩,手臂的姿势看起来也有点不自然,好像是被扭到了，整个人情绪很激动，脸涨得通红。

周乐琪垂在身体两侧的手紧了紧。

负责处理这桩纠纷的警察在看到侯梓皓站起来的时候就抬了抬头，连带着看到了周乐琪，他对她点了个头，然后就示意她坐下，并说："当事人是吧？坐下吧，说说怎么回事儿。"

当时警察的办公桌对面正好有三把椅子，侯梓皓本来和那个中年男人各坐一边，中间的座位空着，而在周乐琪走近的同时就自动换到了中间的座位，把最右边的座位留给了她。

不动声色的保护，避免那个中年人跟她靠近。

周乐琪抬头看了他一眼，两人的目光一触即分，莫名地……有点热。

她心想，一定是刚才她从家里赶过来的路上跑得太快了，所以现在才会觉得热，而且呼吸也有点乱。

她收回目光，坐下了。

还没等警察开口，那个中年男人先咋咋呼呼地吆喝了起来，对警察说："警察同志啊，这个事情你可得给我主持公道，我就在路上走得好好的，这个男学生就莫名其妙过来打人！还诬蔑我说我骚扰跟踪这个女学生！我根本就不认识她！他们两个……"

啰啰唆唆个没完。

警察听了一会儿脸色就有点不耐烦，摆了摆手让那个中年人闭嘴，也许是心里对这事儿已经有个基本判断了，他又看向周乐琪，这时候脸色就温和了不少，还鼓励她说："没事儿，别害怕，有什么说什么——你见过这人吗？"

他指了指那个中年人。

周乐琪有点紧张，她一个规规矩矩的学生，从小到大除了办身份证就没来过派出所，哪见过这种架势？难免有点慌。她下意识地看了一眼侯梓皓，他也正在看她，神情和平时在学校里的差不多，透着一股漫不经心的酷劲儿，这令她感觉到熟悉，而熟悉则会带来安定感。

她又看向警察，调整了一下呼吸，回答说："见过，这段时间在公交车上几乎每天都碰见。"

警察一边听一边做记录，又问："他骚扰过你吗？"

那个中年男人一听"骚扰"这个词就很激动,又开始大声嚷嚷:"警察同志!你办案子怎么能有偏向呢!什么叫'骚扰'啊?我怎么就骚扰她了?你这个……"

他还没嚷嚷完就被警察瞪了一眼,于是又怂了,人就像被按了消音键,不吱声了。

警察再次看向周乐琪,示意她继续。

周乐琪有点不安,一时之间也不知道该怎么说:那个男人算是骚扰她了吗?他倒是没有碰她,只是总是不怀好意地盯着她看,这能算什么有用的证据吗?

"这人一直在车上偷看她,"她正在踌躇纠结,这时却听到旁边的侯梓皓开口说话了,"前几天我一直跟她一起坐车,所以他没机会有什么过分的举动,今天我正好不在,然后她下车回家的路上就被跟踪了,路上应该有监控能查到这人下车以后走的方向,和前几天走的方向不一样。"

周乐琪:……他居然观察得这么细吗?

坦白来说,连周乐琪自己都没有注意观察过平时那个中年男人下车后行动的方向,可是侯梓皓居然都知道……还有,他今天为什么会出现在她家附近?他又不住在开发区,皓庭国际在市中心。

她觉得奇怪,可是也知道现在不是追究这些的时候,警察又在问她:"是这样吗?"

她点点头。

警察记录了几笔,又皱着眉问侯梓皓:"你又是怎么回事儿?跟当事人什么关系?"

侯梓皓坐在椅子上,看着吊儿郎当的,被警察问话也不怯场,坦然道:"我是她朋友。"

警察挑了挑眉,又看向周乐琪,再次问:"是这样吗?"

周乐琪正处在非常无语的状态,也不知道该不该照实说,犹豫之间却忽然感到手心一热——

……是他忽然拉住了她的手。

周乐琪的心突兀地乱了一下,然后她就听到自己的声音说:"……是的。"

她回答完，感觉到他的手又紧了紧。

警察审视了他俩一会儿，随后继续低头记录。

记完又对侯梓皓说："描述一下今天事情的经过。"

侯梓皓本来都有点不耐烦了，但为了帮周乐琪解决这个麻烦，回答问题的态度还是很好，他说："就是她回家的路上被跟踪了，我发现了，就把这人逮住了。"

警察皱了皱眉，犀利地问："你刚才说你今天没跟她一起坐车，那又为什么会出现在她家附近？"

侯梓皓沉默了一会儿，周乐琪也有点紧张了，不知道他要怎么回答这个问题，过了一会儿才听到他说："她跟我吵架了，不让我跟她坐一趟车，所以我先打车到终点站，本来打算偷偷送她回家来着。"

周乐琪心里已经复杂得不知道该说什么好了。

与此同时，那个中年男人开始喋喋不休，说什么他并没有跟踪她，只是打算去便利店买点东西，正好和周乐琪顺路而已，甚至面对警察掏出的他以前骚扰猥亵女性的记录也依然嘴不厌，说什么他已经改过自新了，这次真的是误会之类云云。

警察当然是不相信的，可是这一次毕竟没有发生侵害行为，要拘留他也不现实，因此警察的处理只能是各打五十大板：警告那个中年男人不要再骚扰周乐琪，同时让侯梓皓为自己的打人行为道歉并支付赔偿。

"赔偿可以，道歉不行，"侯梓皓眉头皱着，比警察还横，"让他先跟她道歉，我这茬儿另说。"

他这个态度都把警察气笑了，人家把做记录的笔一下一下点在桌子上，对他说："你这个学生怎么这么横呢？还你这茬儿另说？你这是斗殴滋事知不知道？赶紧道歉！"

说完，又转向那个中年男人，更凶地说："你也道歉！"

……很明显还是偏向学生这边的。

那个中年男人挨了打，且从头到尾都没讨到什么便宜，现在当然气儿不顺，梗着脖子不肯先道歉。当时侯梓皓就动气了，周乐琪跟他坐得近，很快就察觉了他情绪的变化，甚至还看到他手臂上的肌肉都绷紧了。

周乐琪一看这形势心里就有点慌了，尤其害怕侯梓皓当着警察的面再跟对方起冲突，于是忍不住轻轻晃了晃他的手。

他当时还在牵着她，因此她一动他就感觉到了，对着旁人剑拔弩张的少年一转向她就变得收敛且温柔。他似乎察觉到了她的不安，尽管她一句话都没说，可视线相接的刹那他却仿佛已经知道她在想什么。

他好像叹了口气，同时靠近她一点说："行了，我知道了……

"都听你的。"

声音低柔，周乐琪莫名觉得自己的脸有点发烫。

侯梓皓先道歉了，那个中年男人于是觉得自己有了台阶，也顺坡下驴、略显敷衍地道了歉，随即又开始嚷嚷，让侯梓皓给他赔医药费。

这一次侯梓皓倒是没怎么计较，很快就从兜里掏出了手机打算给他转账，周乐琪则伸手拦住了他。

侯梓皓低头看她，挑了挑眉："怎么了？"

周乐琪抿了抿嘴，说："这个钱还是我来出吧。"

她现在虽然还不知道今天侯梓皓为什么会到她家附近来，可是很显然他惹上这个麻烦都是因为她，她怎么好意思让他掏这个钱？幸好刚才她从家里出来的时候就做好了准备，从余清包里拿了几百块钱，现在正好派上用场。

而这个行为就触及侯梓皓的底线了。

在他们家不管什么时候都是他爸掏钱的，大到买房子买车，小到买酱油买菜，从来没有他妈掏钱的道理，尽管实际上他妈比他爸有钱很多倍。

何况今天这个事情也是他处理不得当造成的，她大半夜跑来派出所给他做证已经很麻烦了，他又怎么能让她掏钱？

因此难得侯梓皓没听周乐琪的，坚持要掏这个钱，两人各执一词都挺犟，推来挡去的把警察和那个中年猥琐男都看呆了。

不过，最终他俩谁都没有掏这个钱，因为——

侯梓皓他爸来了。

侯梓皓的爸爸非常帅，是那种可以直接演电视剧的水平，精英总裁人设，一演一个准。

他跟侯梓皓一样高，两人五官的立体感也十分相似，进门的时候步履匆匆,穿着黑色的西裤和浅蓝色的衬衫,一切都和电视上的总裁非常一致,唯一不同的只是他的头发和衣领都有点乱,看起来不像总裁那么气定神闲。

由于两人的气场太相似了,周乐琪一眼就判断出走进办公室的是侯梓皓的爸爸,她于是赶紧站了起来。

侯梓皓也跟着站起来了,喊了一声"爸"。

他爸侯峰也是不容易,大半夜的突然接到儿子电话,说人在派出所让他过来捞,于是只能把手上忙的事儿放下,匆匆忙忙赶过来,结果看到的却是自己儿子正在那儿拉着一个陌生小姑娘的手,看样子还挺美。

周乐琪原来也没意识到自己的手还在被侯梓皓牵着,此时此刻被侯峰一盯才反应过来,于是赶紧把侯梓皓的手挣开,脸一直红到脖子根儿。

她皮肤白,脸一红就会特别明显,侯梓皓本来还因为手被她甩开了心里有点堵,可一偏头又看见了她脸红的样子,漂亮得让他忍不住看了好几眼。

两人在那儿搞些七七八八的小动作,大人就没有这么清闲了,侯峰先是跟警察道歉,又跟那个中年男人道歉,再接着就是说赔偿问题。

他看了看那个中年男人的胳膊,是有点脱臼了,他于是撸了撸袖子,把那个中年人吓了一跳,警惕地问:"你要干什么?!"

侯峰客气地微笑,说:"您不用害怕,我是医生,可以先给您把手臂复位。"

那人将信将疑,后来大概确实疼得有点受不了了,于是就把胳膊伸给了侯峰。侯峰上下看了看,用手比量了一下,轻轻一动,骨头"咔"的一声响,那人立刻发出一声震天的痛呼,引得整个办公室的警察和违法分子都纷纷看了过来。

只有侯峰云淡风轻,把袖子重新卷下来,依然微笑着说:"好了,已经没事了。"

把周乐琪看得在旁边直眨巴眼。

……好厉害啊。

侯梓皓对他爸看见病就给治的行为已经习以为常了,因此并没有什么反应,没想到周乐琪反应却很大,眼睛都睁得圆圆的,分明是一副有点崇拜的样子。

他很无语,也有点吃味,沉默了一会儿之后还是忍不住吐槽了一句:"脱臼复位而已,有什么厉害的?"

周乐琪听见这话抬头看了他一眼,不稀得搭理他。

十五分钟后,侯峰料理好了一切,还赔偿了那个中年人两千块钱"精神损失费"。

其实对方一开始也未必是想要那么多钱,谈一谈估计几百块钱就能了事,但是侯峰没有跟对方计较这么多,也是考虑到惹上事的是两个孩子,怕对方穷凶极恶,再对他们有什么不利。

而这就有点超出周乐琪的能力了:她没想到需要这么多钱,当时身上只带了五百块钱,何况如今她们家的经济情况……有些不好,这两千块钱她不知道该怎么跟余清开口。

但无论如何这笔钱是需要她来掏的,因此走出派出所大门的时候她就跟在了侯峰身后,先是谨慎而礼貌地叫了一声"叔叔",接着是向他道谢,最后又提出要还他钱。

侯峰很随和,看着周乐琪点头笑了笑,说:"你的心意叔叔领了,但这个事儿是侯梓皓惹的,就事论事,叔叔不能收你的钱。"

周乐琪一听这话就很不安,连连摇头,随后局促地说:"不不不,这个事情是因我而起,他也是为了帮我才惹上麻烦的,我必须得还这个钱的……"

侯峰又劝了两句,周乐琪依然很坚持,无奈之下他只能瞪了一眼自己的儿子,眼神明示:你,解决一下。

侯梓皓心里叹气,用眼神回复:我解决不了她,只能被她解决。

侯峰:……废物。

侯梓皓:随你怎么想吧。

父子俩一通无缝衔接的心电感应周乐琪完全没能领会,她还以为侯峰不说话就是默认同意了,过了一会儿又听见侯梓皓对她说:"先上车吧,我们送你回家。"

说着,指了指派出所院子里停着的一辆黑色的小轿车。

很巧，周磊开的也是这款车，曾经周乐琪很幸福地被爸爸妈妈用那辆车接送着上下学，而现在很多事情都发生了变化，她曾习以为常的东西都离她远去了，现在她对这样的生活状态只能仰望。

她倒是没有难过或者嫉妒，只是心里略微有点涩，她对侯梓皓摇了摇头，说："不用麻烦了，我自己回去就好，我家离这儿很近。"

温和的侯峰则对这个意见并不赞同，说："今天太晚了，你一个女孩子走夜路也不安全，万一有什么意外我也没办法跟你家长交代，还是让叔叔送你吧。"

他怕周乐琪再客气推辞，本来还打算让侯梓皓再跟着劝劝，结果他儿子二话没说，已经拉着人家女孩儿的袖子往车那边走了。

……这孩子到底像谁？怎么这么不害臊呢？

唉。

从派出所到周乐琪家真的是很近，也就七八百米，开车两分钟就到了。

由于她们家那个小区老旧而拥挤，车子要开进去恐怕就不好出了，因此周乐琪一再婉拒侯峰要把她送到家门口的好意。

侯峰也不过分坚持，只跟侯梓皓说："你去送送你同学。"

这事儿侯梓皓哪需要他爸提醒？侯峰话头的那个"你"字还没说出口，他人已经把安全带解开下了车了。

侯峰语塞。

深夜的小区万籁俱寂。

这里路灯很少而且还坏了一半，到处都是黑咕隆咚的，侯梓皓把手机的手电筒打开照明，这才勉强算是能看得见路。

他一直走在她身边。

这条回家的路周乐琪独自走过很多回了，但是没有一次敢像现在这样慢慢走，都是用最快速度跑过的，因为她害怕某处的黑影里会藏着坏人。

两个人的脚步声在深夜里显得尤其清晰，他手里的光微微摇晃着，在黑暗里笔直地照出了一条路，周乐琪静静地看着那道光束，莫名有点恍惚。

一片安静中她忽然听见他问她:"……你生气了吗?"

她回过神来,抬头看他。

黑暗里,她并不能看清他的脸,只能依稀看到轮廓,可是她却能想象此时他的神态,大概会很像一只收敛脾气、看人脸色的大德牧。

"没有,"她摇头,"我为什么要生气?"

他沉默了一会儿,好像在评估她说的不生气到底是不是实话,过了几秒才又说:"我不是想纠缠你,是那个男的确实对你有不轨的意图,我只是担心出事。"

"哦。"周乐琪说。

他被她堵得没话了。

周乐琪不知道为什么心情忽然变好了一点。

她想了想,问:"所以你今天是先打车到终点站等我的吗?"

他咳了一声,声音低了一度,好像觉得自己有点理亏,但还是回答:"嗯。"

"这是你第一次这么做吗?"

"是。"

"你说的是实话吗?"

"……不是。"

周乐琪没绷住,笑了。

她的笑声被他听到了,他于是有点来劲——就像一只大狗狗,本来打算老老实实挨训的,可是主人忽然笑了,它于是就得到了赦免,好像看到了重新获得喜爱的机会。

他果然立刻顺杆儿爬,问:"你笑什么?"

周乐琪才不给他机会蹬鼻子上脸,很快就不笑了,板板正正地说了一声"没什么",又问了一句:"所以你是从什么时候开始这么做的?"

他意识到她不好糊弄,而且又变得严肃起来了,难免有点丧气,说话的声音都更闷了一点:"就你生气那天。"

周乐琪没听清:"嗯?"

他破罐子破摔:"就是你问我为什么骗你,要我换座位那天。"

他从来没让她独自回家过。

周乐琪忽然有点语塞,并且……有一点张皇。

其实如果他算计她、对她有恶意,也许她还不会这么无措,毕竟这几年的生活已经让她被磨炼出了一些面对糟糕境况的能力;可是他这么……慷慨,慷慨得把所有主动权和安全感都一股脑儿塞给她,而几乎什么都不留给他自己,这样的局面反而让她不知道该怎么办。

而此时的沉默对侯梓皓来说就很难挨了:他并不知道她此时的状态是局促,他以为她听到他旧事重提又生气了。

她于是听到他的声音:"你别生气,我不提了好吧。"

特别低,特别轻,又隐隐藏着低落。

周乐琪忽然相信他是真的在意她了。

在她看来这当然是很荒诞的,他们毕竟才刚刚认识,可是除了这种荒诞感以外,她心里隐约产生了另一种不可名状的情绪,仿佛被盛夏柔软的海浪舒缓地席卷,她忽然获得了一种短暂的安谧。

她的心很静。

"那个钱,"她把话岔开了,"我能不能分两次给你?"

片刻之前的局促被她的这句话打破,她从口袋里掏出了五百块钱递给他,说:"这五百你先拿着,剩下的一千五我下周给你。"

她得想想怎么跟余清开口说这件事,如果需要,她可能还得想办法去打个零工什么的。

侯梓皓的眉头皱起来了,说:"真不用,人也是我打的,跟你有什么关系?"

周乐琪也开始皱眉了,问:"你到底收不收?"

侯梓皓不敢吭声。

他怎么感觉她又生气了……

为什么她这么容易就会生气啊?!

第8章

侯梓皓心累，但也不敢直接就说不收，他于是发挥自己的智慧认真想了想，发现了一个折中的办法，说："这钱我爸肯定不会同意收的，我要真收了就两头不是人——我看要不这么着吧，你请我吃一学期饭得了。"

不愧是他，太机智了。

这个办法不但可以实现让她分期付款的目的，而且还可以无中生有地为他们制造相处的机会。

妙啊。

周乐琪也没想到侯梓皓居然能说出这种话，确实无语了一会儿，然后拒绝："不行。"

当然不行，他们如果天天在一起吃饭，潘老师知道了会怎么想？她可是刚刚被他约谈过的。

侯梓皓耸了耸肩，也料到了她会说不行，说："我就接受这一种付款方式，这可是你说不行的。"

不行正好，他本来也不想收她的钱。

周乐琪被他这么一堵，一时笑也不是气也不是，又不说话了。侯梓皓就着手机并不很亮的灯光看了她一眼，想了想又问："或者这样，你把你同桌那个位子两千块钱卖给我，咱们相互抵消，就不走货币交易了，行不行？"

周乐琪终于还是忍不住被他逗笑了。

夜色那么暗，小区里的路那么拥挤、逼仄，她的生活那么局促困窘……可是此时此刻她还是笑了起来，那么纯粹又那么简单快乐。

她听到他也笑了,还问她:"你就说行不行吧。"

她忍不住笑着回答:"行什么行?不行。"

他笑着摸了摸鼻子,高大的男生稳稳当当地走在她身边,无论她说什么他都听着,而且好像永远都不会有脾气似的。

他们终于走到她家楼下了。

侯梓皓抬头看了看黑洞洞的楼道,又低头对她说:"我送你上楼。"

周乐琪摇摇头,说:"不用了,我自己上去就行。"

其实周乐琪也有点害怕这么晚一个人上楼,但她并不习惯依赖别人,何况还是侯梓皓——一个年纪比她还小且彼此间算不上多么熟悉的男生。

然而这回他不听她的了。

等她反应过来的时候他已经拉住了她的手腕,当先走进了楼道的黑暗里,他替她查看楼道的暗影里有没有异常,然后带着她走上楼梯。

每一层的灯都伴随着他的到来一点一点亮起来。

她感到前所未有的安全。

他们沉默地走着,一前一后,像是没有任何关联的陌生人,然而他们是有联系的,因为他正轻轻牵着她,以一种充满了保护意味的姿态。

直到走到她家门口。

老式楼体里的感应灯并不会亮很久,为了省电没多久就会黑掉,甚至在周乐琪开口跟侯梓皓说"再见"之前,他们就再次陷入了黑暗。

狭窄的楼道空间很小,而高大的男生站在这里就让彼此的距离更加近,周乐琪不敢在深夜发出很大的声音让感应灯再亮起来,因为那样也许会吵醒早已入睡的余清,他们于是就留在了黑暗里。

其实只有短短的几秒钟而已,可是黑暗带来的微妙气氛却在悄悄蔓延。

她有点想要躲避这种陌生的感觉,于是开始从口袋里掏钥匙,并小声对他说:"今天谢谢你……明天见。"

她要回过身开门,却发现他还没有放开她的手腕,他离她很近,声音也低,说:"明天见。"

她抿了抿嘴,轻轻推了他一下,他这才意识到自己还在拉着人家,随后很快放开了,跟她说了一声"对不起",然后又低声问她:"明天一起坐车?看看那个人还会不会再出现。"

周乐琪抬头看他,因为那时他们离得近,她更能感到他的高大,她抬头时迎着窗外的月光,仅仅能看到他的下巴。

她觉得自己的手心有点潮湿,而刚才他牵过的地方,还在发热。

可她在他面前是没必要慌乱的,因为他永远比她更慌乱——就好比此刻,因为离得近,她甚至能够听到他很快的心跳。

咚。

咚。

咚。

她的安全感又在增加。

就是那一刹那的冲动,让她不恰当地点了头,给了他今晚唯一一个肯定的答复。

"好,"她说,"谢谢。"

她听到他的心跳更快了。

不知道为什么,也许是被他影响,她感觉自己的心跳也在加快。

莫名其妙。

她得走了,可是转过身后又被他叫住,还听到他问:"那今天的作业怎么办?我还一个字没动呢。"

是哦,明天是周五,还要上学交作业的。

周乐琪想了想,说:"数学和物理我写完了,明天可以给你抄。"

他答应了一声,又说:"那剩下几门我们分工吧,你挑一下?"

周乐琪也没客气,今晚剩下的作业她一个人确实写不完,不分工也不行,于是说:"那我写语文和生物吧,你写英语和化学?"

"行。"他立刻答应了。

她点了点头,第三次回过身去要开门,然后第三次被他叫住了。

她在黑暗中偷偷笑了,不知道为什么心情还在持续地变好,她努力使自己的声音显得严肃一些,起码不要明显地暴露她在笑的事实,她问:"又干吗?"

他离她很近,背后是很明亮的月光,温热的气息环绕着她;恰到好处的存在感。

她听到他问:"我们现在……可以算是朋友了吗?"

你可以不喜欢我,我也可以继续我已经持续两年的、单方面的心绪。可是如果你已经不生我的气了,能不能先接受我当你的朋友呢?

他又在把所有的主动权往她手里塞了。

周乐琪感觉自己的嘴角在不可抑制地上翘,而这背后的原因她却一时辨别不清,顿了好久,久到他忍不住又问了一次"可不可以",她才终于回答他。

"……嗯。"

大门关上了。

她已经进了屋,身影消失在门后,可是刚才那个模糊不清的"嗯"字却仿佛还留在他耳边,那属于她的甜蜜的气息似乎也还留在这狭小空间的空气里。

令他心神摇曳。

而比他的心神更摇曳的是他爸侯峰的眼神。

那何止是摇曳?简直是"瞳孔地震"。

侯梓皓一上车,他就忍不住问:"侯梓皓,你早恋了?"

侯梓皓一边把安全带扣上一边应付:"没有。"

"没有?"他爸穷追猛打,"尾随人家女孩儿回家,还为人家打架,送人回个家磨磨叽叽二十分钟,这不是早恋是什么?"

侯梓皓无语,说:"我可不会。"

侯峰也无语了一阵,一边开车一边忍不住看了他儿子两眼,想了半天以后说:"要我说你最好老实一点,别去招惹人家。"

侯梓皓一听这话眉头就开始皱了。

"为什么?"他问。

侯峰目视前方开车,答:"感情影响学习这个说法不是没有道理的,到时候你没事儿,万一考砸了想再读一年或者出国,家里都供得起,但人家女孩儿呢?"

后半句话侯峰没说白:周乐琪家的条件他看在眼里,估计是耽误不起的。

这次高考就是她唯一的出路。

侯梓皓听了这话表面没什么反应,但心里还是沉了沉,他沉默了一会儿,说:"放心吧,她学习比我还好。"

这就很让侯峰震惊了:他知道侯梓皓从高二开始就突然开了窍,拼了命地学习,从那之后就一直在年级拔尖儿——刚才那个女孩儿居然比他成绩还好?

侯峰摸了摸下巴,问他儿子:"你这次考多少分来着?"

侯梓皓有些无语。

尽管侯梓皓从小就被散养惯了,但依然难免对父母这种对他成绩零关注的做法感到无语,他当时有点想翻白眼,可是考虑到一会儿回家他还需要他爸在他妈面前为他打掩护,于是还是决定谨慎做人。

他匆匆回答了分数,然后就开始对侯峰默默暗示:"爸,一会儿到家妈要是问我去干吗了,我怎么说啊?"

侯峰能看不出来他这点小九九吗?他这孩子从小就这样,要是有什么好事儿第一个通知他妈,只有惹了事儿了才会来找他。今天他本来应该在医院值班的,结果为了去警察局捞人还紧急换了个班,又欠了一笔人情债。

侯峰心累,没好气儿地说:"照实说,就说你打人被警察抓了。"

事实证明,侯峰是个好爸爸。

虽然在车上的时候放狠话,可是真等回到了家面对苏芮妮,还是勤勤恳恳地给儿子打掩护,说侯梓皓今天是去医院找他了,他们还一起吃了晚饭,然后替儿子挨了老婆一顿好骂。

接近十二点了,苏芮妮还没有休息,骂完老公又跑去书房开视频会议。侯峰让侯梓皓回房间,自己则殷勤地给老婆倒水,又轻手轻脚地在她开麦训斥下属的时候把水杯放在了她的手边。

"丰远那块地再不开工,这损失谁来承担?你们能承担吗?还是你们能去给袁总和其他股东交代?"

厉害得不行。

噼里啪啦发火发了半小时,苏芮妮才终于"啪"的一声合上了电脑，但情绪依然没平复，坐在书桌前抱着手臂生闷气。

侯峰知道到自己表现的时候了，于是赶紧上前给老婆捏肩捶背，医生的手总能拿捏出最恰当的力道，让苏芮妮舒服极了。

侯峰看她表情好一点了，于是又伺机开始哄人，先是让她不要为了工作上的事情着急生气、要注意自己的身体，又说今天是他做错了，以后要是孩子去医院找他了，他一定会记得提前给她打电话报备的。

苏芮妮横了他一眼，又埋怨说："都快十二点了才回家，我看你们爷儿俩是不想好了——你们气我，公司那些人也气我，干脆气死我好了！"

好像挺讲理的……但又好像不太讲理。

这也难免，毕竟在下属面前雷厉风行的苏总也会有想要让人哄的时候，她和侯峰夫妻之间感情笃厚，至今仍然甜甜蜜蜜，侯峰的脾气又一向很好，更乐于担待美丽妻子的小脾气。

他又开始哄人了，哄了好久才把人哄好，苏芮妮亲了亲老公的侧脸，起身去洗手间洗漱了。

看着她在一天忙碌过后显得十分疲惫的背影，侯峰心想：算了……还是以后再跟她说孩子的事吧。

在另一边，周乐琪难得地睡了一个好觉：凌晨一点四十五分躺进被窝，大概不到十分钟就睡着了，而且一觉睡到被闹钟闹醒，中间一次都没醒过。

她不知道那天自己为什么会睡得那么好，是因为这段时间睡眠太过缺乏了吗？还是因为她难得有了一点好心情？

她不知道，只模糊记得自己做了个梦，梦里有一盏灯，好像就是她家门口的那个感应灯，由暗到明，闪闪烁烁地亮着。

她的好心情正在不声不响地延续。

周乐琪走进教室的时候时间还很早，班里只有三四个人，而侯梓皓已经先到了，他昨天估计比她熬得更晚，因此整个人看起来都很困倦，坐在位子上眼神失焦。

可是她一走进教室他立刻就看到她了，并且好像一下子就清醒了过来，令人不自觉就会联想到一见主人就把耳朵竖起来的大狗狗。

她抿了抿嘴往自己的座位走去，余光看到他已经站起来了，正装作漫不经心地向她靠近，她不知道为什么有点想笑，又努力绷住了，面无异色地在自己座位上坐下。

周乐琪刚坐下把笔袋从书包里掏出来他就到了，他手里拿着几份作业，先是装作漫不经心地把原属于他但现在属于葛澳的椅子拉开，随后又装作更加漫不经心地在她身边坐下。

最后是演技巅峰——装作极其漫不经心地把他的作业递给她，很酷地说："给。"

侯神看起来确实是很酷的，一副心如止水公事公办的样子，然而当时心里慌得不行，生怕一晚上过去周乐琪又要变卦，让他昨天的努力成果再次清零。

再清零他就要"报警"了。

好在周乐琪还不至于这么狠心，她把他的英语和化学作业拿过来，又把她的数学、物理、语文、生物作业给了他。

两个封神的人于是凑在了一起开始相互抄作业。

过了一会儿，侯梓皓还没抄完，可是葛澳已经背着书包进来了，一看侯梓皓坐在他位子上，狂喜，强压激动地问："这是要把座位换回来的意思，是吧？"

侯梓皓头都不抬，说："不是，我就坐一会儿，马上就走。"

葛澳：失去不可怕，可怕的是得而复失。

这个打击太沉重了，葛澳痛苦得失去了两分钟神志，等他清醒过来以后发现侯梓皓居然还在那儿抄，气得他血压飙升，用胳膊锁住侯梓皓的脖子骂了他一顿。

打归打，闹归闹，葛澳还是个好葛澳。

通过察言观色，葛澳发现自己的新同桌今天心情好像还不错，于是斗胆在课间跟她搭话，说十句九句不离侯梓皓，剩下的那句是"你好"。

"其实猴子这人真挺不错的，"葛澳开始搜肠刮肚地找侯梓皓的优点，拼命阐述，"成绩好、性格好、长得好，最关键是他思想品德好啊，自我管理意识极强。"

他说了一通，他的新同桌也不太爱搭理，就问他："你怎么知道？"

葛澳一噎。

但他不放弃，为了把座位换回来继续努力："而且他还心细、他还脾气好——就比如那天您二位分开坐的时候吧，当时你手指不是破了吗？就那么小一点儿口子他都发现了，去给你买了创可贴让我给你，还不让我告诉你，多感人啊——"

葛澳，感动中国好兄弟，全球自救第一人。

周乐琪确实没想到上次的创可贴也是侯梓皓买的，那天她明明对他发了那么大一通脾气，可他却……

她心里忽然有点微妙的感受，又下意识地侧过脸去看坐在教室那边的侯梓皓。

他正在一边低头看题一边随手转笔，那支普通的笔在他指尖转出了花来，少年好看的侧脸同时显露着随意和认真。

某个时刻他好像察觉了她的目光，不期然抬起了头看向她，于是他们的目光相撞。

啪嗒。

好像有什么开关被悄无声息地打开了。

那天放学的时候侯梓皓转运了。

他本来在教室门外等周乐琪收拾书包，但等了半天，人都走光了她还没出来，他于是走进去找她。

教室里已经没别人了，她正站在自己课桌旁回身看那幅至今还没完成的黑板报，侯梓皓心里忽然有种特别好的预感，他尽力压着它，一边向她走近一边问："不走吗？"

她抱着手臂，露出一截纤细白皙的手腕，看了他一眼，又朝黑板报抬了抬下巴，问："你打算什么时候把它画完？"

现在的进度还和上次她和他一起画的时候一模一样。

侯梓皓走到她身边站定，也看了一眼那块黑板，想了想，说："等你有空的时候。"

她没很快接话,只抿了抿嘴,过了一会儿才问:"你不觉得这个帆船比例不对,不够好看吗?"

侯梓皓挑了挑眉,隐约觉得这话背后藏着一道考题。

他对这种语境很熟悉,他妈就经常给他爸出这种题,乍一听就是一句普通的闲聊,可如果他爸没答好那就是踩雷了,一般都没什么好果子吃。

他必须得打起精神好好回答。

侯梓皓开始紧急分析,这才想起来这话有点耳熟,好像是昨天(43)班的罗思雨说的——难道她很在意对方这句话?还是她们过去结过什么梁子?仔细想想,周三体育课那天她第一次见到罗思雨的时候脸色就有些苍白。

半秒之内侯神的大脑已经转了五百圈,然而并没有转出什么有效的结果,他想了想,决定还是照实说。

"不觉得,"他摇了摇头,"你就算画得跟我一个水平,我也觉得你那个最好看。"

他不知道自己的答案算不算过关,只是看到她笑了。

小小的笑容,并不昭彰外露,甚至一不注意就会被错过,可依然比整个夏天所有的阳光加起来还要明媚漂亮,让他难以克制地反复心动。

他听到她说:"我跟你才不是一个水平。"

有点小开心,还有点小傲娇。

她说完就从课桌前离开了,朝黑板走过去,一边挽起袖子一边去教室后面的小柜子里拿水彩。

剧烈而绵长的触动感在侯梓皓心中持续地氤氲,他也笑了,很快就跟了上去,从她手里接过水彩盘,说:"这要蘸水的是吧?我去给你接点水。"

毫不遮掩的欢喜和殷勤。

仿佛在用每一个眼神和动作向她致意。

周五是一周中严林最好约的一天。

他是个生活规律的人,而且特别管得住自己,尽管也是游戏爱好者,可一般只有周五这一天放学后会放纵自己打一小时游戏。

男生打游戏一般都组团，原来他们是四个人一起打的，除严林之外还有侯梓皓、葛澳和（43）班的张宙宁，但是现在侯梓皓天天围着周乐琪转，已经不知游戏为何物，当然就不跟他们一起玩儿了，其他三个人没办法，只能背地里骂他，然后就一直三缺一。

米兰瞅准机会，补上了这个空当。

她第一次是通过放学后尾随发现严林他们去公园组团打手游的，突然冒出来的时候把严林吓了一趔趄，其他两个男生也目瞪口呆。

只有米兰脸皮厚，笑得可灿烂了，还超假地说："哇好巧噢！"

作为严林的狐朋狗友，葛澳和张宙宁的自我定位非常清晰，他们就是专业看热闹的，而且看热闹不嫌事大，所以就算明知道严林不待见米兰，他俩还是在那儿起哄，跟严林说："你妈来了，自己注意点儿吧。"

严林当时就想往他俩嘴上糊胶水。

从那以后，米兰就每周五都跟着严林他们。

其实米兰本身是不会打游戏的，而且她对拿枪突突突和拿刀一顿砍这些事儿都不感兴趣，可是架不住她对严林感兴趣，而严林对那些感兴趣，因此她就不得不从头开始补课，一堆乱七八糟的东西全都得学。

而这并不能改变她的菜。

她跟他们打的第一把，没一分钟就被对面砍死了，葛澳这人仗义，本来还想去救她，结果人没跑到她就出局了。

搞得米兰丧丧的。

不过其实也还好，毕竟她本来的目的也不在享受游戏乐趣，只要让她坐严林旁边，她能一个人安安静静地待一小时，自给自足。

而且光是看严林打游戏也很爽。

就……超级有魅力呀。

米兰星星眼。

这周五他们又凑在一起，没过一会儿张宙宁第一个出局了，他骂了一声，然后就往长椅上一瘫。他看严林他们打了一会儿，估计觉得没劲了，于是又掉过头跟米兰聊天。

张宙宁也是文科生，跟米兰一个班的，他高一的时候跟她不太熟，是因为后来米兰总是追着严林，他才慢慢跟她熟了。

他觉得米兰这个女生挺有意思，明明是个漂亮妹子，可是却好像没什么自尊心，被严林打击了不知道多少回了，依然那么皮实，好像就认准了他似的。

严林在学校里也是很出名的人物，理科班的尖子生。米兰崇拜他这个事儿现在尽人皆知，很多人表面上虽然不显，但其实背后都在笑话她，议论的话也都很难听。

他有点好奇她到底是怎么想的。

张宙宁琢磨了琢磨，凑近米兰，压低声音问："哎，米兰，你现在还在崇拜严林吗？"

米兰本来兴致勃勃地在看严林，一听这话忍不住白了张宙宁一眼，说："废话，不然我跑这儿来干吗？"

"您真有恒心，"张宙宁啧啧感叹，"严林说得没错，你要把这劲头用在学习上，'清北'抢的就是你了。"

这是个损话，架不住米兰当个好话听，她也不看严林打游戏了，坐直了朝张宙宁那边儿凑，跟他打听："严林说的？他平时经常提我？"

张宙宁心想：就您那个穷追猛打的架势把严林三观都整碎了，他能不提你吗？

但他不敢照实说，就只敢点头。

米兰很满意，又追问严林还说过什么，张宙宁想不起来了，为了防止米兰再问只好打岔，问："你到底喜欢他什么呀？他那人，没情趣，自我，天天跩得二五八万的，有什么好？"

"滚，"米兰一听他说严林不好就不乐意了，没好气儿地踢了张宙宁一脚，"我就喜欢他跩得二五八万的。"

米兰顿了顿，又白张宙宁一眼，说："谁跟你似的那么没范儿，来个女生跟你说话你就屁颠儿屁颠儿的。"

张宙宁急了："哎，你不要无中生有行不行？我怎么就屁颠儿屁颠儿了？"

米兰"切"了一声，说："那个来借读的罗思雨今天跟你说话了对吧？你不是美滋滋地把笔记借人家了吗？"

张宙宁噎了一下，随后反驳："我那是同学之间互帮互助好不好？

那不然怎么着？还能说不借？"

米兰又"切"了一声，说："这要是严林肯定就不借。"

张宙宁："……"

他算看出来了，跟米兰没法儿讲道理，她对严林的"滤镜"太厚了。

于是，他干脆换了个话题，又问米兰："听你这个意思，你跟人家罗思雨还有矛盾？"

米兰撇了撇嘴，说："没有啊。"

张宙宁挑眉："那你这……"

……听起来确实不大待见人家啊。

米兰眼睛转了转，沉默了一会儿，然后说："她没惹我我当然跟她没矛盾，不过我直觉那不是什么善茬儿，你最好也少搭理她。"

张宙宁：？

什么鬼……这就是传说中女生神秘的第六感吗？

张宙宁正在那儿琢磨，这时候几个花臂大哥从他们身后高调路过，其中一个光头一直盯着米兰看，还冲她吹口哨。之后他们那帮人就走到另一边的长椅坐下了，但那个光头还一直盯着她看。

米兰本来就长得漂亮，穿着打扮又总爱标新立异，比如现在她就把校服外套脱了，穿着一件紧身的短袖T恤衫——好家伙，那光头都看直了眼。

而她本人则对被注视没什么很大的意见，主要是神经大条意识不到，那光头都冲她吹口哨了，她还在那儿大大咧咧地跟张宙宁说小话呢。

结果刚说到一半，她忽然听见严林叫她："米兰。"

米兰一听严林跟她说话了，哪儿还管什么张宙宁，立刻就转过头去看严林。

游戏还没结束，可是耳机不知道什么时候已经被他摘了，他一边看屏幕一边跟她说："把校服外套穿上。"

米兰没听明白："啊？"

严林面无表情："穿上。"

米兰一听来劲了。

她觉得自己得到了他的关注，因此非常振奋，而且她这些年得出一个感悟：严林是永远不可能给别人什么好脸色的，统一都是冷漠脸。既然如此，她不如反其道而行之，努力惹他生气，这样也算特殊待遇，比跟别人一样强多了。

米兰于是摇头，说："我不。"

她刚说完，严林的眉毛果然开始皱了："不穿就回去。"

又冷又横。

米兰"嗤"了一声，抱着手臂也跟他玩儿赖，说："你吓唬谁？这是公园，我爱在哪儿待着就在哪儿待着，你还能把我拎出去？就不穿。"

气死你。

她本来以为严林没工夫管她，没想到他这盘游戏正好结束了，手机屏幕上跳出巨大的、跳跃的"WIN"的字样。

他看都没看一眼，把手机一放就扭头看她了，表情有点可怕。

米兰心里其实已经发怵了，但她装作不在乎，结果就听严林说："行，你不走我走。"

说完，真的背起书包就要走！

米兰投降了，一把把他拉住，一边拦他一边把校服外套往身上披，暴躁地说："严林你牛！你最厉害！我听你的行了吧！！！"

那天他们从公园出来的时候是晚上九点多，葛澳和张宙宁本来想跟严林一起坐车，但是途中就接到了米兰的眼神杀，他俩知道，如果他们敢破坏米兰和严林相处的时光，这一米六的女生能跳起来拿个平底锅拍他们的头。

他们于是纷纷装作另有安排，一出门就原地消失了。

米兰很满意。

她最喜欢跟严林在一块儿了，只要跟他在一块儿她就有很多很多话，能叽里呱啦一刻不停地说。他基本都不回应的，可是没关系啊，她可以自己"抠糖"；甚至抠不出来也没事儿，她可以"凭空造糖"。

两人一起走在路上，米兰家就在附近，她看了看身边的严林，扯了扯他的袖子，说："哎，严林，你送我回家吧。"

严林看她一眼，拒绝："不送。"

米兰不满，开始闹："你这人有没有良心啊？我是因为你才大晚上跑到这里来的，现在天都黑了，你就放心让我一个女孩子自己回家？"

"又不是我让你来的，"严林面对控诉非常坦然，"我特别放心。"

说完，都不等米兰再多说一句，径直就往前走了。

米兰站在原地瞪着他的背影，心里默数十个数，她想只要严林在她数到10之前回头找她，那就是有一点点在乎她。

她数到10了。

严林都快走得没影儿了。

米兰心里有点堵，刚才在公园他让她穿外套所带给她的快乐消散了一些，她自己跟自己生了一会儿气，然后又没出息地朝着他的背影追过去，半天才追上，跑得气喘吁吁的。

她凑在他身边，笑得像朵花儿一样，问："那我送你回家好不好？"

严林叹了口气，只剩无语，说："不用，你自己回家吧。"

米兰才不听他的呢，她早就明白了一个道理，凡事要是等严林点头那她根本啥也干不成，于是就无视了他的拒绝，一路跟着他，像个小尾巴。

严林没辙了，而且肉眼可见地烦躁了起来，他两手插兜站定不走了，低头看她，问："到底怎么才能让你不跟着我？"

米兰笑嘻嘻，想了想，说："那你送我回家。"

严林盯了她一会儿，两人无声对峙，最终还是他先妥协了，掉过头朝米兰家的方向走去。

米兰心里美滋滋，悄悄比了个"耶"，然后蹦蹦跳跳地又追上去了。

与此同时，一个疑问也从她心里悄悄冒出来：

为什么他一直都不让她知道他家在哪里呢？

与严林的不情不愿相反，侯梓皓是巴不得送周乐琪回家。

他俩这天总算把黑板报这个延宕了小半个月的工作给弄完了。周乐琪用水彩一勾，画面上的帆船和浪花都变得更生动、更有层次感，再配上侯梓皓一手漂亮的行楷，画面完全可以同时满足"90后"和老潘这个"70后"的审美。

简直优秀。

从教室走出来的时候学校的灯已经暗得七七八八，只有走廊里还有几盏亮着，再就是个别老师办公室还有人，学校显得空空荡荡的。

两人并肩走着，到了光线暗的地方侯梓皓就会走在周乐琪前面一点，而到了光线明亮的地方他又会稍稍落后她一步。这些举止都很微妙，周乐琪完全没有察觉，甚至侯梓皓本人也没意识到自己这么做了，仅仅是下意识地在保护她。

下楼梯的时候她就走在他前面一点，明明步伐很规矩，可是马尾辫却随着她的步伐摇摇晃晃，莫名就显得有些俏皮可爱，让他的心情也跟着越变越好。

他听到自己心里正在因为她过于可爱而叹气。

他俩又一块儿坐上了301路公交车，司机先生一见到他们就笑，侯梓皓走过去刷卡的时候他还问："又陪朋友坐车了？"

侯梓皓一挑眉，笑了，说："嗯，得陪。"

司机先生笑呵呵的，侯梓皓低头看了周乐琪一眼，发现她耳朵根儿都红了，特别明显。

他心里又是一阵强烈的酥麻。

然而得意了没一会儿，等坐到座位上的时候他就遭报应了，不仅被周乐琪白了一眼，还被质问："你刚才干吗接那个话？"

她脸还红着呢，因此虽然是生气，可看起来却不像那么回事儿。侯梓皓可不敢蹬鼻子上脸，万一她真生气了对他发火，那他就不好收场了。

他于是咳了一声，谨慎地对她说："我下次注意。"

这句话真没什么好笑的，可是周乐琪不知道为什么当时就很想笑，她赶紧把脸别开看窗外，这让侯梓皓心里又七上八下的了。

她听到他问："……你生气了吗？"

仔细想想，自从上次她在地下车库跟他发过一次火，再见面时他就总会问她是不是生气。周乐琪有点无语，怀疑现在的自己在侯梓皓眼里已经变成了一只喷火龙。

她叹了口气，扭过头看他，说："没有。"

她顿了顿，又补充道："只要不遇到很过分的事情，我一般都不会生气的。"

侯梓皓表面装作很信服地点了点头,可是心里却觉得这话不能信:苏芮妮也一直说自己脾气很好,还不是天天调理侯峰吗?

小心驶得万年船。

他正这么琢磨着,余光忽然看见周乐琪在从书包里掏东西,没一会儿就拿出一个信封递给了他,说:"两千,你点一下吧。"

侯梓皓愣住了。

那个信封是崭新的,连个褶皱都没有,干干净净、工工整整,跟她给人的感觉一样。侯梓皓没接,只看了一眼,忍不住叹了一口气,说:"不是说好了我花两千买你同桌的位子吗?一正一负直接抵消。"

他说得一本正经,好像真有这个意思似的,周乐琪撇了撇嘴,说:"谁跟你说好了——那个位子就值两千?"

这话有点开玩笑的意思,侯梓皓心中一动,突然意识到这是周乐琪第一次跟他开玩笑。

这是不是意味着他们的关系正在慢慢靠近?

他笑了,看起来更帅气,也贫嘴道:"不行我可以加,你说多少就多少。"

说着,真的掏出手机就要转账。

周乐琪终于还是忍不住笑了,伸手打了他一下,说:"你烦不烦?"

侯梓皓低着头笑,而眼睛则一直盯着她看。

他们在对视。

少年人已经懂得了试探,可是又不像大人那样只知道保护自己,他们都对靠近另一个人这件事有些生疏,可悸动是那么强烈,像月光酿成的海潮,持续不断地在他们心底反复。

要命。

有那么一瞬间,周乐琪在侯梓皓的眼睛里看到了一场电影,浓郁又华丽,好像有着一百年也不会死亡的漫长寿命,能周而复始地给予她热情;可也正是这种热情让她心生恐惧,因为她清楚地知道,在这段热情之后,剩下的一切是多么冰冷和残破。

就像周磊和余清。

她有些狼狈地错开了眼,暧昧就在那一刹那终止,她只执拗地把装着钱的信封递到他面前,说:"你快收下。"

一方突兀的退后只会让另一方感到无措,随后失落的感觉便会慢慢上涌,可在这些之外他所剩最多的还是对她的钟情,这让他不会计较得失,也不会考虑自己所站立的位置是不是一段关系的安全区。

他看出她的坚持,想了想,退了一步,说:"那要不这样,咱们一人一半,我收一千。"

周乐琪偏头看了他一眼。

侯梓皓耸耸肩:"要么收一千,要么这两千你都拿回去。"

还挺横。

周乐琪抿了抿嘴,有点犹豫,但过了一会儿她也想通了,觉得一人一半确实比较合乎情理,于是也退了一步,说:"……那好吧。"

她把信封打开,从里面点出十张一百块钱递给他:"你再点点。"

侯梓皓看都没看,直接把钱揣进了口袋。

周乐琪看了他一眼,皱了皱眉,问:"你点都不点,就不怕我坑你?万一数目不对呢?"

少年看起来有些漫不经心,只有眼神特别认真,看着她说:"没关系,我随你坑。"

周乐琪:又来了。

这人怎么回事?为什么每一句话都说得这么……

她又把脸别开了,耳朵根又红了。

两人一起沉默了片刻。

这时候车程已经过半,那个中年男人一直没有出现,周乐琪也觉得有了昨天那么一茬事儿之后,那人应该不敢再出现了。

她于是对侯梓皓说:"昨天的事谢谢你,以后他应该不会出现了,你也不用再陪我坐车了。"

侯梓皓一听这话眉头皱起来了,轻轻哼了一声,说:"你要过河拆桥?"

周乐琪无语了。

侯梓皓:"那万一下次还有别的变态呢?你这么漂亮,再碰上流氓怎么办?"

他越说越没谱了。

周乐琪的脸这一晚上就一直红着,热度都没退下去过,她努力严肃地对他说:"现在是法治社会,哪有那么多变态?而且你家跟我家离那么远,现在是高三,你每天这样在路上耗两三个小时,还怎么学习?"

她是好心好意地劝他的,无奈侯梓皓不领情,还说:"我聪明,少学两小时也能考最好。"

周乐琪挑眉了。

侯梓皓这才发现自己说顺嘴了,竟然挑起了她的胜负欲,他赶紧改口认怂。

又把周乐琪逗乐了。

她笑起来的样子太过甜美,两人坐在一起,侯梓皓能清楚地感觉到她的体温,比他的低一些,清清凉凉的。

鬼才放心她一个人坐车。

侯梓皓趁着她在笑,又接着说:"再说了,我是为你充的公交卡,你得让我把里面的钱刷完吧?不然这卡就浪费了。"

周乐琪看他一眼,问:"你以前没有公交卡?"

侯梓皓摇头:"没有。"

她撇了撇嘴,又问:"那你充了多少钱?"

侯梓皓看她一眼,想都没想就说:"足够陪你坐到毕业。"

周乐琪再次语塞了。

她不是一个口讷的人,虽然最近几年生活很不顺利,她在社交中也封闭了起来,可是在发生这些事情之前她不是这样的,2009级封神的周乐琪曾经还代表一中参加过省里的辩论赛,是很厉害的四辩。

她从来没有像现在这样在一个人面前如此频繁地失语过,她也从没料到一个与她无关的人的言行可以给她的情绪带来这么强烈的影响。

就比如此刻——她清楚地知道自己正在被触动。

她感到自己的手心有些潮湿了,又听到自己开口问他:"侯梓皓……你为什么要这么做?"

我只是一个与你毫不相关的人,冷漠且自私,不值得你给予任何善意,更不值得你的陪伴和袒护。

她问完后就看到他笑了。

依然是有点酷又有点漫不经心的那种笑容,只是多了一些无奈和羞涩。

"所以上次你是走神了吗?"

少年反问她,语气中有淡淡的叹息。

"都说了……我在意你。"

第9章

霓虹闪烁，车水马龙，万家灯火之下是人间百态。

蝴蝶湾小区的家家户户都亮着灯。

这是 A 市老牌的高端社区，从业主入住到现在差不多有六七年了，因此自然比不上两条街外新建成的皓庭国际，但也很体面就是了。

这里是周乐琪原本的家，而现在，高翔正在原本属于余清的厨房里择菜，大门口传来响动，她从厨房里探了探头，看见自己的女儿罗思雨走进了大门。

高翔笑着招呼她："回来了？先去洗手吧，然后过来帮帮妈妈。"

罗思雨答应了一声，过了一阵换好了衣服、洗好了手，也走进了厨房。

她帮她妈淘米，过程中一直沉默不说话，脸色也有点不好，高翔看了她一眼，问："怎么了这是？在学校不开心了？"

罗思雨还是闷闷地，说："没有。"

高翔拍了她一下，说："跟妈妈逗什么强？趁你爸还没回来，快跟妈妈说说。"

这里的"你爸"当然指的是周磊。

周磊和高翔虽然在同一家外企工作，可他们下班的时间往往不重合。高翔只是财务部的小出纳，朝九晚五不必加班，而周磊是做市场的，时不时就要加班加点或者开会，因此自从他们同居以后，两人一般只有上班会同路，下班都是错开的。

罗思雨还在那儿闷着不吱声，高翔没有办法，只能自己揣测，问："是在新学校不适应了？被排挤了？"

这话戳到了罗思雨的痛点，她烦躁地撩了一把水龙头的水，抱怨道："高三借读真的很不合理，大家的社交圈子都固定了，我根本就挤不进去！再说……"

"再说什么？"高翔问。

"那些学霸都看不起我，"罗思雨开始抹眼泪了，"他们都觉得我是差生，是垫底的……"

这话不假。

在刚刚结束的语文周考中罗思雨只考了72分——满分150分，而语文已经是她的强项了，如果换成数学，她甚至都考不到40分。

(43)班的人也不是刻意要笑话她，只是对于一中的学生来说，罗思雨这个分数确实有一些离奇，他们纯粹是被惊讶到了，看罗思雨时大半也遮掩不住那种惊讶。

于是罗思雨当然觉得自己被排挤了。

她很难受，一下一下抓着锅里的米，高翔看了当然很心疼，赶紧把手上的菜刀放下，搂过女儿的肩膀开始安慰，说："闺女，咱们不管这些事儿好不好？你去一中是去学习的，又不是跟那些人交朋友的，他们爱怎么说怎么说，咱们学到东西才是最重要的。"

罗思雨还在掉眼泪，不买她妈的账，说："不是的妈，那些女生孤立我，不跟我说话，背后还笑话我，我心情被搞得一团糟，怎么学习啊！"

说着，重重地把手里的米饭锅扔进了水池。

高翔吓坏了，连忙又抱着女儿开始哄，哄了半天也没效果，只好转而问："那你要妈妈怎么办？咱们回三中去？"

这个方案罗思雨也不满意——她其实很喜欢在一中上学，每次她穿着一中的校服在街上走的时候，总感觉身边的路人都会对她高看一等，原来三中的同学也都很羡慕她，她才不要失去这一切呢。

她连连摇头。高翔问："那你想怎么样？"

罗思雨想了一想，说："妈，你给我点钱吧。"

"啊？"

"我得用点好的东西，"罗思雨擦了擦眼泪，"那些人都很势利的，要是知道咱们家有钱，肯定就巴不得跟我玩儿了。"

这个观点其实有些偏激。

高中生都已接近成年，大家对事情都有自己的判断，诚然，一个人的家庭背景会对社交产生影响，可这种影响也不是绝对的。而罗思雨之所以如此放大家庭背景的功能，是因为她原本的家庭并不富裕，突然获得财富使她在心态上产生了剧烈的波动，时刻想要展示这种优越性，并急于验证它是不是如她所料地好用。

高翔把自己闺女的这种小心态看得很透彻，但她并不想指责她什么，她知道罗思雨也在家庭变动中受到了影响，那么当家长的用金钱弥补她一下也是合理的。

她于是很爽快地答应了，说："好，都听咱们宝贝的，吃完饭妈就给你拿钱。"

罗思雨这才满意，把锅从水池里拿起来，继续淘米了。

高翔微微放心，又转过头去切菜，没过一会儿又听她闺女说："妈，你能不能让爸给你买辆车啊？到时候你开车来接我放学，让我同学都看看。"

买车。

这个事儿其实高翔也盘算很久了。

她和周磊如今虽然快要结婚了，但是彼此间也没什么信任。就好比蝴蝶湾的这个房子吧，周磊至今都没说要加她的名字，两人还做了婚前财产公证，要明确各自财产的划分。

其实周磊对她也算不错了，没有跟她AA制过日子，现如今家里的一切生活开销都是用他的钱，他也会时不时给她买个包、买件衣服什么的。可是他也有让高翔觉得不满意的地方，比如他给他前妻另外买了房子，而且每月转去一笔抚养费——他闺女都成年了，还抚养个什么劲儿？

高翔其实很生气，但是脸上却不能露出来。相反，她要表现得大度善良，不能刻薄尖酸。

这个做法当然有很多好处，可以维护她在周磊面前的形象，可是这种伪装阻碍了她向周磊要钱，而如果没有钱，那么她原先背叛家庭和周磊在一起的意义又是什么呢？

她必须得想办法把钱从周磊口袋里掏出来。

这个办法也很容易想——孩子。

现在她和周磊只是在一起过日子,还不能算真正的夫妻,可如果他们有了共同的孩子那就不一样了——只要她能生下周磊的孩子,最好是个男孩儿,那他能不给自己儿子钱吗?一个传宗接代的儿子,和他那个复读了两年的女儿,孰轻孰重,这不是一目了然吗?

谁都不傻,高翔也把算盘打得精呢。

她切好了菜又开始剥蒜,一边剥一边跟罗思雨说:"这事儿急不得,等你弟弟出生了,一切都好说了。"

罗思雨听完,回头看了一眼高翔已经隆起的肚子,皱了皱眉,问:"妈,你今天去做产检了吗?医生怎么说啊?"

"去了去了,"高翔连连点头,"能说什么?一切正常呗,好好养着就得了。"

高翔怀孕已经四个月了,现在还不是特别明显,因此他们公司的同事都还不知道——周磊甚至还没有在公司内部公开和她在一起的消息。她很努力地养身体生孩子,但是今年她已经四十岁了,早就不是年轻的小姑娘,是正儿八经的高龄产妇,怀孕生产都有不小的风险,其实医生一开始都劝她谨慎考虑再生一个孩子。

然而高翔是绝不会放弃的——她一定要得到周磊的钱,彻底改变自己和孩子们的命运。

罗思雨小时候没有得到最好的教育资源,没有像公主一样被富养长大,等她的儿子出生了,她要给他最好的一切,让他成为一个完美的小王子。

罗思雨也知道她妈妈是怎么想的,更知道周磊虽然表面上对她这个"女儿"和颜悦色,其实心里是把她当外人的。她和她妈要想在蝴蝶湾踏实住下去,还得要靠她妈肚子里那个还没出生的孩子。

她有点不爽,骂了一句,又说:"一把年纪了还想要儿子,我们娘儿俩平时这么伺候他难道就不值钱?"

刻薄尖酸,完全不像平时在学校那副柔弱小白花的样子。

她刚发泄了这么一句,大门口就传来了钥匙开门的声音,母女俩对视一眼,知道是周磊回来了。

高翔很快就洗了洗手出去迎接，而罗思雨则立刻变了一副面孔，重新温顺乖巧起来，还留在厨房里淘米，一副不好意思和新爸爸说话的样子——这也是她妈妈教给她的，她不能表现得对新爸爸接受得太快，要让周磊觉得他还要努力争取新女儿的接受，这样才能事半功倍。

她做得非常好，还在周磊面前表现出了些许恰到好处的愁闷，从而自然地向他表达了一番借读的苦恼，让周磊觉得她很不容易，并对她产生了心疼的情绪。

一切都很顺利。

饭桌上，他们这个重新拼凑而成的家庭显得其乐融融，大家都戴着真心的面具，但彼此都不知道对方怎样看待自己。罗思雨既对这一切感到新奇刺激，同时又有些微微的厌倦。

她看着自己的妈妈努力讨好周磊的样子，心想：我未来不要过这样的日子。

她要自己嫁一个好男人，他要优秀、帅气，让她真心喜欢，同时要有钱。她要做他的原配，最好是初恋，这样他们就在道德上无可指摘，如果遭遇了对方不好的对待，她还可以理直气壮地指责对方并请求其他人的声援。

她该去哪里找这样一个人呢？

她又想起了侯梓皓。

那个从初中开始就让她心悸的男孩儿。

中考之后他们去了不同的学校，她以为这一辈子都没有机会再靠近他了，可是没想到峰回路转，她最终还是又走到了他身边。

这不是命中注定的缘分吗？

罗思雨默默想着，吃完晚饭后就回到了自己的房间——一个宽敞明亮的房间，漂亮的公主屋，有宽宽大大的床，有干净整洁的书桌，还有一个独立的小阳台。

这里原本是属于周乐琪的。

但现在已经属于罗思雨了。

她站在小阳台上看着窗外璀璨的灯火，心想：我会如愿的。

一定，都会如愿的。

侯梓皓和周乐琪之间的关系变得微妙了起来。

他们的距离似乎比原来更近了，说暧昧有一点勉强，但如果说他们仅仅是普通的同学、朋友，那也有些不确切。

很模糊。

侯梓皓对这种状态是很庆幸的，因为起码这一次她没有生气，这就是一个进步——当然了，她也没有给他什么好脸色，在他说完那句话以后直到公交车开到终点站，她再没有跟他说过一句话。

沉默固然令人心慌，可是车窗外闪烁的霓虹却出卖了那时她通红的耳根，甚至她白皙纤细的手指也在膝盖上无意识地轻动，这告诉他，她的内心也并不那么平静。

侯梓皓微微别开脸，不再看了，可是好事的司机先生却在红灯停车的间隙透过后视镜看到了他们：那个女孩儿半低头红着脸，而那个男孩儿则在不时低笑。

司机先生的心情不知道为什么越发好起来了，心想：

青春，真是这世上顶顶好的东西啊。

至于在学校的时候，他们俩之间的氛围就更微妙了。

之前侯梓皓跟周乐琪关系远，即便座位分开了也时不时就要在教室那头看她；现在他们的关系渐渐近了，两人反而交流得少，微微拉开的距离赋予了他们一些空间，用来适应这渐近的关系，同时给了他们安全感——他们很默契地同时用它在掩饰着一些东西。

偷偷的。

不为人所知的。

这种做法虽然对他们两个当事人来说很好，可是却伤透了群众葛澳的心：他看他们俩现在在学校几乎都零交流了，不禁就觉得换回座位遥遥无期，因此最近整个人都很颓丧，打篮球都不带劲了。

不得不承认，少年的感情有时候会有些无师自通的聪明，但他们毕竟还不是真正的大人，因此在拐角的地方就会露出破绽。譬如侯梓皓吧，本来他很完美地在维持着那份距离感，然而当意识到国庆节假期正在逐步逼近的时候，他的心态终于还是崩了。

救命。

他不想放假。

放假太恐怖了，尤其国庆节要放七天假，这意味着他有整整一周都见不到周乐琪——周末两天已经很难挨了，七天不是开玩笑吗！

请学校立刻组织高三集中补课，都要高考了还放什么假？

学校本来确实是有这个意思，可是9月中旬隔壁六中有一个高三生因为压力太大而试图自杀，虽然最后及时被老师和家长劝阻了，可依然引起了教育局的重视，他们于是下发了通知，要求全市中小学假期都不得补课，升学年级也不能例外。

这个通知老潘一说，全班就开始热烈鼓掌，(1)班除了侯梓皓，人人都很开心，然而老潘推了推眼镜，"地中海"微微泛光，又杀了个回马枪，说："十一放假结束之后，10月8日，二模。"

好了，形势颠倒：现在侯梓皓是全班唯一开心的人了。

他也不是喜欢考试，主要是一旦考试就会牵涉调整座位的问题，到时候他想想办法，再给周乐琪做做思想工作，说不定就能再跟她坐到一起了。

起码也要跟她坐前后座。

真不错呀。

然而，虽说二模的预告多少给了侯梓皓一点抚慰，但国庆七天不能见面的这个问题还是没有解决，因此这天在公交车上，周乐琪就发现侯梓皓特别沉默。

其实他平时话也不多，只是今天话尤其少，一个人坐在她身边一声不吭，看起来还有点烦躁。

她忍不住多看了他几眼，过了一会儿又禁不住问："你怎么了？"

是累了吗？

还是出什么事了？

侯梓皓听到声音偏头看向她，没什么表情，说："没什么。"

周乐琪眉头皱了皱，更担心了，追问道："是身体不舒服吗？"

"没有，"侯梓皓叹了口气，摇头，"就是心里不舒服。"

周乐琪眨了眨眼，疑惑："为什么？"

他看了她一眼，特别严肃地说："因为十一我会有七天见不到你。"

这人……

本来他还挺克制的，不会把那些话明明白白地挂在嘴上，可是周乐琪隐约觉得上次聊过以后他的某个开关就打开了，现在这些奇奇怪怪的话真是张口就来。

完全不掩饰。

周乐琪懒得理他，一听这不正经的话就把脸别开了，侯梓皓又看她一眼，叹了口气说："你问我的，我回答了你又生气……"

周乐琪继续低头看自己的单词书。

侯梓皓自己沉默了一会儿，过了五分钟又突然跟周乐琪搭话，说："要不我们互换一下手机号吧？"

周乐琪抬头了："啊？"

"上次你不是说你不用社交软件吗，"侯梓皓低着头看她，"有手机号发短信也行。"

周乐琪无语："有什么事儿还需要发短信？"

"那可说不好，"侯梓皓言之凿凿，"说不定你就会想到有什么事情要找我帮忙。"

周乐琪撇撇嘴，笃定道："放心吧，不会有这种情况的。"

侯梓皓还不放弃，又把话反过来说："那说不定我有什么题不会想问你呢，你告诉我一下吧。"

这个理由也太扯了，因为他成绩真的很好，而且他不偏科、没有短板，一模考试虽然分数比她低不少，可那是因为他还没经过高三复习、很多知识点都遗忘了。如果是一年以后的高考，他们谁会考得更高，周乐琪还真的拿不准。

理由既然不成立，当然会被驳回，周乐琪彻底不搭理侯梓皓了，为了把他的嘴也堵上，她又从书包里掏出了一本数学重难点手册塞给他，并安排："把圆锥曲线那章的例题看了。"

侯梓皓："……好的。"

日子就这样一天一天过去，9月的热气依然让人汗流浃背，可夜晚已经慢慢凉快起来了，10月越来越近，秋天越来越近，假期越来越近。

一中的老师们都不是软柿子，尤其带高三的更是狠人，他们会让升学年级舒舒服服过假期吗？那当然不可能了。

他们从放假前三天就开始疯狂地布置作业，明明这只是个七天的国庆假，可那个作业量却完全可以媲美暑假，多得让人心态爆炸。

老潘是其中翘楚，放假前的最后一天"丧心病狂"地给他们布置了五篇作文，语文课下课的时候全班都在号，学霸如严林都忍不住骂了一声。

罗思雨就是在这个课间来找侯梓皓的。

当时（1）班的人都在鬼哭狼嚎，倒没几个人注意到她来找侯神了，两人就站在教室门口的走廊上说了几句话。

她又是来还笔记的，这次还的是英语，把本子递给他的时候脸颊微红，说："真不好意思老是来麻烦你……主要是我在一中实在没有什么认识的人……"

侯梓皓随手接过笔记，笑了笑，说："小事儿。"

然后他就没别的话了，转身就要走回班里。

罗思雨怎么能让他就这么走了，她赶紧伸手拉住他的袖口，侯梓皓回过头看了她一眼，挑眉问："还有别的事？"

而就在罗思雨伸手拉住侯梓皓袖子的那个当口，坐在教室里的周乐琪碰巧偏过了头，正正好好看见了这一幕。

他当时背对着教室的窗户，她并不能看见他脸上的神情，只能看到罗思雨的脸。那个女孩儿在笑，脸颊是红的，正在仰着头跟他说话。罗思雨长了一双很漂亮的眼睛，又大又亮，睫毛也长，此时她眼神里透出分明的欢喜以及淡淡的羞涩，显得更加清纯好看。

这个画面很美好，可是周乐琪却莫名想起了另一张脸。

高翔的脸。

那张脸就躲在周磊身后，在周乐琪和余清闯进门的时候露出惊恐和脆弱，可是在周磊看不见的地方，她却又对她们露出了笑容。

得意的、张狂的，甚至隐隐显得亢奋的笑。

周乐琪的手指一下子攥紧了。

一种令她难以辨别的情绪以空前的强度统摄了她的心，那一瞬间她感到疼痛、愤怒、羞辱……还有更多的，一种她无法名状的感觉。

她一下子站了起来。

门外，侯梓皓已经不动声色地收回了自己的手，表情淡淡的，显得有些疏远。

他并不是一个好撩的人，而且，在周乐琪之外的人面前，他是有些冷淡的。

罗思雨也看出了他的排斥，当时心中就刺了一下，连忙收回了自己的手，又撩了撩头发掩饰尴尬，说："对不起啊，我只是想跟你再借一下数学笔记……"

一边说着，一边小心翼翼地抬眼看着他，显得特别柔弱可怜，好像就仰仗他似的。

侯梓皓眉头皱了皱，还没来得及说话，余光就忽然看到了周乐琪的身影。

她也没看他，匆匆就从他身边走了过去，手里拿着一个水杯。

他下意识地就把她叫住了，问："你去哪儿？"

废话，她还能去哪儿，拿着水杯当然是去接水了。

果然，她站定以后回头看了他一眼，晃了晃手里的杯子，说："接水。"

侯梓皓"哦"了一声，为自己问了一个如此不聪明的问题而感到些许尴尬，可过了一会儿却又突然听见她问："你要一起吗？"

他看向她，正瞧见她用漂亮的眼睛淡淡地看着他，嘴角似乎有浅浅的笑容。

太难得了。

他笑了，想也没想就说："走啊。"

说完就毫不犹豫地向她走过去。

罗思雨没想到周乐琪会突然冒出来，更没想到她与侯梓皓之间还有交情，一时有些愣住了，而当她回过神来的时候侯梓皓已经走出去了几步，她很无措，下意识地想叫住他："猴子——"

侯梓皓真的停住了脚步，还回头看了她一眼，她于是又开心起来了，心脏扑通扑通跳，觉得或许还有转机。

可是他却说："数学笔记是吧？我不太记数学，你想要也行，下次我给张宙宁，你找他要吧。"

他顿了顿，又补了一句："其实文理数学差异还挺大的，侧重也不一样，而且你的话，我建议还是先从基础补起。"

他说这两句话的工夫，周乐琪已经走出好几步了，根本就没等他。他似乎也没指望她等他，因此毫不意外地追了上去，和她并肩而行。

罗思雨听到他笑着对周乐琪说："下次你让我给你接得了，省得你还跑一趟……"

他们走远了，说话的声音不再能传过来。

罗思雨独自站在原地，指甲深深地嵌进掌心的肉里。

周乐琪在侯梓皓追上来跟她并肩的那一刹那就后悔了。

特别、非常、极其后悔。

她承认，当她看到他毫不犹豫就抛下了罗思雨而走向她的时候心中立刻就感到了一阵畅意，可也正是这种畅意让她感到了自己的卑劣：她刚才明明是在利用他。

利用他对她很纯粹的感情，去实现报复另一个人这种很肮脏且很卑鄙的目的。

她怎么可以这么做？

周乐琪……你疯了。

愧疚这种东西很神奇，对于感觉不到它的人来说就不存在，对于能感觉到它的人来说却可能是致命的。

那一整天愧疚感都在周乐琪心底发酵，她越想越觉得自己低劣龌龊，越想越觉得自己伤害了侯梓皓——尽管他可能根本没意识到她利用了他，可她仍然难受得要命，以至于一整天都神情不属，晚上他们一起坐车的路上她甚至有些不敢看他。

她在躲避他，因此自然就不会跟他说话，一开始侯梓皓还主动挑起过几次话头，后来因为一直没有得到回应，也放弃了。

像她一样陷入了沉默。

说起来，他们中负责找话题、调节气氛的人一直都是侯梓皓，他一直会默默观察她的状态，考虑她感兴趣的事情，再想办法以恰当的方式和她沟通。这看起来像是一件很容易的事情，可实际却并不是这样，尤其此刻他之前的努力就更显得重要了——因为他一旦撤销了这些尝试，两个人之间漫长的沉默就会显得尴尬而难捱。

这种要命的沉默一直持续到他送她到她家楼下。

那时是晚上八点前后，小区里依然很黑，但并不像从派出所回来的那天一样寂静，很多人家的窗户里都亮着灯，隐隐约约飘出炒菜做饭的香气以及父母催促孩子写作业的声音。

他们一起在黑暗中走着，隐隐被烟火气包围，那条一向显得很漫长、曲折的小路似乎也不那么难走了，没多久就到了尽头。

他们于是一起停住了脚步。

这时应当要说告别的话了，"明天见"就在周乐琪的嘴边，可是当她抬头看向侯梓皓的时候却突然意识到了明天他们不会见，国庆将有七天的假期，下次再见他会是一周以后。

她于是知道，如果此时不道歉，她就再也没有机会了。

她有些犹豫，心想就这么糊弄过去也许也不是不行，可是最终她还是过不去自己心里那道坎儿——她不想做亏心事。

于是她鼓起勇气，硬着头皮对他说："对不起，我……"

只开了一个不清不楚的头，她并未把这句话说完。

不是她不想说，而是她不知道该怎么说。

她该怎么向侯梓皓解释她和罗思雨之间的关系呢？难道要告诉他她家里的那些丑事吗？他会怎么看待她？会可怜她还是看不起她？又会对她的家庭产生怎样的看法？

她跟他的关系也许的确比和班上的其他人更近，可是却也没有近到让她能够毫无保留地袒露自己所有的伤口和秘密，何况她也不是个乐于向他人展示脆弱的人，这让她更加感到难以启齿。

她正在纠结该如何开口表达，这时却忽然听到他轻轻笑了一声，并说："没关系。"

他没有问她为什么说"对不起"而仅仅说了一句"没关系"。

这个反应有些出乎周乐琪的预料，她抬起了头，映着月光和他手中手机的亮光看见了他当时的神情，少年的眼神澄明又透彻，同时还显得温情和洒脱，他眼底有对她的关怀，以及似乎是无穷无尽的耐心和包容。

那一眼就让周乐琪明白，他是知道的。

他知道她今天用了怎样的小心思，他知道她和罗思雨之间有矛盾，他知道她出于某种自私的目的利用了他。

他终归是个很聪明的人啊。

那一时，周乐琪心中的愧疚感更加强烈了，此外还感到非常害臊，因为她突然意识到原来今天事情发生的时候他就明白她的想法，而他明知道自己被利用了，却依然选择了配合她。

她忽然不知道该说什么了。

周乐琪有点慌乱，以至于两只手都不知道该往哪里放，她很局促，隔了好一会儿才重新组织好语言，问："你……你怎么知道？"

你怎么知道我当时的想法？

你怎么知道我和罗思雨之间的矛盾？

侯梓皓耸了耸肩，看上去略显散漫，可是说的话却透着一股认真劲儿："你的事儿我怎么会不知道？"

周乐琪被他这么一噎，脸又有些红了，她把眼睛错开，说："我跟你说正经的呢。"

侯梓皓摸了摸鼻子，心想：我说的也是正经的。

然而这话他是不敢跟她直说的，怕她不高兴，于是想了想又说："平时在学校你都不理我，今天却问我要不要跟你一起去接水，当然很反常。而且之前我就觉得你和那个（43）班的同学有另外的交情，也许你是不太喜欢她吧。"

他这句话说得很讨周乐琪喜欢：首先他称罗思雨为"那个（43）班的同学"，这个叫法客气又疏远，没有一点亲近的意思；其次他把她和罗思雨之间的关系描述为"有另外的交情"，这又显得很保护她，避免了点破真相的尴尬。

他其实是个很周到的人。

周乐琪的局促感在无形中慢慢消退了，她抿了抿嘴，又问："那你还配合我？而且事后也不问我是怎么回事？"

这两个问题让侯梓皓有点无语，他笑了，还挑了挑眉，说："我当然配合你了，你干什么我都配合你。"

我又不会生你的气。

而且如果利用我能让你免于难过或者痛苦，那么我会感到非常高兴。

后面这两句话他没说，因为他直觉此时并不适宜说这些话，这些真诚的言语会让她感到更愧疚，而他根本不想让她对他愧疚。

他于是很快跳过了这个问题，又继续回答下一个，说："至于你和她之前发生过什么，如果你想告诉我，我随时听你说；如果你不想告诉我，那我也不会多问——都看你心情。"

我把所有的主动权和选择权都给你。

所以，你没必要在我面前感到有压力。

他真的是个很奇怪的人，有时可以毫不掩饰地对她表达感情，可是有时又会隐藏一些对她的照顾和体贴，比如此刻的他似乎就不想让她意识到，他是怎样彻底地向她让渡了主导权。

而周乐琪不是傻瓜。

她跟他一样聪明，能够从话语的缝隙和情绪的辗转中察觉他的真意，她知道他在不动声色地照顾她，这让她感到安全和惬意。虽然那种难受的愧疚并没能完全消失，可是它已经转化成了另外一种情绪，似乎是感激，也似乎……是别的。

她浅浅地笑了，是不足以露出小虎牙的那种程度，可足够让他知道她的情绪已经松弛了下来。

他微微放下心来，这时又听到她说："还是要再说对不起……还有，我以后不会再这样了。"

这话说得……莫名就显得很乖。

好像一个小学生，板板正正地在向老师承诺：我会好好学习，以后上课不会再走神了。

侯梓皓也笑了，气氛很轻松，他点了点头，忽然意识到此时适合插科打诨，于是又对她说："行，你这道歉我接受了，不过我觉得还是差点儿意思。"

周乐琪："啊？"

"道歉是道歉，赔偿是赔偿，"侯梓皓半真半假地补充，"我也不贪，你就把你的手机号给我得了。"

这人……叫她说什么好。

她白了他一眼,转身要上楼了,侯梓皓摇头笑了笑,倒是对她的拒绝并不意外。

他追上她,先她一步走进了漆黑的门洞,灯亮之后看清四周没人才放心地让她上楼。

他心里其实是有些舍不得她的,毕竟他还没有想好这七天该怎么熬,而她就不像他这么焦虑,已经非常坦然地要上楼了。

……女孩儿的心可真硬。

这个想法刚冒出来她就从他身边走开了,快得他都来不及说再见,而错身的那个时候她却忽然小声说:"139××××××××。"

一串数字。

……是她的手机号吗?

侯梓皓心中一动,而等他回过神来抬头时,她早已消失在楼梯的拐角处了。

他听到她爬楼梯的脚步声,有点急促,透着略显慌张的可爱,而灯光也在闪烁,仿佛是她的美好在对他散发着光亮。

侯梓皓无可奈何地捂住了自己的眼睛。

要命……他感觉他的心脏就要跳出来了。

周乐琪其实并不比他好多少。

她的心脏也跳得好快好快,直到走进家关上门的时候还在扑通扑通跳个不停,她将这归因于刚才爬楼梯爬得太快了,至于脸上的热气,那当然是因为9月还是很热啊。

她用手对着自己的脸扇着风,连身上的书包都忘了要放下来,就那么站在门口发愣,而这时余清正好端着做好的可乐鸡翅从小厨房走出来,看到她站在门口觉得很奇怪,一边摆盘收拾桌子一边问她:"琪琪怎么了?出什么事儿了吗?"

周乐琪这才回过神来,为自己方才傻气的行为感到一阵害臊。

她赶紧一边放书包一边去厨房洗手,又帮余清盛米饭。在饭桌上余清问她今天在学校过得怎么样,她想了想,说:"很好。"

她过得很好。

在这最近的三年当中,她今天过得最好。

余清也发现她心情不错,于是放心地笑了,她看着女儿吃她亲手做的可乐鸡翅吃得很香,情绪也越发轻松起来,还和她商量起国庆假期这几天要吃什么。母女俩约好要去公园野餐一次,野餐的时候要烤肉吃。

她们都在笑。

生活好像在慢慢变好。

第10章

十一终于到了,而对于高三生来说假期不是用来休息的,是用来疯狂学习的。

对于严林这种水平的学霸来说就更是这样。

其实对他这样的尖子生来说,每天去学校上课的作用并不是很大,基础内容他已经烂熟于心,老师翻来覆去强调的东西他早就知道了。

他更需要针对自己弱项的训练。

发现漏洞的工作很多学生会交给补习班来完成,但严林并没有条件去上什么补习班,因此他只能通过不停地做题去检测自己的知识漏洞,然后再想办法自己补。

大热天的,他家也开不了空调,因为早就断水断电了,他只穿了一件背心坐在书桌前学习,依然汗流浃背。

可严林是个有定性的人,而且对自己狠,就算处在这种环境里还是能让自己静心。他早上六点半就起床开始写作业,写到九点换成了自己找的模拟卷,从头刷到尾,一分钟都没有休息过。

直到十点半前后他家外面传来连续不断的巨大轰鸣声。

他爸严海本来还在睡大觉,后来被这轰鸣声惊醒,赶紧从床上爬了起来,披了件衣服就冲出门去查看情况。严林透过窗口看了看,见到一辆庞大的挖掘机正在向他们这所破落的小房子逼近。

严林很烦躁,原本平静的内心现在是一团乱麻,而这烦躁背后的根源却让他感到难以启齿。

他清楚地知道……他在鄙夷自己的父母。

这是不应该的，因为他们养育了他，没有他们就没有他。可是他依然挥不去这些鄙夷，有时这种情绪还会上升为厌憎，尤其当他看到他们的贪得无厌、市侩卑劣，那些情绪就会变得更强烈。

可是他有什么资格开口抱怨呢？他们说穿了不也是为了他吗？为了给他更多资本，让他以后能活得更好。

他是受益者，这就决定了他没有开口指责的立场和权利。

他只能压抑着这些不满，同时不断指责这个"忘恩负义"的自己。

严林吸了一口气，继续逼迫自己做题了。

然而几分钟之前还显得很简单的立体几何，现在看起来就有些陌生，他也忘记刚才想好的那条辅助线应该加在哪里了，于是更加烦躁。

叮。

这时候他的手机亮了，他抬头看了一眼，发现是米兰发来的消息。

他解锁手机打开一看，她发过来的是一条小视频，拍的是几本作业。

严林挑了挑眉，回复了一个"？"。

米兰立刻回复了。

严林妈咪的第90个小号：这是我今天上午做的作业，我别的都没干，就专心学习来着。

清北抢我：哦。

严林不太感兴趣，把手机放下了，但是过了一会儿突然察觉不对劲，于是又把手机拿了起来。

清北抢我：这么努力干吗？

她拍的那些作业，要写完起码得两个小时，那也就是说她八点半之前就起床了，而以他对米兰的了解，如果没有什么特殊的理由，她是不可能这么早起学习的。

有问题。

事实证明，严林真的挺了解米兰的。

严林妈咪的第90个小号：你这不是废话吗。

严林妈咪的第90个小号：我不努力怎么考进第一考场？

清北抢我：？

严林没想到一模考试之前的那次约定居然还能延续到二模考试,他很蒙,赶紧回复。

清北抢我:上次是上次,这次是这次,怎么能一起算?

开玩笑……米兰上回只差一点,要他说她这次真可能考进文科第一考场。

严林妈咪的第90个小号:怎么就不能一起算了!你上次又没说时限!

米兰抱怨了一堆,然后又给他发了一串表情,都是一只呆头鹅。

严林真的心累,可是屏幕上那些跳动的傻鹅又让他觉得有点好笑,有一个表情画的是那只鹅在抱着人的大腿,可怜巴巴地说"求你了"。

……还有点可爱。

严林撇了撇嘴,回复:那这次再高一点吧。

严林妈咪的第90个小号:怎么还要高?你难道不知道分越高越难再往上提吗?

严林妈咪的第90个小号:而且我上次也是撞大运了好不好!

清北抢我:那正好,你干脆放弃得了。

严林妈咪的第90个小号:……

严林妈咪的第90个小号:冲了,你等着!!!

她又发过来一只喊着"冲鸭"的傻鹅。

严林关上了手机,黑掉的屏幕映出了他自己的脸,他发现……自己好像在笑。

这个发现很恐怖,把严林吓得眉头都皱了起来,他又对着漆黑的手机屏幕上下看了看,直到确定自己没有在笑才又把它放下。

他继续去看那道立体几何。

哦,他知道这题该怎么做了。

跟严林同样努力的还有周乐琪。

她是个很认真的人,做任何事都一样,比如让她帮余清切菜,切个胡萝卜丁她都一定要板板正正地把每个丁切得几乎一样大。余清一直说她轴,而她自己知道这是强迫症,焦虑障碍的一种。

这种劲儿时时刻刻体现在她的学习上:明明那些知识她都熟得不能

再熟了，可还是会逼着自己反复确认、反复练习，跟严林这种头回经历高三复习的一样拼命。

　　余清一直怕她太累了身体受不了，毕竟不管是谁，一连把高三这种高强度的生活过上三年，都难免会吃不消。周乐琪之前并不怎么听她劝，但最近倒是有点变化，十一那天还问余清她的手机放到哪里去了。

　　周乐琪是有一个手机的，那是周磊和余清还没离婚的时候周磊给她买的，时间大概是前年，也是智能手机，在当时算很高级的款式。

　　但是自从她高考失败，为了避免再和原来的同学发生尴尬的联系，周乐琪就渐渐不再用手机了，余清于是帮她收了起来，她有一年多没碰过了。

　　拿到手机是白天，但是周乐琪并没有立刻打开，她看着黑漆漆的屏幕心中总是有些恐慌，觉得一打开它就会看到一些过去的痕迹，她于是先把它拿去充电了，直到晚上心静了一些，才鼓起勇气把它打开。

　　那时是晚上九点半，她一个人坐在客厅里，犹豫了很久才按下了开机键。

　　屏幕亮起来，很多熟悉又陌生的图标跃入眼帘，周乐琪不声不响地看了QQ的图标好久，手指放下又挪开好几次，终于还是硬着头皮点开了它。

　　她要重新登录，得输入密码，可是她好久不用已经忘记了，后来一通验证身份、改密码，好不容易才登上。

　　无数条未读消息立刻像雪片一样飞了过来，满屏都是未读的小红点，尤其是当年的班级群，早就是999+了。

　　周乐琪把手机锁屏了，靠在小沙发上闭了一会儿眼睛，平复了一下当时心中剧烈的情绪起伏，然后再次打开手机。

　　她点开了班群。

　　软件虽然只显示999+，但是她未读的消息简直成千上万——毕竟一年多过去了，大家交流过的东西太多了。

　　她翻到最前面，也就是他们2012年高考刚刚结束的那个夏天，大家在班群里讨论假期去哪里旅游，有人晒各种出游的照片，还有各种约饭聚会的拍照，大家都笑得很开心；后来大学开学了，大家又在班群里交流自己的大学生活，抱怨大学没有高中好，抱怨各自的不适应，这些就都是周乐琪未知的世界了；再后来大学放假了，大家于是就从不同的地方返回了 A 市，群里有各种同学聚会的邀约和返图①，热热闹闹的。

这种热络持续了差不多一年，后来大家就渐渐聊得少了，消息的间隔越来越长，直到现在基本是个死群了。

这也是没办法的事情吧……毕竟，大家都有新的生活了。

周乐琪匆匆看了十五分钟，大致把群里未读的消息浏览了一下，这时手机忽然振动，是有人在给她发消息。

她把群聊页面退出来，发现敲她的是裴启明。

2009 级他们班的班长，现在人在清华大学。

他的 QQ 昵称是个生僻的英文单词——Arbitrary，头像是个背影，后面就是清华门，也许是他大一的时候拍的吧，现在他应该是大二了。

Arbitrary：乐琪？是你吗？

周乐琪忽然意识到自己上线的时候没有设置隐身，于是被发现在线了。

她不知道自己在躲避什么，但总之裴启明的消息刚发过来她就立刻点击了离线，并以最快的速度退出了软件。

她好像刚刚经历了一场大逃亡，甚至出了一点汗，关掉手机眼神放空，愣了好久好久。

她觉得心里很闷、很压抑，可是却又不知道这种感觉的根源在哪里，只知道刚才看班级群聊的时候它就产生了，而裴启明的出现则让它爆发了。

她忽然很想躲起来，不管哪里都行，只要别被任何过去认识的人看到，为此她愿意拿任何东西去交换。

周乐琪在小沙发上蜷缩起来，两手紧紧地抱住了自己的腿，脸埋进了膝盖。

再次陷入致命的孤独。

叮。

这时她的手机又亮了。

---

① 意为返回照片，即为他人拍摄并发回给本人的照片。

收到了一条短信。

不是 QQ 信息,而是最原始的、现在几乎没人在用的手机短信。

发短信的是一串陌生号码。

就发了两个字:在吗?

"在吗?"

在侯梓皓花两秒钟打下这两个字之前,他已经用了两小时整理情绪,并用了整整一天来犹豫要不要给她发信息。

他考虑了很多,比如他找她她会不会觉得烦,比如什么时间她回信息才最方便,比如他应该跟她聊什么。这些思考都太容易反复了,因此他一整天都耗在自己房间里,丁姨叫他去楼下吃饭他都没去。

到了晚上九点多,他终于把这两个字发出去了,然后就开始了漫长的等待。

等待是很磨人的,但同时给人以微妙的期待,他被这样复杂的感觉折磨了一会儿,实在有点顶不住了,于是就开始借写物理作业转移注意力。

叮。

她回复了。

他立刻放下笔拿起了手机,看到她回复的是:嗯。

系统显示她回复的时间是晚上九点五十三分,而他的发送时间则是九点五十一分。

……原来那么漫长的感觉,竟然只有两分钟而已。

侯梓皓笑着摇了摇头,觉得自己有点好笑,想了想,又打下几个字:你在干吗?

"你在干吗?"

这是一句很微妙的话,其实没有任何意义,它表达的似乎仅仅是,某个人正在想念你。

周乐琪其实并不能清楚地理解这一点,但是也能隐约感觉到这种微妙的气氛,并为此感到些许的心跳加速。

她不知道自己内心是不是在等待他的联络——也许是吧,否则那天她不会把号码告诉他,今天白天也不会从余清那里要手机。

她知道自己正在做着一些在原本规划以外的事情。

她吸了一口气，回复：在休息。

他没有让她等，回得很快：哦，那你休息的时候干吗？

他们虽然并没有见面，可是周乐琪却仿佛能想象侯梓皓说这句话时的神情，有一点酷，有一点漫不经心，有一点缠人，还有一点……帅。

她抿了抿嘴，回：就刷手机。

他依然秒回：你一般几点睡？

这好像是在询问她，他还可以跟她聊多久。

周乐琪犹豫了一下，回：看心情。

这种有点小傲娇的回答让手机那一端的侯梓皓忍不住笑了，他想了想，回：那您今天心情怎么样？

这个"您"字也把周乐琪逗乐了，她眼前莫名浮现出一只大德牧，正在围着她来回打转，并讨好地冲她摇尾巴。

她憋着笑回：还行。

快乐的气氛同时在两个人身边飘荡，即便此时他们并不在一起，可是却仿佛在共享同一种心情。

他回：你假期出去玩儿吗？

她：应该不。

他：应该？

她没回，他于是又接着问：七天假呢，你都不出门？

她：当然出门，最起码会去超市。

他：哦。

他：那你哪天去？去哪个超市？

周乐琪在手机这边无声地笑开了。

她其实没有意识到自己在笑，但是她真的笑了，小虎牙都露了出来，漂亮的大眼睛也弯成了小月牙。

她：我都是跟我妈一起去的。

她打完这行字，对面沉默了十几秒，她以为他放弃了，没想到十几秒之后又看到他回：那我就装偶遇？

过了两秒又补一条：或者干脆跟阿姨问个好？

周乐琪不自觉地笑出了声。

在房间里准备休息的余清听见了她的笑声，从卧室里探出头来问她："琪琪？"

周乐琪吓了一跳，赶紧把笑容收了起来，下意识地把短信页面给关了，又装作无事发生，对余清说："没、没事儿，就是刚才刷到了一个笑话。"

余清看女儿心情不错，情绪也挺好，她答应了一声，说："妈妈要睡了，你也早点儿休息，别太晚了。"

周乐琪点头答应。

余清走进房间了，周乐琪又等了一会儿才敢打开手机，这时候离上一条信息发送的时间已经过去了好几分钟，侯梓皓又发了好几条过来。

他：你生气了？

他：真生气了？

他：我不去找你了，别生气了好吗？

这个人真是……他怎么老是觉得她在生气啊？

她回：没生气，只是刚才不方便回。

屏幕那头的侯梓皓本来是很忐忑地在等她回复，现在一发现她没生气，他就来劲了，又开始贫嘴：那我还能去找你是吗？

周乐琪在屏幕这头无声地笑，回：当然不能。

他：为什么？

她：没有为什么。

他：你能不能讲点儿道理？

他：要是见到阿姨我肯定好好表现，表现差了我是狗，好吧？

她：你本来就是狗。

他：？

看着他发过来的那个"？"，周乐琪笑得更开心了。

她的心情在持续变好。

她不知道为什么此刻的自己会这么开心，明明刚才看过高中班群之后她是有些落寞的，而裴启明的联络也让她心里有些压抑，可是侯梓皓的消息一来，她就觉得一切没有那么沉重了。

他甚至都没有出现在她面前,她就已经感到了开心。

两人其实也没有那么多要聊的,可还是你一条我一条,互相发了将近一小时消息,都是一些很没营养的话,周乐琪都没有察觉时间过得那么快,等她回过神来的时候都快十一点了。

她觉得自己很离谱,心里有点慌,于是当先跟他告别。

她:时间晚了,我要睡觉了。晚安。

这句告别其实有点草率,而且不免有些突兀,然而末尾的"晚安"二字却显得特别温柔,映入侯梓皓眼中时让他的心也跟着软了起来。

他:好,晚安。

你要做个好梦。

事实证明,狗都是热情又黏人的,就算酷如德牧,那也是黏人精。

周乐琪现在天天都会收到侯梓皓的短信。

十一假期的前几天他还比较克制,只有晚上会发,后来他就膨胀了,白天也发。有时候是问她在干什么,有时候是装作有题不会做,还有时候是装作不记得作业是什么了让她告诉他。

……就离谱。

更离谱的是周乐琪自己,居然都不觉得他烦,甚至有时候她明知道他是故意没话找话,可最终还是会回复,甚至7号那天他没给她发信息,她心中还有些落寞。

那天她白天没收到信息,已经觉得有点奇怪了,后来到晚上八九点他也没联系她,她心里就更别扭,也不是生气或者难过,只是……挺难说的。

就好像,小孩子本来以为会吃到甜甜的糖果,可是后来却没有吃到,虽然没吃到也不会怎么样,但就是……会有点不开心。

而侯梓皓也不是故意不给她发信息的,实在是7号那天他们家里有点事儿,他一直没找到机会跟她聊天。

苏芮妮是个地地道道的女强人,这个纤细美丽的南方女人自己顶着偌大一个房地产公司。

商场总是风云变幻，交朋友是很重要的，她也有要好的朋友，在她起家的时候曾经伸手帮过她的忙。她是个念旧又知道感恩的人，十几年过去她仍然和对方很要好，两家人自然相互有交情，时不时就要聚一聚的。

这个月7号，苏芮妮总算把公司的事料理得差不多了，正好碰上侯峰休息，一家人于是安排好了要一起去和朋友聚餐。

聚餐的地点是一家私人会所，它的拥有者正是苏芮妮的这位朋友，他们一家人到的时候主人早已经在了，灯火通明的大包间雅致而气派，巨大的圆桌上已经坐了三个人：一个四十五岁左右的中等身材男人，袁建新；一个四十岁左右微微发福的女人，张敏；还有一个熟面孔，袁嘉惠。

他们一家人一见到苏芮妮一家来了就纷纷高兴地站了起来，彼此握手、拥抱、问好，确实是很熟悉融洽的氛围；两边的孩子也都礼貌地问候了对方长辈，然而他们之间却没有眼神接触，那是一种隐蔽的疏远。

这种疏远也是合情合理的，毕竟不到一个月前袁嘉惠才向潘老师举报了侯梓皓和周乐琪的事儿，这下就算彻底得罪了侯梓皓，他虽然面上没有对她发火，可是袁嘉惠知道他是真的生气了，两人的关系完全僵了，在学校都很久不说话了。

但这次是家庭之间的聚会，他们两人也不好把关系的僵硬搞得太明显，因此表面上还是该打招呼打招呼，只不过肯定做不到多自然也就是了——尤其袁嘉惠，难受得都不敢抬起头来看侯梓皓的眼睛。

然而，小孩儿的遮掩就算再高明也很容易被大人看破，比如张敏就很轻易地看出了自家女儿的不对劲，不过此时此刻她也不好多问，只是一边笑着夸赞苏芮妮的好身材、好气色，一边热热络络地说："快别站着了，都坐，都坐呀。"

说起来，两家人的缘分还真有点奇妙。

苏芮妮和张敏是大学同学，当年住隔壁寝室，关系本来就亲近。后来张敏和袁建新结婚了，婚后第二年袁建新在工地视察时不慎从高处跌落，右腿骨折，当时给他做手术的正好就是侯峰，两家的四个人这就算是都搭上关系了。

袁建新的父亲是做生意的一把好手，只可惜走得早，不到五十岁就因为心脏病去世了,把公司交到了独子袁建新的手上。

袁建新接手时公司正值鼎盛,那时候苏芮妮的皓庭刚刚起步,他还帮过她的忙,给她的公司投过钱。但是十几年过去形势却颠倒了过来,苏芮妮的事业蒸蒸日上越做越大,而袁家的润元却渐渐被边缘化了,有日薄西山的架势。

苏芮妮是个讲义气的人,因为袁建新帮过她,所以后来她也有意识地还这份恩情,她还允许润元持有皓庭百分之七的股份,明显是要带对方一起赚钱。

袁建新也明白苏芮妮的好意,大家心照不宣,关系更是融洽。

饭桌上一团和气,两位女士一碰面就难免要聊些穿的用的,男士们一时插不上话,只好转而聊些高尔夫球、垂钓之类的闲事。

侯峰比袁建新要忙,因为他还要分神去管苏芮妮的饮食——最近正是南方的大闸蟹上市的时候,苏芮妮本来就是那边的人,又爱吃蟹,因此特别贪嘴,一边跟张敏热聊一边朝着桌上的大闸蟹猛下手,吧唧吧唧吃个不停。

侯峰真是没办法,一边拉一边劝,不停地说:"你少吃点蟹,这个东西性寒。"

苏芮妮也不听,挥挥手让老公别管,又说:"知道了知道了,唠唠叨叨跟个唐僧一样。"

张敏忍俊不禁,说:"你们差不多就行了,都老夫老妻的了,还秀恩爱?"

苏芮妮抱怨:"什么秀恩爱,你是不知道他有多烦人,天天管我这管我那的。"

这就有点炫耀的嫌疑了,苏芮妮说这话的时候眼中还带着幸福的笑意呢。

张敏受不了他们夫妻俩,挤对了他们几句,又看了看饭桌上沉默寡言的两个孩子,笑着问:"你们俩怎么都不说话?是不是高三太累了,都没休息好?"

侯梓皓当时正在低头看手机,本打算给周乐琪发个短信问问她有没有吃午饭,结果忽然被长辈问到,坐在他身边的侯峰还拍了他一下,让他把手机收起来,不要没礼貌。

他于是只好把手机收回了兜里,回答张敏:"没有阿姨,都挺好的。"

张敏笑眯眯的,因为有些发福更显得慈眉善目,又侧过脸去跟苏芮妮说:"梓皓是越长越帅,学习还那么好,你是真有福气。"

苏芮妮听了这话心里高兴,但表面上还是做出嫌弃儿子的样子,说:"哪儿啊,儿子大了都不听话,哪像惠惠,又漂亮又乖——哎,对了,惠惠现在是班长吧?"

袁嘉惠赶紧坐直了回答:"……是的阿姨。"

"真好,"苏芮妮笑道,"有你在我放心,多替我管管他。"

一桌子人都笑,只有袁嘉惠很尴尬——她确实试图管了,可是结果……

那边,张敏的眼睛又转了转,忽然扭头问她老公:"建新,你有没有点鱼啊?"

袁建新一愣,然后摇了摇头,说:"忘了忘了忘了,没点鱼。"

张敏埋怨他:"你这人真是……"

苏芮妮打断张敏,说:"还点什么点?这么多菜摆了一大桌子都吃不完,没点正好。"

"那怎么行?"张敏一拍桌子,"孩子们高三呢,得吃鱼补脑子的——嘉惠,你快带着梓皓去挑条鱼做,做法你俩定就行。"

袁嘉惠为难:"妈……"

张敏:"快去呀,越长大越不大方。"

张敏这么做的意图颇为明显:想撮合两个孩子,搭个儿女亲家。

这事儿两家人是早就通过气的,苏芮妮和侯峰虽然不拒绝,但是因为一贯奉行放养的原则,凡事还是尊重侯梓皓自己的决定,因此也不打算逼他接受,全看孩子们自己相处的结果。

苏芮妮其实早就觉得自己儿子对袁嘉惠没有那种感觉,而侯峰是见过周乐琪的,当然更知道自己儿子是怎么一回事,但两人也不希望在这种场面上让张敏没面子,于是也跟侯梓皓说:"去吧,别给你袁叔叔省钱。"

袁建新大笑,说:"对对对,别省别省,挑贵的。"

袁嘉惠坐在原地尴尬得要命,脸都涨红了,侯梓皓看她没有要起来的意思,只有先站起来,说:"行,那谢谢叔叔阿姨。"

他先站起来了，袁嘉惠才在张敏的推搡下也跟着站了起来，两个人隔了几米远，一前一后走出了包间。

袁家的私人会所非常高端，也许是A市顶尖的，这是因为润元在房地产事业受挫以后有转向餐饮服务行业的趋向，这个私人会所明面上说是私人的，其实平时还是会对外开放，A市的政要和富商一大半都是这里的常客。

会所的负一层有一面墙高的水缸，里面装着各种稀奇古怪的鱼，侯梓皓问了袁嘉惠一句："叔叔和阿姨喜欢吃什么鱼？"

袁嘉惠自打从包间出来就一路低着头，根本都不敢看他，此时听到他问她话甚至瑟缩了一下，说："……都行。"

侯梓皓应了一声，问："那点个石斑鱼？"

袁嘉惠又点头。

"做法呢？"侯梓皓问，"清蒸？"

袁嘉惠还是点头。

侯梓皓说了声"行"，然后就和一直跟随在他们身边的侍应生点了菜，点完就要走回包间。

袁嘉惠依然跟着他，从他身后看着他高大挺拔的背影，心中又生出那种酸楚的感觉：她之前的做法的确不理智，他还会原谅她吗？

"猴子……"

袁嘉惠终于还是没忍住，叫住了侯梓皓。

他的脚步似乎停了，但不知道有没有回头看她，袁嘉惠太紧张了，根本没敢抬头看他。

她只是努力地问："……我们还是朋友吗？"

这是举报的事情发生过后，他们第一次真正意义上的对话。

她很紧张，与其说在等待他的答案，不如说是在等待一场裁决。

"当然，"他回答她，"我们永远都是朋友。"

他说完了，明明答案是她想要的，可是她却并不能从他的声音里察觉出任何真诚和暖意。

他又继续走了。

而在孩子们出去的空隙，大人们已经聊起工作上的事了。

袁建新问苏芮妮："芮妮，丰远那块地皓庭买下来多久了？"

一提丰远那块地，苏芮妮就开始烦。

她把手里的蟹子一放，说："一年半了，再过几个月就两年了。"

袁建新一听挑了挑眉，说："那你们开始动工了吗？"

"没有啊，"苏芮妮眉头皱起来了，"我们这边在谈呢，争取尽快动工吧。"

袁建新点了点头，又恭喜起苏芮妮："丰远那块地你算是捞着了，等建设好以后升值空间巨大。这个项目一完，皓庭一定能再上一个台阶。"

"承袁总吉言，"苏芮妮笑道，"也得亏是竞标的时候润元手下留情了。"

这是句客气话，润元当初和皓庭一起竞争过丰远那块地，但那时的润元实力已经下降，根本争不过皓庭，可不是什么"手下留情"。

袁建新也知道苏芮妮说的是客气话，他哈哈一笑，倒是很大度的样子，说："无所谓，无所谓，无论润元和皓庭谁做这个项目，我不都一样赚钱嘛！"

这话不错，他持有皓庭百分之七的股份，苏芮妮赚了钱他也能得到相当可观的分红。

饭桌上气氛融洽，大家说说笑笑，言谈间侯梓皓和袁嘉惠回来了，侯梓皓跟长辈们说点了清蒸石斑鱼。

张敏看着侯梓皓那是越看越喜欢，觉得这个孩子哪里都好，再加上皓庭发展得这么猛，以后他们家惠惠如果嫁过去对两家公司的合作也有益处，两家人之间又熟悉，苏芮妮也不可能欺负惠惠的，这真是再好不过。

张敏真是巴不得两个孩子成年了就好上，吃了一会儿饭就又问起侯梓皓对大学的打算，说："梓皓以后大学想考哪里啊？我们考虑还是要送惠惠出国读的，要是梓皓能跟惠惠一起，我和她爸爸也就没什么不放心的了。"

这个话说得，意图有点太明显了，侯梓皓眉头微微皱了皱，觉得有些话还是要提前说清楚的好，于是就坦然地说："谢谢阿姨关心，我还是想在国内读，不打算出去了。"

这话说得虽然语气平静，但是态度颇为坚决，苏芮妮和侯峰彼此对视了一眼，都有点尴尬。

尤其苏芮妮，她算是彻底看出来她儿子的态度了，而且他也是真的不打算出国。

她有点无奈，毕竟她也是想让侯梓皓出国读大学的，国内的竞争毕竟太激烈了，她不希望自己的孩子太累。可是既然他主意大，那她也还是尊重他的意见。

她开始替孩子掩护了，跟张敏说："在国内读完大学，出国读研究生也很好呀——现在的孩子主意都大，咱们怎么管？快别替他们操心了，吃力不讨好。"

说着，又主动帮张敏拿了一只蟹子。

张敏笑眯眯地接过，大家彼此又是谈笑风生。可是刚才侯梓皓的拒绝却让张敏和袁建新心里都有点不舒服。

像是忽然地，被轻轻刺了一下。

第11章

10月8日，宜开学，宜考试。

宜见面。

侯梓皓走进第一考场的时候周乐琪还没到，但是他幸运地发现了一个重点：他们俩的座位是连着的。

模拟大考都是按照前一次大考的成绩排座位的，所以这次他俩的座位就排在了一起，虽然考场座位都是隔开的，距离有点远，但已经比现在他俩在教室里的座位离得近多了。

真不错，又找到了一个热爱考试的理由。

侯梓皓心情愉悦地在位子上坐定，这时离第一场考试开始还有二十五分钟，后面几个考场的学生有些和侯梓皓关系不错的，都纷纷组团跑到第一考场来拜他，说是要"拜考神"。葛澳拜得最欢，他从第二考场跑过来，祈求这次考试不要大退步，否则他妈会禁止他再碰电脑。

他拜了能有五分钟，非常虔诚，看样子是把侯梓皓当文殊菩萨了，还想分走他的机智。侯梓皓以前是随便他们拜的，这次就有点小气，没过多一会儿就不让拜了，葛澳纳闷儿，追问原因，侯梓皓表情严肃，说："这次我得好好考。"

旁边坐着的严林一听就不高兴了，开始质问："你什么意思？你的意思是你以前没好好考就超过我了呗？"

葛澳站在旁边嘻嘻哈哈搅浑水挑事儿，搅了一会儿又问侯梓皓："那你为什么这次这么认真？"

侯梓皓没解释，但心里自有一番道理。

他一模考试比周乐琪低 80 多分，保不齐她理综有一门不写总分都比他高。这不仅很没面子，而且莫名让他有一种类似"没出息"的焦虑感……他也不是说一定要跟她比个高低，但起码得把分差控制在 20 分以内，从而显得不是那么不体面。

他正琢磨着，周乐琪和监考老师一前一后走进了考场。

她本来就很漂亮，而这没见面的七天似乎让她更漂亮了，熟悉的身影让侯梓皓心中一动，在她从他桌前经过的时候不着痕迹地跟她打了个招呼。

她看到了，并轻轻对他点了点头。

他立刻无心考试了。

这时监考老师清了清嗓子，站在讲台上一边整理即将下发的试卷一边瞪了葛澳一眼，说："其他考场的同学尽快离开，马上就要考试了。"

葛澳一听老师说的就是他，当即缩了缩脖子就要溜，溜之前又不死心地伸手摸了一下侯梓皓的额头——嘻，你的机智被我分走啦！

语文是周乐琪最不喜欢的科目了，更糟的是它还永远都是第一门考。

她永远觉得科技小品文选择题里的每一个选项都是一模一样的，永远觉得古诗词赏析无话可讲，永远觉得作文题目飘飘忽忽让人提炼不出立意……因此每次考语文她都会特别紧张，为了得分她每次都是尽量踩点，会拼命把所有答题区域塞满，直到写不下了才会停笔，因此从试卷下发的第一秒一直到收卷前的最后一秒，她都会一直低着头写写写。

侯梓皓就不一样了。

他特别懒，答题字数能少就少，偏偏踩点都很准，标准答案有的他都有，没有的他也有，每场考试都提前二十分钟做完，笔帽一盖就再也不会动笔改了。

然后他干吗呢？

就偏头看周乐琪。

周乐琪一开始还没发现他在看她，后来她回头看教室后面的挂钟时却在半途撞上了他的目光。他正一边转笔一边看她，原本手指转得很漂亮、很流畅，可是一跟她对上眼神，他似乎也心跳了一下，于是笔就从指间跌落，"啪"的一声掉在了桌子上。

这一下惊动了监考老师。

老师发现侯梓皓居然不检查卷子还在那儿转笔，震怒，立刻敲打道："做完的同学就好好检查，不要膨胀，否则有你后悔的时候！"

周乐琪没再看他，看完时间以后又重新低下头答卷了。

可嘴角……却偷偷翘了起来。

考完语文是十一点半，正是饭点，离下午考数学还有好几个小时，严林收拾好书包想叫侯梓皓一起去食堂吃午饭，无奈惨遭侯梓皓拒绝。

侯梓皓一边拖拖拉拉地收拾书包一边偏头看第一排第一个的周乐琪，打发严林说："我不饿，你跟葛澳一起去吧。"

好样的侯梓皓，你真是好样的。

严林无语地背着书包走了，这时候考场里也只剩稀稀拉拉的几个人，侯梓皓单肩背着包，装作若无其事地走到周乐琪身边，低头轻声问她："一起吃午饭？"

当时周乐琪抬头看了他一眼，没说话。

侯梓皓想了想，觉得她应该是担心跟他一起去食堂会有些招眼，于是又试探着问："不去食堂，去旁边的小吃街。"

他真的很会揣测她的心意。

果然，这次周乐琪抿了抿嘴，点了点头。

一中的校门平时只在上学、放学时开，但是考试期间就会相对松一些，午休时间学生也可以往来出入，侯梓皓于是就带着周乐琪去了学校附近的小吃街。

他之前就知道她喜欢吃肉了，于是早早做过功课，知道这条小吃街上有一家炸鸡柳和一家烤鱿鱼的小店很出名，要不是之前他们俩被举报了，她生了他的气，他一定早就带她来过这里了。

不过功课也不白做，现在就用上了——他去排队给她买了吃的，她则到另一个小摊上买了两杯奶茶，两人一边吃一边在人头攒动的小街上闲逛。

她真的很喜欢吃肉，吃炸鸡的时候吃得可香了，虽然没说什么话，但是眼睛眨的频率提高了，食物的热气让她的脸色也更红润了一些，显得更漂亮。

看到她喜欢，他便感到心满意足，只是他发现今天她的话很少，偶尔看他的眼神也有点不对劲。

好像……对他有点意见。

他一时拿不准是不是自己多想了，就又试探了一下，问她语文考得怎么样，她依然兴致缺缺，就说了一声"还好"，再没下文了。

……侯梓皓于是意识到形势不妙。

他又得罪她了吗？

侯梓皓皱了皱眉，心里开始紧急复盘，盘算了半天也没什么结果，心想这几天他们都没见面，他能怎么得罪她？

他唯恐放假之前好不容易取得的那点进展再次被她清零，于是不得不向她请教："……你在生气吗？"

这个问题他已经不知道问过她多少次了，之前每一次周乐琪都会说"没有""我没生气"，可是这一次她居然扭过头看路边，装作没听到他的话。

完了。

她真的生气了。

侯梓皓心态略崩溃，又仔仔细细、里里外外想了一圈，还是不知道他怎么得罪她了，过了一会儿又十分谨慎地问："……你能大致给我一个范围吗？"

周乐琪看他一眼。

他摸了摸鼻子，说："就给一次，下次我就能自己想出来了。"

周乐琪撇了撇嘴，又叉起了一块炸鸡柳。

她其实也不是在生气……只是有点微妙的情绪。

昨天他没有联系她，这原本也没有什么，哪有人会天天联系另一个人？又不是幼儿园的小朋友。可是她偏偏为此感到了一点失落，并且突然有一种对一切失去预计的无措感。

她知道这种想法是荒谬的，甚至有点病态，可她却不知道这一切来源于什么。

其实来源于不安全感。

自从周磊和余清离婚,她的内心就一直处在动荡不安的状态,她其实渴望有一个锚点,一个对于她来说能够恒定不变的存在。

她在意识里并没有把侯梓皓当成这种存在,只是她隐约希望他可以一直在那里,不要突然在、突然又不在。

这些要求都是很过分的,她自己也知道,可也许是因为他对她太好也太迁就了,这让她隐隐觉得她可以小心地对他开口。

她用竹扦轻轻拨弄着手中小袋子里金黄的炸鸡柳,眼睛并不看他,用冷淡遮掩局促,说:"……你昨天很忙吗?"

昨天?

侯梓皓挑了挑眉。

昨天……他跟家人一起出去聚餐了,用餐结束后袁叔叔和张阿姨很热情,又邀请他们一起去打高尔夫球,那个场地离市区很远,他们很晚才到家,当时已经接近半夜十一点,他本来想发个短信跟她说晚安,可是又担心吵醒她让她不开心。

可是她现在这是什么意思?

这是……怪他昨天没有联系她吗?

侯梓皓更不确定了,而且突然觉得自己悟性不太行,想了半天,又更加谨慎地说:"昨天?我跟我爸妈出去了一趟,回来的时候夜里十一点多……忙不忙的……"

他一边说一边观察她的神情,希望能看出她的喜怒,然而这是很困难的,因为他们认识的时间毕竟还不够久,而周乐琪又不是一个惯于情绪外露的人。

她只是"哦"了一声,然后就不再说话了。

女孩儿是什么?也许永远是一个谜题。就好像苏芮妮之于侯峰,即便他们已经是相濡以沫几十年的夫妻,可依然需要侯峰不停地去观察、去揣测。

这是相处之道的一种必须,同时更是一种浪漫的情趣,意味着一个人愿意给予另一个人充分且绵长的珍爱和耐心。

某个时刻侯梓皓忽然明白了这一点,他静了一会儿,开始了这种温柔的揣测。

他问她:"以后我可以每天都联系你吗?"

问出这句话以后,他看到她拿着竹扦的手指微微捏紧,被碎发微微遮住的嘴角似乎有一瞬间勾起,而她的眼睛依然垂着,看上去仿佛对什么都并不很在意,而她下意识拢在身前的手臂似乎在无声地透露着她内心的不安全感。

他听到她说:"我可不一定每次都回。"

矜持的,傲娇的,可爱的。

讨人喜欢的。

侯梓皓笑了,说:"行,你有空就回,没空别搭理我就完了。"

她没说话,可是好像有在偷偷地开心。

侯梓皓收回目光,心想:

他好像又比原来,更懂她了一点点。

高三的模拟考试一般都比真正的高考变态,而且高中水准越高,出的模拟卷子越变态。

这一点在语文上的体现可能还不是那么明显,可是数学和理综那就不一样了,门门变态到让人原地崩溃,有那心理脆弱的同学,直接在考场上就考哭了。

葛澳不一样,他乐观且自信,遇到有思路的题就认为自己做的一定对,遇到没思路的题就认为其他人肯定也都没思路,考完以后不仅神清气爽,甚至还有几分期待发成绩。

可是模拟考发成绩起码还要好几天,他可等不了那么久,于是等第二天考完以后就窜进了第一考场——这里才是最快能知道自己考几分的地方。

第一考场是"众神聚集之地",考试一结束,他们一对答案,什么结果都出来了。葛澳钻进第一考场的门的时候果然正见到严林和侯梓皓讨论物理压轴题讨论得激烈,他们周围已经围了一圈人,都在等他们讨论出一个结果,这样大家也就能知道自己是"生"是"死"了。

葛澳拨开人群冲进去,见严林正一边皱着眉一边翻草稿纸,拉着侯梓皓说:"动摩擦因数是0.2,G直接取10了,你得先算P点和传送带末端一点的距离吧?"

"对啊,"侯梓皓也在看他自己的草稿纸,"你算的弹性势能是多少?"

严林:"1.0J。"

"那我们到这儿都一样,"侯梓皓拿起笔在草稿纸上某一处打了个钩,"后面不就是碰撞方程了吗?再就接能量守恒和运动学公式。"

听到这儿,严林眉头皱了一皱,顿了一下,拿过侯梓皓的草稿纸比对。

这个活儿有点费时间,因为他们俩设的未知数不一样,还得一个个统一,侯梓皓看他忙活了半天觉得怪麻烦的,于是干脆就扭过头问坐在第一个的周乐琪:"压轴题第三问你算的是多少?"

围观等结果的学生们都随着侯神的这一问看向了周乐琪,心想:这就是决定命运的时刻了。随即一秒后就等到了结果。

上次年级第一的周乐琪回答:"7.1m/s。"

跟侯梓皓算的一样。

两人对视了一眼,彼时眼中都有微妙的情绪闪过——怎么说呢,就是那种只有对方跟自己算的一样,只有对方才和自己一样强的感觉,非常独特。他们都在对方眼中看到了对自己的欣赏,以及彼此印证后更加内敛的自信。

那是难以用语言拆解的一种感觉。

而葛澳才不管他们感觉不感觉的呢,他只觉得他要完了——他不仅跟侯梓皓和周乐琪算的不一样,而且跟严林的答案也不一样!

完了。

这意思不就是不管他们谁对,他都错定了吗!

葛澳心态将崩,但他还是沉稳地深吸了一口气努力平复,又坚强地对了几道化学大题和数学大题,继而发现自己二模考试发挥很稳定,不管哪一科的答案都很特立独行。

跟哪尊神都不一样。

这是什么人间疾苦!这根本就不是坚强能解决的问题好吗!

葛澳终于还是没出息地心碎了。

然而更令他心碎的还在后面,因为三天后二模成绩发了,他退步了不少。

他这种起落已经不小了,而在(1)班还有很多人更夸张,有的一飞冲天,有的则一落千丈,成绩下发以后真是"几家欢喜几家愁"。

只有第一梯队的排位最稳定。

最高分依然是周乐琪,723分;其次依然是侯梓皓,701分;紧跟着的依然是严林,692分。

侯梓皓这次虽然把与周乐琪的分差缩小了60多分,但显然还是没能实现分差20分以内的目标,为此感到非常心累;严林就更累了,心想他努力成这样居然还没有超过侯梓皓——猴子最近不是天天不务正业吗?这样还能考上700分?

这不是逗吗?

然而他俩心累归心累,后面还是有好消息在等着他们的:对于侯梓皓来说,好消息当然是要换座位了,他又可以想办法去靠着周乐琪坐了;而对于严林来说,好消息是米兰这次考试退步了。

相比较而言,严林的快乐就没有侯梓皓那么强烈,他虽然看到文科排名出来以后的确松了一口气,然而内心其实也没有感到多么爽,尤其当下课的时候米兰一脸难过地跑到(1)班门口找他的时候,他的快乐就更没剩多少了。

当时她耷拉着脑袋、垮着脸,心情差得连小辫子都没扎,委委屈屈地在教室门口跟他抱怨,说:"我也不知道数学为什么就考得那么差……我真的就数学考砸了,要是考好了肯定不会退步的……"

说着越来越委屈,还生气了,气她自己:"我怎么就这么笨!就这个破数学我真的天天学来着!还报补习班了!到底是那个破补习班没用还是我没用啊!"

一边说一边跺脚,看起来像是快要气死了。

严林两手插着兜儿,低着头看了她一会儿,说:"补习班没用,你基础还行,其实自己做练习比较有效率。"

米兰撇了撇嘴,还是很沮丧,过了一会儿又抬头看严林,把他看毛了,问:"你干吗?"

米兰抽了抽鼻子,问:"没什么,我就是在想,照你之前的规律,下回是不是就得让我再考高一点了。"

说完眼睛都红了,一副要哭的样子。

严林哪见过米兰这样,真吓了一跳,心想:她有这么委屈吗?也是……她本来成绩并不好的,最近拼死学习确实很不容易,说实话,能有现在的进步都很难得。现在她还顶着两个黑眼圈,估计也很长时间没有睡个好觉了。

他忽然就有点心软。

"那倒不用,"米兰听见严林说,"下回还是考进第一考场。"

她一听这话立刻抬起头看他,可表情还有点不相信,又警惕地问:"你说真的?"

严林错开眼睛不看她了,马马虎虎地点了个头。

这下米兰可来精神了,一蹦三尺高,哪儿还会哭。她一边蹦蹦跳跳,一边对严林露出笑容,阳光明媚又透着一点狡黠。

严林眉头一皱,突然发现自己上当了——她刚才那个要哭的样子根本是装的。

他有点生气,伸手要拎她,米兰哪能乖乖被他拎,跟条泥鳅一样滑不留手,一扭身儿就跑远了,一边跑还一边大声说:"是你说的!下回还是考进第一考场!我可录音了啊!"

说着,右手高高地举起来,一边笑一边向他挥着手里的手机,没一会儿就在教学楼的拐角处消失了。

严林气得眉头打结,可转身回教室的时候……却在微笑。

也就是在发成绩当天,侯梓皓在陪周乐琪坐车回家的路上进行了一番请示。

他问:"这次调座位我能坐回原来的位子吗?"

结果当然是遭到了周乐琪的拒绝。

侯梓皓叹了口气,开始试图给她洗脑,说什么这次他们都考得不错,老潘应该就明白他俩没有早恋,或者至少明白他俩就算早恋也不会影响学习了。

把周乐琪说得哭笑不得。

"谁跟你早恋了？"她斜了他一眼。

"没有没有，我们只是坐同桌而已。"侯梓皓好脾气地附和着。

论述合理，逻辑自洽。

……可惜最后还是被否决了。

侯梓皓真的只有叹气。

然而"上有政策，下有对策"——周乐琪虽然不同意侯梓皓再跟她坐同桌，可是却防不住他把座位选在她正后方。

选座位的时候周乐琪还是第一个选，依然选择了第三排靠窗的那个位置，轮到侯梓皓的时候他径直就朝她走过来了。老潘就在讲台上眼睁睁地看着，吓得周乐琪手心都出了汗，她赶紧给侯梓皓使眼色让他别闹，结果……他却堂而皇之地在她身后坐下了。

老潘估计也没想到侯梓皓能想出这么不入流的招儿，然而一时之间又确实挑不出他这个行为有什么问题，于是只能默默生气了一会儿，又叫第三名的严林挑座位了。

严林看了一圈儿，最后还是决定放弃自己第二排正中的原始选择，转而去和侯梓皓坐同桌。他这不是为了跟侯梓皓哥俩好，而是想看看侯梓皓这个不务正业的人到底是怎么学习的，为什么他怎么努力都考不过他！

于是靠窗三、四排这个区域的学霸浓度就有点过高了，三尊"大神"往那儿一坐莫名就有种压迫感，其他人怎么还敢往那儿走？当然就远远地绕开了。

也有个性比较虎的，比如一开始那个跟周乐琪坐过几分钟同桌的王传智，然而他刚走到周乐琪身边，还没伸手把椅子拉开，就已经收到了侯神"和善"的注视，于是不禁后背发凉脑门儿挂汗，遂默默撤退。

因此最终，周乐琪的同桌还是葛澳。

葛澳原本以为这次怎么着他都可以从这个位子逃离了，继续去教室的角落逍遥自在，顺便好好养一养他酸了一个月的背肌，没想到这兜了一大圈儿还是回到了故事的起点，这实在很难不让他认为"一切都是命运的枷锁"。

葛澳妥协了，开始尝试从痛苦中挖掘快乐。

于是现在没妥协的就剩周乐琪一个了。

排完新座位以后老潘就走了，周乐琪气不过，忍不住回身瞪了侯梓皓一眼，还想找他理论问责。

然而她一回身就对上了他的目光——他一直在看她，哪怕之前她没有回头，他也还是在看她。

宛若一只满心满眼只有主人的大德牧。

……让她真的没有办法对他生气。

周乐琪顿在那里了，一时之间真是进退两难，偏偏那少年还在对她笑，有点酷又有点赖皮，还问她："你这是有事儿找我？"

气得她又把头转回去了，气哼哼的样子落在侯梓皓眼里也是美的，惹得他低低笑了起来。

旁边的严林和葛澳真是彻头彻尾两个局外人，他们同时觉得自己应该立刻从教室里出去，更觉得选择坐在此地乃是人生第一大失误。

尤其是严林，他都开始怀疑自己的智力了：就侯梓皓这种无心学习的人，他到底为什么考不过啊？！

发成绩的当周，老潘又宣布了一个令人窒息的消息：周五要开家长会。

高三的确是经常要开家长会的，葛澳虽然明白这个道理，可是依然难免崩溃，不敢想象如果他妈知道他这次退步这么多会做出什么事来，越想越恐惧，整个人又丧又厌。

而坐在他周围的三个学神就无所畏惧了，尤其周乐琪，她其实是喜欢开家长会的。

她从小成绩就很出色，每到家长会老师都会当着大人们的面表扬她，她的爸爸妈妈都会很骄傲，回家以后都会笑容满面地表扬她，他们还会一起出去吃大餐。

周磊也是很喜欢给她开家长会的，有时候即便工作很忙也会抽出时间给她开家长会，因为他说给宝贝女儿开家长会是一件很让爸爸幸福的事情，这么开心的事儿当然不能每次都让给妈妈了——每次他这样说，周乐琪和余清都会被逗得乐不可支。

现在周磊离开了这个家庭,周乐琪依然喜欢家长会,因为她知道这是余清为数不多的可以出门见见人的机会。

她实在太久不工作了,而且离婚之后更不喜欢出门,整天都闷在家里,蓬头垢面,不收拾也不打扮,周乐琪每次看了都很心疼。她的妈妈是很漂亮的,以前即便在家里也会化美美的妆、穿漂亮的裙子,可是那个男人的背叛让她失去了自信,现在的她就像一朵渐渐枯萎的花。

周乐琪不希望她变成这样。

当天晚上母女俩一起吃饭的时候,周乐琪就跟余清说了开家长会的事。

她给余清夹了一筷子芹菜,并用微微撒娇的语气跟余清说:"妈,你这次去开家长会的时候就穿那条紫色的裙子吧?就是肩膀上有小亮片的那条。"

余清笑着看了她一眼,推辞:"不穿那个,妈妈都一把年纪了,穿什么裙子。"

"怎么就不行了?那好多老太太七八十岁也穿漂亮裙子的,可好看了,我妈妈这么美,本来就应该多打扮,"周乐琪一边讲道理一边继续撒娇,"穿吧穿吧,再化个妆,让我同学都知道我妈妈多漂亮。"

余清一边笑一边叹气,也不知道该答应还是该拒绝,神情间有小小的窘迫和腼腆。

周乐琪又磨了一会儿,终于还是把她说动了,她捏了一下女儿的小鼻子,没办法地说:"你啊,怎么越长大越幼稚了?"

周乐琪抱着她的手臂笑,小虎牙都露出来了,甜甜蜜蜜的。

周五很快就到了,当天上课的时候周乐琪一直有点走神,薛军在上面分析考试卷子她几乎一题都没听,脑子里一直在想今天余清会不会如约穿那条漂亮的紫色裙子来,想她会不会化妆,想她会不会恢复成周磊出轨前的状态。

此外她还突然意识到了一个问题。

现在她和侯梓皓是前后桌,一般而言家长到了班里都会坐自家孩子的位子,那也就是说余清必然会跟侯梓皓父母双方中的一位见面。

这当然也不是什么大事……可是……

……她莫名就有点紧张。

正这么出着神,后方忽然飞过来一个揉成小团的小字条……是侯梓皓扔过来的。

他自从坐她身后就一直这样:下课的时候就不用说了,肯定会找机会跟她搭两句话;上课的时候他也不闲着,时不时就给她扔个小字条。

周乐琪抿了抿嘴,动作小心地把小字条打开,看见上面写着:你在想什么?

这人……怎么连她走神都知道?

周乐琪撇撇嘴,抬眼看了看讲台上正讲得很激动的薛军,又低下头隐蔽地在字条上写回复:今天是谁来给你开家长会啊?

写完以后也揉成团,悄悄往后扔回去。

她对传字条这种事没什么经验,难免拿捏不准力道,扔得偏了,掉在了严林桌子下面,侯梓皓于是拍了拍认真听讲记笔记的严林,又指了指掉在他那边的小纸团,示意他帮忙捡一下。

严林很无语,不知道自己为什么要为别人违反上课纪律,他很不爽,但还是仗义地帮忙捡了,随后又冷着脸继续低头记笔记。

侯梓皓展开了字条,看到了上面的问题,挑了挑眉,回:我爸。

他从小到大的家长会都是侯峰开的,因为苏芮妮太忙了,永远都没空。

他写完以后又把字条传了回去,周乐琪一看,又回想起那天晚上在派出所见到的侯峰,心中有种松口气的感觉:那个叔叔看起来脾气很温和,应该是好相处的吧。

她没再回侯梓皓,开始认真听课了。

五点钟最后一节课下课,家长们有的已经在四点多就到了,一直站在教室门外等待张望,下课铃一响就进了教室的门。

周乐琪也在人群中寻找着余清,还没等找到,半途却先跟侯峰对上了视线。

侯峰也看见周乐琪了,更看见自己儿子背着包站在人家小姑娘身后看人家,连他来了都没注意到。他忍不住叹了一口气,先叫了他儿子一声,侯梓皓这才看见他,叫了一声"爸"。

侯峰朝侯梓皓走过去,这时周乐琪已经低下头了,还略微局促地对他鞠了个躬,礼貌地问好:"侯叔叔好。"

侯峰对她点头,也向她问好,正要跟她说两句话,余清也跟着到了,果然如约穿着美丽大方的紫色裙子,化着淡雅端庄的妆容,看起来体面又优雅。周乐琪眼前一亮,立刻去接人,余清跟着她走到她的座位上,还没坐下就听到一个男生的声音:"阿姨好。"

余清一回头,正瞧见一个高高帅帅的男生站在自己身后,眼睛正看着她呢,还隐约有种……想讨好她的意思。

余清不知道是不是自己会错意了,赶紧侧过头问自家闺女这是谁,周乐琪有点脸红,捋了捋自己的头发,说:"这是上次那个帮我抓住流氓的同学,侯梓皓;这位是他父亲,侯叔叔。"

这么一说余清就对上号了。

当初在公交车上遇到流氓,周乐琪没有跟余清提过,可是后来涉及两千块的赔偿她就不得不对余清坦白了。余清当时吓了一大跳,对周乐琪之前的隐瞒非常不满,然而更多的则是后怕和对她的心疼。

现在帮了闺女的人就出现在眼前,余清当然是真心实意感激,她先是跟侯梓皓打了招呼,跟他说了谢谢,又要给侯峰鞠躬。

这架势把侯梓皓和侯峰同时吓了一跳,父子俩一个扶一个劝的,侯峰还说:"您太客气了,侯梓皓和令爱是同班同学,这点小忙应该帮的,应该帮的。"

两家人是一个赛一个真诚,一个赛一个客气,把围观的严林和葛澳都看愣了。

后来,余清和侯峰之间的来回客气被走进教室的老潘无情打断,教室里的学生们也要离开教室了,周乐琪于是就跟侯梓皓一起下了楼。

夕阳绚烂,因为天空有云不至于太刺眼,正是一个最好的黄昏。

他们一起走在校园里,周围都是来来往往的人,明明很嘈杂,可是偏偏又显得很安静。

侯梓皓看了周乐琪一眼,问:"你现在回家吗?"

周乐琪摇了摇头,说:"我等我妈开完家长会一起回去。"

"哦,"侯梓皓答应了一声,顿了一下又问,"那你现在干吗?"

周乐琪想了想,还没来得及回答,篮球场那边就传来男孩子们的声音,有人在大声喊侯梓皓的名字,还在对他挥手,看样子是要找他过去打篮球。

周乐琪探头看了一眼,对侯梓皓说:"有人叫你去打球。"

结果侯梓皓理都没理喊他的人,直接装没听见,还跟她说:"没事儿,我不去——要不咱们吃饭去吧,或者我陪你自习?"

真的像一只德牧,只要能跟它的主人在一起,什么玩具都可以不要,什么诱惑都可以抗拒。

周乐琪又忍不住笑起来了。

侯梓皓一看她笑心里会涌起奇妙的感觉,他压了一会儿没压住,心跳又开始变快了。

"你笑什么?"他问。

"没什么,"周乐琪抿了抿嘴,又抬头看了他一眼,温柔的霞光将她笼罩,这让她看起来比平时更加温柔,"我就是觉得有点可惜。"

侯梓皓听言挑眉:"可惜?"

"嗯,"她应了一声,眼里有微微的光亮,"我原本还想着可以去看你打球呢。"

晚风轻轻吹着,少女柔软的发丝在微风中轻轻摇摆,她就像最灿烂的一朵夏花,正在悄无声息地向世界展示着她的美丽,同时用淡淡的香气让人意识到她几乎从不对外人袒露的温柔。

美得要命。

他很努力地克制,从而使自己不要表现得过于激动,又再次向她确认:"你想看我打球?"

他很聪明,这里的"想"字是一个微妙的偷换,把她说的"可以"无声无息地换掉了——"可以"仅仅表示条件的允许,而"想"则是她意愿的表露。

你"想"吗?

周乐琪发现了这个偷换,同时明白这是来自他的一种试探,按理说她是能够躲避的，可也许是因为那天的黄昏太美丽了，她眼前的那个少年太帅气了，他看着她的眼神太迷人了，因此最终她还是允许了这场无声的小放纵。

她看着他笑，并用轻轻的声音回答他。

"想啊。"

第12章

周乐琪跟着侯梓皓一起走进篮球场的时候,难免就要被球场上的男生们起哄。

他们跟她不熟,当然就只能去闹侯梓皓,对他促狭地笑、吹口哨,还有人上来勾他的肩,又从他肩膀后面偷看她。

侯梓皓把吊在他肩上的人扒开,把她护在身后。他很大,往她身前一站就足以遮挡住旁人的目光,她也看不见其他人了,只听到他半是玩笑半是认真地在跟那些朋友说:"抓紧嘚瑟,一会儿我上了,你们几个连球都摸不着。"

说完,带着她就往观众坐的水泥阶梯走去,身后是男生们越发响亮的口哨声。

周乐琪的脸已经羞红了。

他带着她爬上高高的水泥阶梯,把肩上背的书包放在了身边,低着头跟她说:"那我去打了?"

周乐琪看他一眼,抿着嘴点了点头。

他也点了点头,然而半天都舍不得离开她,顿了一会儿又问:"要不……你帮我拿一下外套?"

一个打篮球的男孩儿,一个帮他拿着外套的女孩儿。

周乐琪的脑海中浮现了这个画面,她的脸更红了,微微低着头不说话,这是无声的允许。侯梓皓看懂了,于是把校服外套脱了下来递给她,她无声地接过,球场上又传来一阵起哄的笑声。

有人在喊侯梓皓:"侯神到底打不打?"

他们喊得好大声,周乐琪都想偷偷把脸捂住了,她热得要命,忍不住轻轻推了侯梓皓一下,催他:"你快去吧。"

侯梓皓笑了,摸了摸鼻子答应了一声,人都转过身去了,刚下了两级台阶又折回来。少年在对她笑,比那个美妙的黄昏更加温柔。

他说:"记得给我加油。"

球赛开始了。

可能也不算比赛吧,只是男生们打着玩儿的,可是他们打得很漂亮、很投入,看起来就像一场比赛。

这事儿全赖侯梓皓——其他人本来就是随便打打闹着玩儿的,但是他存了在周乐琪面前表现一番的心思,所以一上场就有点认真,把整场的游戏气氛都给带跑偏了。其他人一看,好家伙,我们在这儿玩儿,你是在打职业联赛啊,那当然不肯了,于是纷纷认真了起来,又过人又盖帽的,激烈得要命。

于是围观的人就越来越多。

侯梓皓在学校很出名,毕竟封了神、长得还帅,挺多小粉丝,有男也有女,一大群人围着球场给他喊加油,真有众星捧月的意思。他也不管有没有人围观,就低着头打球,四肢修长,动作漂亮,就算进不了球都让人觉得赏心悦目——何况他还打得好,一投一个准,引得满场欢呼不断。

每当他打出特别漂亮的球就会被队友簇拥,可他谁也不看,就扭头去看水泥阶梯上抱着他外套的那个女孩儿,她也会看他,更被他频频的注视惹得轻轻笑起来。

他们好像……很亲近。

这种气氛当事人感觉得其实不是特别明显,可是在旁观者看来就一目了然。他们都是在学校很出名的人,没一会儿周乐琪也被认出来了,大家纷纷七嘴八舌地议论,互相问高三的年级第一和年级第二是什么情况。

罗思雨也站在围观的人群里。

她看到了侯梓皓。他那么挺拔帅气,那么明朗专注,有她所喜欢的一切特质——她从初中开始就注意到他了。

她也看到了周乐琪。她是挺漂亮的，可是也不见得比她更漂亮；她是挺优秀的，可是现在她变穷了，以后能有什么好发展？何况她连高考都失败了两次，也不见得真那么厉害吧。

　　凭什么，她就能得到他那样的注视？

　　凭什么，她什么努力都不用做，就可以轻易得到他的关注？

　　不可能的。

　　这世上没有什么事是理所当然的——既然她的爸爸可以被她抢走，那为什么她的朋友就不可以被她抢走呢？

　　不，这根本算不上抢，因为他根本就不属于她。

　　罗思雨隐匿在人群中，无声地盯了周乐琪一会儿，随后又悄无声息地转身离开了。

　　大概半个多小时之后，他们下场休息了，侯梓皓回到水泥阶梯上找周乐琪，那时那里已经坐了很多人，其中大部分还在看他们。

　　侯梓皓不是很在意，不过周乐琪顶不住，她一看他走过来了就想先离开避嫌，于是就站了起来，侯梓皓把她挡住，问："你去哪儿？"

　　周乐琪有点尴尬，觉得他这样不好，可是当时他看起来……真的很帅，额头微汗，白色校服的袖子被他挽上去了，露出了小臂好看的肌肉线条。他的体温一直都比她高一点，现在刚运动完就更是如此，身上散发着热气，让她也跟着热了。

　　她往四周看了看，说："……我，我去给你买瓶水。"

　　这是假话，她根本没这个计划，但她觉得如果直接说她要跑，他肯定不同意，于是就临时攒了个假话骗他。他果然很买账，还挑了挑眉，但依然有点不放心，还跟她确认："真的假的？还有这种好事儿？"

　　周乐琪点头应付："真的真的……"

　　说着他就把下阶梯的路让开了。

　　她把他的外套还给他，转身就绕开几个同学从阶梯上往下走，途中碰上几个侯梓皓的球友，其中有几个活泼的还跟她打招呼，开玩笑地问她："这就要走啊？不再看会儿了？"

　　闹得她又是一阵脸红。

唉……她今天怎么就脑子犯糊涂,说什么要来看他打球啊。

等周乐琪终于走出人挤人的篮球场已经十分钟过去了,而当她走到小卖部的时候球场上又传来了新一阵热烈的欢呼,想来是他们又开始打了吧。

周乐琪笑了笑,心情很轻松,她在小卖部的饮料架上挑了挑,给自己买了一瓶水,又给侯梓皓买了一瓶可乐。

她发现自己已经有点习惯生活中有这个人了。

她从小卖部走出来,想再回到球场上,没想到这个时候教学楼里已经陆陆续续走出一些家长了——也是,家长会开了差不多四十分钟了,确实该到结束的时候了。

她正在犹豫要不要先去球场把饮料给侯梓皓,正好就看到余清从教学楼的长楼梯上走了下来。她还看到侯梓皓的爸爸也出来了,但没有跟余清一起,而是和另一个女家长边走边说话,那个阿姨的五官……看起来和袁嘉惠有几分相像。

周乐琪收回目光,向自己的妈妈走过去。

她对余清露出笑容,问:"家长会开完了吗?老师有没有说我什么?"

余清当然知道女儿这是在讨表扬呢,她刮了刮女儿的鼻子,笑着说:"说了说了,都夸你来着,说你特别优秀。"

周乐琪笑了,可爱的小虎牙都露了出来,正要再追问余清老师们具体都是怎么夸她的,此时视线中却突然出现了一个令她怎么也想不到的人。

……是周磊。

他还和过去差不多,戴着斯文的眼镜,穿着昂贵的西装,挺着啤酒肚,看起来是那么体面又普通,此时正匆匆忙忙地从教学楼里走出来。

以前周磊也来给她开过几次家长会,因此这个画面周乐琪非常熟悉,而现在和过去唯一不同的大概只是……他身边的孩子由她变成了罗思雨。

……他是来给罗思雨开家长会的吗?

周乐琪觉得很荒谬,突然之间她的好心情就被毁了,一股无名火猛地烧了起来,与此同时还有微妙的疼痛和涩意在她心底悄悄地冒头,令她的手难以抑制地微微颤抖。

这时周磊看到她了。

他似乎愣了一下，随后表情变得极度尴尬，看上去非常慌乱。与此同时，周乐琪也看到了他身边的罗思雨，她也正在看她，脸上的表情周乐琪很熟悉——跟当年高翔在周磊身后露出的表情一模一样。

挑衅的，得意的，亢奋的。

隐蔽的张狂。

让那个黄昏突然变得丑陋了。

余清发现了女儿的异样，不知道她是看到了什么才会露出这样的表情，下意识地也要回头看向周乐琪看的方向。

周乐琪直觉自己要拦住余清，否则以她现在的心理状态，如果发现周磊给高翔的女儿开家长会，那她……

周乐琪已经不敢想下去了。

她一把就抓住了余清的手臂，一声突兀的"妈"已经脱口而出，可是……最终还是没能来得及。

余清还是看到了周磊。

那一瞬间，周乐琪好像听到了余清心碎的声音。

她并没有说什么，也没有做什么，只是回头看了那个最熟悉也最陌生的男人一眼，只有短短的几秒钟，她就再次扭过了头。

脸色是惨白的，仿佛瞬间苍老了十岁。

周乐琪感觉自己的心也在被人凌迟——并不是因为她舍不得周磊，而只是，她心疼此时此刻的余清。

"妈……"

周乐琪试探地拉住余清的手——它是冰凉的，冷到底了，像是没有温度。

她想用并不温暖的自己去温暖她的妈妈，可这当然是徒劳的，余清依然沉浸在她自己的情绪里，过了大概半分钟才醒过神来，而这半分钟内楼梯上的周磊和罗思雨都一动没动。

余清没再管他们，只是抬起头对周乐琪勉强而虚弱地笑了一下，然后温柔地对她说："琪琪……咱们回家吧？"

咱们回家吧。

回到没有这些肮脏的人、肮脏的事的地方。

周乐琪忽然有点鼻酸,她拉住余清的手,充当着那个时刻她唯一的支柱。

"好,"她努力笑着回答,"我们回家。"

秋天真的来了,天气开始冷了。

那天,周乐琪第一次跟余清一起坐301路公交车回家。

余清一路上都很沉默,坐在她身边无声无息。她没有哭,只是好像在出神,仿佛灵魂已经出窍,跑去了一个她触摸不到的地方。

周乐琪心里很慌,也很压抑,她希望余清能跟自己说两句话,可是又知道此时的她们其实都没有力气了,于是也一路沉默着。

认识周乐琪的那位司机先生看见她闷闷不乐地低着头,心想:那个男孩子怎么不在呢?

他在的时候,她从来不会看起来这么伤心的。

在周乐琪和余清到家之前,周磊也用他的车载着自己的继女回到了蝴蝶湾。

高翔今天没有做饭,她去做产检了,也刚刚到家,现在已经点好了外卖,正半躺在沙发上休息。

周磊进门以后,她立刻敏锐地发现他今天的状态不太对,好像发生了什么事,于是就趁他上楼换衣服的间隙问罗思雨今天发生了什么事。

罗思雨表情不屑,低声回答:"还能发生什么事?就是见到他前妻和亲闺女了呗。"

高翔:"……"

今天这个家长会周磊之所以会去,其中也有罗思雨的小心思。

她一直希望能在新同学的面前展现自己如今优越的家庭条件,她的亲生父亲是个小个体户,没钱,更没素质,一直让她觉得丢人,但周磊就不同了,他的穿戴和谈吐都跟普通人不一样,而且还开了一辆很贵的车。她希望所有人都能知道他是她爸爸,同时更希望周乐琪能看到周磊来给她开家长会。

所以她坚持让高翔今天去产检,这样周磊就不得不去给她开家长会了。

其实周乐琪看没看到这一切对罗思雨根本没有任何影响,可是罗思雨就是想给她添堵,希望她难受、希望她哭、希望她学习成绩掉到谷底、希望她高考继续失败,这样她就没法再和侯梓皓做朋友。

她果然有些得逞了。

她确定她今天捕捉到了周乐琪一瞬间的失控,她伤心了、生气了,这很好,她越难受越好。

罗思雨感到一阵畅意和舒爽。

而高翔的想法则更复杂一些。

她和周磊如今的关系还并不稳定,在孩子顺利出生之前,她仍然需要百般努力才能保住现在到手的一切。在这种时候,让周磊见到他前妻和女儿可不是一件好事,出轨的男人大都很伪善,他们会一边背叛感情一边又装作愧疚、舍不得,她不能给周磊后悔的机会,更不能让他离开自己。

高翔原本以为自己闺女坚持让周磊给她开家长会只是为了跟同学炫耀一下而已,没想到她还存了要气周磊亲闺女的心思,一时之间又好气又好笑,憋得半天说不出话。

她想训罗思雨几句,不巧这时周磊却从楼上下来了,高翔母女俩于是没了说小话的机会,只能再次戴上温柔乖顺的面具,高翔还让罗思雨去给周磊削水果。

周磊表面上平静地接受着高翔母女的殷勤,实则心里也有一些起伏。

和余清离婚以后,他其实过得也没多么好。偷情的时候高翔在他眼中迷人无比,禁忌的快感让人难以抗拒,可是现在他们同居了,准备领结婚证了,可以光明正大天天在一起了,那种快感自然也就消失了。

高翔变成了平凡的普通女人,还不如余清美丽,她还带着一个孩子,要他给别人当爹。

说不憋气是不可能的。

而且人嘛,总是难免会相互比较的,就好比今天他去学校给罗思雨开家长会,心里其实就很不舒服:原来他给自己闺女开家长会的时候可骄傲了,因为他女儿一直是最优秀的学生,所有家长都羡慕他;可是罗思雨却是全校最低分,没有比她更差的了,考试的卷子全都是40分、50分,最高一门也就80分,让周磊觉得害臊、抬不起头。

偏偏今天他还见到余清和周乐琪了。

余清似乎变得更年轻了,还穿了漂亮的裙子;他的女儿也很好,那才是他亲生的孩子。

可是她们看着他的眼神都很冷漠——尤其是周乐琪,看着他的目光甚至还带着恨意。

他于是知道自己已经不可能再回到那个家庭了。

永远都回不去了。

所以他要想办法说服自己,让自己接受眼下的一切——没关系的,高翔也不错,等以后她给他生了儿子,一切就更完美了。

周磊反复地这样默念着,心情总算开始渐渐平复了。

接下来的这个周末一切都看似风平浪静。

余清就像个没事人一样,每天做饭、看电视、跟周乐琪一起出门散步,不哭也不发泄,像什么都没发生一样。

周乐琪一方面觉得这样很好,可心里却也因此而更加不安——她知道她妈妈不是一个坚强的人,而且她也并未能够对周磊的背叛释怀。这次在学校看见对方,她心里不可能没有任何感觉,甚至照周乐琪原本的估计,余清是应该大哭大闹一场的。

可是她安安静静,周乐琪也不能逼着她哭,于是只能安慰自己,说一切都是自己想多了,所有的风暴都已经过去了,她们的日子已经可以继续往下走了。

她用这样的言语取信自己,然而心中隐隐的慌乱却持续不断,这让她甚至没有心情打开手机,于是一整个周末都没有回复侯梓皓发来的信息。

因此周一上学的时候周乐琪就被"德牧"幽怨的目光锁定了。

他真的是很不满,当天一直抱着手臂坐在座位上看她,脸上都没什么表情。周乐琪觉得自己的后背都快被他看出一个洞了,这实在有点顶不住,于是下课的时候就把他叫了出去,两人说了几句话。

"想不到这么快就能见到你，"他阴阳怪气，"原来买瓶水只要两三天吗？我还以为起码得两三个月。"

他继续说道："一天不回我也就算了，连续三天不回是不是有点儿太狠了？还是我又做错什么惹你生气了？"

他看起来又生气又委屈。

周乐琪感觉到他这回是真的不高兴了，心里也很歉疚——十一假期的时候他只是一天没联系她她就很难受了，这次她三天没回他，确实是非常过分。

"对不起……"

她是真心跟他道歉，但是这种场面她以前没经历过，一时之间也不知道该说什么，于是在说了一句"对不起"以后就再没有下文了。

侯梓皓有点无语，觉得她这个道歉根本不走心，但是他也没跟她计较，就只是问她这几天为什么失联。

周乐琪不知道该怎么解释这件事，总不能从头说起，告诉他她爸爸出轨了，跟妈妈离婚了，前几天给继女开家长会还被她妈妈撞见了……这未免过于尴尬了。

她于是只能扯谎，说："我手机欠费了。"

侯梓皓一听这理由都愣了："什么？"

周乐琪咳了一声，硬着头皮坚持着这个说法，并且还倒打一耙，声称："之前我们发太多短信了，所以我手机就欠费了，用不了了。"

这么敷衍的理由，可偏偏侯梓皓无论听到她说什么都愿意买账，并且居然还真的觉得这事儿有自己一半责任。

他考虑了一下，有点被哄好了的意思，还说："行吧，那我一会儿给你充个话费。"

周乐琪没想到他这么好哄，也有点震惊，同时心里还觉得有点好笑。她抿了抿嘴，努力控制住不笑，又颇为严肃地说："不用不用，我今天就会把话费充好。"

侯梓皓怀疑地看了她一眼，问："真的吗？"

"真的真的，"周乐琪匆匆点头，又把藏在身后的可乐拿出来递给他，"这是周五给你买的可乐，你还喝吗？"

他"切"了一声，表情有点冷淡，两手插兜还在那儿装酷，可是眼神早就已经松动了，没过多久就伸手把可乐接了过来，拧开瓶盖喝了一口，说："不喝白不喝。"

周乐琪已经笑开了，附和："对对对。"

随后侯梓皓发现，偶尔让周乐琪对他产生一点愧疚感也是挺不错的，因为这样她对他的态度就会明显好上很多，而且持续的时间也挺久。

周一这一整天她都对他和颜悦色，而且对他传字条的回应度也高了不少，他们一起坐车的时候她也不看那本单词书了，一直在跟他聊天，甚至他从车站送她回家的路上她也比平时走得慢了一些，仿佛是在补偿他。

他很受用。

到楼下分别的时候他更舍不得她了，而且唯恐她说话不算话，再闹失联，于是他不免严肃了一些，问她："回家第一件事你打算做什么？"

周乐琪愣了一下，这才反应过来他是什么意思，她笑了笑，顺着他答："充话费。"

这个答案让他颇感满意，点了点头，两人对视了一眼，都笑了起来，快乐的感觉再次从周乐琪心底冒出来，像是朦胧的水汽，滋润着某片荒芜干涸的土地。

"明天见。"她与他道别。

"明天见。"他一如往常地回应着她。

她上楼去了。

侯梓皓依然要看着楼道里的光一层一层亮起来，直到听到她开门、关门的声音才转身离开。

他在她家小区那条黑暗又拥挤的小路上独自走着，脑子里想的依然是她，还在估摸此刻她是不是已经打开了手机，是不是已经充了话费，话费到底什么时候能到账，还有她会什么时候回复他……

他正在为自己这些婆婆妈妈的思考感到无语时，兜里的手机却忽然响了，他拿出来一看，却发现来电的人是周乐琪。

他笑了，眼睛最深处都是明亮的，还心想她总算"良心发现"了，很快就接起了电话。

"喂？"

他的声音带着笑意，可手机那端的人却在哭泣。

"侯梓皓……"她颤抖的哭声从冰冷的听筒中传来，"……救命。"

周乐琪走进家门的时候屋子里一片静悄悄。

灯是暗的，四周都没有动静，空气中没有饭菜的香气，她的妈妈也没有像平时那样从厨房里探出头来看她。

她感到很奇怪，换了拖鞋以后就往屋子里走，一边走一边试探地叫着："妈？"

那个房子实在很小，因此没过多久她就找到了余清。

余清就躺在卧室的床上，无声无息的，看起来像是睡着了。

一瞬间周乐琪整个人都是蒙的。

她先是大脑一片空白，继而一种深入骨髓的恐惧感猛然从心底爆裂开了，霎时又蔓延到了全身，她的脸上立刻没有了血色，甚至四肢都僵硬了，一步也没法走动。

有那么一瞬间她仿佛掉进了虚空。

这种虚无很快就被她挣脱了，她逼着自己动起来，用她那时能达到的最快速度扑到了余清床边，并伸出自己剧烈颤抖着的手去触摸她妈妈的身体，可她那时已经恍惚到无法判断妈妈的体温了，只能勉强感觉到一点点微弱的呼吸。

那一瞬间她应该是狂喜的，可是过于强烈的悲伤和恐惧已经让她没法再品味到快乐的滋味了。她想站起来，送妈妈去医院，可是她却发现自己没有力气，甚至感到天旋地转。

她拼命地甩头企图以此让自己的视线恢复清明，紧接着又往客厅里跑，那里的桌子上放着她的手机。

途中她摔倒了，因为腿软而狠狠地摔在了地上，她也顾不上感受疼不疼，只是继续爬起来跑，后来终于跌跌撞撞地拿到了手机。

她用颤抖的手指按下1、2、0的按键，很快就有人接了，她慌得几乎拿不住手机，声音也在剧烈地发抖，她告诉接线员她的妈妈吃了安眠药快要死了，恳求他们来救她的命。

电话那头的陌生人用平静而没有感情的声音让她不要慌,又问她是否知道患者服药已有多久、现场是否具备急救条件,她完全不知道该怎么办,甚至没法思考、没法做出正常的回答,电话那头的人于是也放弃了,询问了她具体地址,告诉她他们会尽快赶到,然后就挂断了电话。

这次通话只持续了不到一分钟,可是对于周乐琪来说却像几十个小时一样漫长,时间的每一丁点流逝都增加了余清离开她的可能,她根本不敢再在客厅待下去,又用最快的速度赶回了余清身边。

她在那个狭小的房间里紧紧地拉住余清的手,反复在她耳边叫着"妈妈",可是余清根本不回应她,只是依然安静地睡着,仿佛已经死去了。

让周乐琪本就摇摇欲坠的世界更加迅速地坍塌。

她完全崩溃了,绝望且无措地大哭起来,她从没有哪一刻是如此孤独,仿佛孤身站在无垠的荒野。

她多希望能有人出现在她身边,哪怕能有一个人跟她说一句话也好,可是在那个时刻她甚至不知道应该打电话叫谁——给周磊吗?他已经背叛她们了,而且还是把余清祸害至此的罪魁祸首;给外公外婆吗?他们已经七十多岁了,怎么能承受这样的打击?而且他们并不住在 A 市,远水救不了近火。

……她真的是孤身一人。

绝望在漫溢,可是在某个很突兀的瞬间,她忽然想到了侯梓皓。

那个总是给予她注视和保护的少年。

她不知道自己在那个时候为什么会想到他,也没有时间追究自己想到他是不是合理的,那时她的脑子完全混乱了,等她回过神来的时候,她已经拨通了他的电话。

他很快就接通了——就像之前的每一次,只要她找他,他永远都会立刻回应,从不会让她陷入漫长的等待。

"喂?"

他的声音通过听筒传过来,带着无限的和煦与温柔,明明只是一个电子信号,却立刻让她泪流满面。

她听到自己哭着对他说:

"侯梓皓……救命。"

从小区的窄路跑到她家门口,侯梓皓只用了不到两分钟。

门打开的时候他的心脏在狂跳,过分剧烈的运动让他的气息有些不稳,而那时她的样子更把他的心搅成了一团乱麻。

……她在哭。

无助地哭。

她的脸色是煞白的,完全没有了血色,眼眶通红,泪水还在不断地掉落,她看着他的表情是那么绝望又孤独,仿佛已经被全世界抛弃了似的。

他的手无意识地攥紧,问她:"出什么事了?"

那时的她已经说不出话,完全泣不成声而且摇摇欲坠,他上前一步扶住了她,她则自己扶住了门框,并用手指颤抖着指向里屋的方向。

他立刻走了进去,看到了昏迷的余清和旁边的安眠药。

接下来所有的事情就都是侯梓皓做的了。

他当时只有片刻的愣怔,随后就立刻恢复了理性和行动力。

他问周乐琪是不是已经叫过救护车了,得到肯定的答复后又立刻将余清背下了楼,抢出了宝贵的几分钟救命时间。后来医生们告诉周乐琪,如果不是他抢出了这几分钟,余清就没命了。

他陪着周乐琪等来了救护车,将余清送到了医院,中途所有的手续、流程都是他去办的,救护车和洗胃的费用也都是他交的。

他很快就把一切办好了,随后立刻跑到洗胃室。周乐琪当时就蜷缩在门口的墙角处,一个人坐在地上,小医院里的白炽灯把她的影子照得很小,她躲在小小的阴影里,好像畏惧于被任何人看见。

是的,她一点都不想被人看见。

如果她不被看见,那么就不会有医生或者护士来找她了,这就意味着她不会得到任何糟糕的消息,她可以当作什么事都没有发生,可以当作余清还好好地活着。

如果这个愿望不能实现,那么她就希望这世界上的一切都立刻马上凝固在这一刻,这该死的生活不要再继续,这样她也就不必再为一桩又一桩突然飞过来的厄运而感到痛苦,也不必考虑如果余清真的离开她她该怎么办这种无聊透顶的问题了。

她感觉到窒息,并头一次如此强烈地渴望死亡。

让她死吧。

就让她在此时此刻、在这个无人知晓的角落默默死去,就让最糟糕的事情一股脑儿都发生吧,这样她的生活就没法更烂了,她就可以解脱了。

她反反复复地想着,有些神经质,可是她自己意识不到,只感觉自己被锁在一个密不透风的玻璃箱子里。那些玻璃被擦得好干净好干净,所以路过她的所有人都不知道她被困在里面了,大家都以为世界和平无事发生,只有她自己知道,这个箱子里已经快要没有空气了。

她想呼救,但其实又不想,说不清,最后所做的也仅仅是等待死亡。

可是这个时候忽然有人看见她了,那个人向她跑过来,隔着厚厚的玻璃叫她的名字,她听不到他的声音,可是却能感受到他的注视,最终他站在了她面前。

那人是温暖的,即便在这个有些冷意的秋夜也依然能让她感觉到温度,他好像为她带来了一点氧气,虽然并不是很多,可是却在那一刻给予了她一点点短暂的清明。

"别害怕,"他的声音就在她耳边,隐隐像是隔了一层玻璃,有些模糊,可她终归还是听到了,并且越来越清楚,"非要怕的话就哭……"

他在轻轻地拍打着她的后背。

"……哭完了就不怕了。"

医生和护士把余清推出洗胃室的时候已接近晚上十点,由于她服用安眠药剂量过大,当时依然处在昏迷状态,医生说可能还需要一两天才能恢复清醒,并建议他们尽快转到大医院做血液治疗。

周乐琪当时已经是脱力的状态,几乎完全听不到外面的声音了,只是寸步不离地守着余清,并一直紧紧地攥着她的手,好像依然担心她会丢下自己独自离去。

侯梓皓陪着她在病房里待了一会儿,随后又默默地走了出去,掏出手机联系了侯峰,询问他能不能安排一个住院的床位。

大半夜的,侯峰一听这话心脏都快跳出来了,隔着电话着急地问侯梓皓他是不是出什么事了,侯梓皓说不是,又含糊地解释:"……是我同学家的事儿。"

侯峰听话听音，有点明白意思了，顿了一会儿就问："是上次在派出所的那个女同学？"

侯梓皓："……嗯。"

对面沉默了一阵，又问："具体是什么情况？"

侯梓皓拿着手机在病房门外的走廊里徘徊，彼时他的心中有些微妙的不平静，但依然很有条理地回答："她家人服用了大剂量的安眠药，已经洗过胃了，但是还在昏迷，这边医院建议转院做血液治疗。"

这次电话那边的沉默更长了。

侯梓皓心中的焦虑感更强烈了，这让他又叫了侯峰一声："爸？"

对面依然没有回复。

而此时侯峰的沉默所蕴含的意义是极为丰富的，他大概已经察觉了周乐琪身后的那个家庭的复杂性，这让他难以避免地产生了担忧的情绪，并理所当然地不想让侯梓皓被太多地牵涉其中；同时他似乎还在借沉默提醒自己的孩子，他此刻的行为究竟代表着怎样的意义——这个忙如果帮了，那就是同学、朋友以上的关系，是直接让两个家庭碰面了。

年少时的感情总是炙热又诚恳，所有经历过的人都会深深地明白，那也许是往后一辈子都不会再有的真心。可是极度的美好往往同样意味着极度的危险和脆弱，不恰当的处置会给太多人带去伤害，而这种伤害一般都会远远地超过少年人所能承受的最大限度。

作为父亲，侯峰认为这是自己必须给出的告诫和提醒，而侯梓皓太聪明了，即便当时侯峰一句话都没有多说，可他依然领会了父亲无声的示意，这让他立刻想到了很多此前尚未来得及思考的问题，而这些对于一个少年来说显得过于现实和沉重了。

医院的走廊是那么幽暗和漫长。

那个秋夜是那么深邃又冰冷。

少年隔着病房的门看着那里面孤独又脆弱的少女，很快，也陷入了晦涩的沉默。

凌晨两点半，余清被转到了 A 市第三中心医院。

这是 A 市最好的三甲医院，侯峰是这家医院的骨科主任。他那天不值班，因此不在医院，这让周乐琪感到了些许庆幸——不知道为什么，她有点胆怯于面对侯梓皓的家人。

她一直陪在余清的病床旁，快凌晨三点了也不合眼，后来还是侯梓皓把她带了出去，为了让她吃一点东西。

凌晨的医院空空荡荡的，走廊里的光线也暗下去了，他们一起在黑暗中从病房里走出去，到那个楼层的小厅里找了个长椅坐下，侯梓皓去买了两碗方便面，冲过热水以后端了回来。

"给，"他把熟悉的包装碗递给她，"吃点东西吧。"

黑暗中周乐琪有点看不清侯梓皓的脸，可是他的声音很温柔，这让她隐隐感到安心。

她把面碗接过来，入手就是融融的热意，仿佛可以和这个秋夜的寒冷对抗。

她应了一声，伸手接过面碗捧在手里，又低低地说："……谢谢。"

谢谢你救了我妈妈。

也谢谢你一直陪着我。

真的谢谢。

她不知道她还能再说什么了，在这样的状况面前什么言语都显得太浅薄，她不知道她还能用什么报答他，更不知道用什么来答谢他父亲慷慨的帮助。

而他是不需要她的感激的，他现在仅仅希望她能吃一点东西。

他把自己的面碗放下，把塑料叉子塞进她手里，又从校服外套的口袋里变出一根火腿肠给她，说："得了，说这些还不如吃肉呢。"

他的温柔就像静静燃烧的蓝色火焰，将她完整地包裹在里面，这让周乐琪有片刻的失神，过了一会儿才恢复神志。

她又答应了他一声，虽然她当时并没有任何食欲，可还是勉强自己开始吃东西了，也许是因为她心里知道，如果她不吃，那么他也不会吃。

她努力地用叉子卷起面条，升腾的热气让她觉得很温暖，可是食物本身却无法引起她的兴趣，她逼着自己张嘴把它吃下去，然而这也非常困难，她的身体似乎在排斥进食。

于是她只有假装在吃，从而让他能安心地吃饭，实际上她只是反复做出把面条卷起来的样子，然后又原封不动地放回碗里，周而复始。

就这样坚持到了他把面吃完。

他问她"吃完了吗"，她就说"吃完了"，然而当他接过她的面碗准备去丢掉的时候，却发现它还是沉甸甸的。

她一口都没有动，甚至连那根火腿肠她也只是把它收在了口袋里。

他忽然不知道该说什么好。

她知道他发现了，因此有点尴尬和歉疚，她沉默了一会儿，然后开口向他解释。

"对不起，"她的声音很小，"……可是我现在真的吃不下。"

他没说话，过了一会儿她才听到他叹了一口气，然后脚步声就渐渐远了。理智上她知道他只是去丢垃圾的，可是她却感觉到了孤独，恍惚间甚至还有些心慌：她发现自己正在控制不住地猜测，他还会不会再回来了。

他会不会就这样离开她混乱又压抑的生活呢？

她忽然开始觉得冷了，浑身都冷，手最冷，简直像是结了冰。只有眼泪是热的，正一滴一滴掉在她的手背上，疯狂地灼伤她自己。

可是他又回来了。

他回到了她身边，在黑暗中跟她坐在一起，并将她轻轻搂进怀里，她感觉到他怀抱的暖意，耳中又听见了他淡淡的叹息："刚才让你哭你不哭，现在我一走你就哭——你就不能听我的一次吗？"

他是说在开发区医院的时候。

她当时确实没哭，因为哭不出来，或许人在情绪特别激烈的时候的确是哭不出来的，或许因为当时他在她身边，这让她觉得自己可以再撑一撑，还不必哭。

可是现在她撑不住了，眼泪的开关被打开了，于是越流越凶。

她哭起来是没有声音的，像个小哑巴，可是眼泪却把他的衬衣打湿了，滚烫的泪水烙印在他的胸口，让他的心脏陷入了长久的疼痛。那个少女是那么瘦弱，她正紧紧地抱着他的腰，这明明是他此前一直盼望的事，可是此时它成真了，他却并不感到高兴。

他不希望她变得如此悲伤。

他不知道此时此刻究竟说什么才能让她感觉好一些,这是一个太过困难的问题,即便他一向是那么聪明,可依然很久都没能找到答案,最终只能给她无声的拥抱。

世界真的很空旷。
生活真的很糟糕。
我也真的不知道我们的未来会变成什么样。
可是至少此时此刻……我知道我想一直留在你身旁。

第二天他们都没有去上学。

两人都熬通宵了,周乐琪劝侯梓皓早点回家休息,她一个人在医院就可以应付了,但是侯梓皓不听,反倒是劝她去陪床的床位上睡一会儿,并保证会替她看着余清。周乐琪也不听,仍然一直坐在余清的床边,半步都不肯离开。

这种情况一直到侯峰来了才得到改善。

侯峰是骨科的科室主任,医院里的其他医生护士都认识他,他一进病房就有人跟他问好,他很和气地一一回应。

周乐琪是背对着病房的门坐的,一开始没注意到侯峰来了,后来还是看到侯梓皓站了起来才注意到动静,立刻也跟着站了起来。

她想向侯峰道谢,但是熬夜和饥饿让她头重脚轻,刚站起来没一会儿就眼前发黑,要不是侯梓皓及时把她扶住,她就要摔在地上了。

侯峰看了看她的状态,眉头也皱起来了,但他没有直接劝她去休息,倒是先说起了余清的情况:"我问过负责的医生了,你母亲的情况已经有所好转,治疗的效果也不错,预计今天下午就能醒过来,不必太担心了。"

周乐琪感激得不知道该说什么才好,只能一直对侯峰鞠躬,连连说着"谢谢"。侯峰对她笑了笑,说:"不客气孩子,但叔叔希望你能去睡一会儿,自己的身体也很重要。"

长辈说的话周乐琪是不好意思不遵从的,于是讷讷地点了点头,而这时侯峰又看到自己儿子正在人家小姑娘身后对自己打手势，做了一个扒饭的动作，侯峰心里直叹气，只好又"朝令夕改"地补了一句："睡之前再吃点东西，不然会低血糖的。"

周乐琪又讷讷地点头了。

于是侯梓皓带着周乐琪去食堂吃了一顿早饭。

早上的阳光很明亮，初秋的天空碧蓝高远。

侯梓皓差点儿把饭卡刷爆，区区一顿早餐拿了好多东西，什么馄饨、油条、小包子、豆腐脑儿、豆浆、茶蛋、花卷儿……看样子是把早餐时供应的品种都拿了个遍。

周乐琪拦着他让他放弃了几样，两人总算找到位子坐下了，周乐琪看着依然满满当当的一大桌子早餐，眉头都皱得解不开了，忍不住埋怨他："你拿那么多干吗？我们又吃不掉……"

侯梓皓眼皮都没抬，在那儿给她拆筷子。

周乐琪无语了几秒，而侯梓皓已经给她递筷子了，她默默地接了过来，又听他问："馄饨还是豆腐脑儿？"

周乐琪看了一眼两个碗的大小，说："豆腐脑儿。"

他笑了一下，说了一声"行"，就把小碗的豆腐脑儿放到了她面前。

无微不至的照顾。

周乐琪心里很感动，从昨天到今天发生的所有事都让她对面前的这个人有了更微妙的感情，以至于此时她只是看到他就感到心中一片柔软。

然而她并不善于表达感情，甚至还会说相反的话，比如眼下她就在催促他离开。

"吃完早饭以后你就走吧，"她看着他说，"我一个人真的可以，而且你一夜没回家，你爸妈能允许吗？"

这话倒是有道理。

昨天他是命大，正好碰上苏芮妮出差，侯峰给他打了掩护，现在她还不知道自己儿子夜不归宿的事儿呢。可是今天苏芮妮就回来了，侯梓皓必须得回家一趟。

他想了想，说："行吧，我白天先回去一趟，晚上来替你。"

周乐琪一愣:"你还要回来?"

"不然呢?"他反问她,"你一个人怎么顶得住?"

周乐琪皱了皱眉,还没等劝他,却又被抢白了,他很严肃地警告她说:"而且我什么时候走还得看你表现。"

周乐琪愣住了。

"你睡着了我才走,"他又给她剥了个鸡蛋,"你要是一直不睡,那我就一直在这儿待着,豁出去了。"

他这话说得,让她又好气又好笑,然而在这些情绪之外更强烈的还是感动,她觉得自己的心跳在变快,心底里对这个人的感情正在变得越来越满。

可是她嘴上却说:"你怎么这么烦?"

他听了这话只是一笑,根本不生气,也许是因为他已经很了解她了,总能透过她坚硬的外壳看到她柔软的内心。

"我就是这么烦,"他拿起纸巾擦了擦手,坦然自若,"所以你直接听我的得了。"

周乐琪"嗤"了一声,撇了撇嘴,又夹起他给她剥的茶蛋咬了一小口。

……好吃。

第13章

托侯梓皓的福,那天周乐琪总算睡了几小时的觉。

她睡得很不踏实,但总算是睡着了,醒来的时候中午已过,他已经走了。但是他给她留了个字条,就放在余清病床旁的小桌子上,上面还压了一包巧克力。

周乐琪走过去打开字条,看到上面熟悉的字迹,依然跟他平时写的一样,是那种舒展又微微潦草的字,写的是:

我先走了,晚上八点之前回来,有事儿给我打电话。

希望你能自觉吃午饭,或者至少吃个巧克力,吃甜的心情会变好。

旁边还画了一个又大又丑的笑脸。

周乐琪看着这张字条嘴角微微翘起,她把它轻轻折起来和巧克力一起收进口袋,心里已经觉得……有点甜甜的了。

下午四点多,余清醒了。

她一醒周乐琪就发现了,因为自打侯梓皓离开以后就没人陪她说话也没人逗她开心了,她于是只能一个人默默坐在余清床边,全部的注意力都在余清身上,因此余清一开始只是手指动了动,周乐琪就立刻发现了。

她像是被上了发条的人偶,一见到余清醒来就去叫医生护士,他们为她做了检查,说她已经没事了,让作为家属的周乐琪放心。

然而她并不能放心。

因为醒来后的余清一直没有看她,而且一句话也不说,只是背对着她躺在病床上,看上去死气沉沉的。

她好像还活着……可是,又好像已经死了。

周乐琪原本以为妈妈醒来以后等待她的会是一个欢乐的大团圆结局,她会像电视剧里的人一样高兴得又哭又笑,和她的妈妈抱在一起,她可以无所顾忌地在妈妈怀里诉说害怕和委屈,并向妈妈讨要一个承诺,让她再也不会像这样丢下自己了,说她们以后都会好好地在一起。

然而现实和理想的出入太大了,此刻的她不仅不能无所顾忌,反而感到了越来越多的局促和压抑。

她看着余清拒人于千里之外的背影,心里忐忑极了,她感觉到余清似乎在责备她,而她还不知道自己做错了什么。

她僵在原地努力地思考,然后试探着叫余清:"……妈妈?"

没有得到回答。

她已经想哭了,过了一会儿终于知道自己哪里做错了,于是又开始跟余清道歉,说:"妈妈我错了,我应该提前告诉你罗思雨到我们学校借读的事情……你别生气了,好吗?"

依然没有得到回答。

她慌了,同时感到锁住自己的那个玻璃箱子骤然变得更狭窄、更结实了,属于她的空间越来越小,而她已经接近力竭、无法反抗。

她努力擦着自己的眼泪转到病床的另一侧去,却发现余清也在哭。

余清也跟她一样,哭的时候总是无声的,好像连悲伤都不敢太过放肆。

她的眼泪已经让枕头湿了一片,看着自己的女儿,只说了短短几句话:

"琪琪……妈妈真的很累……

"对不起……

"……你放了妈妈吧。"

人会在什么时候开始认真地思考死亡？

或许是在生理上无法继续坚持下去的时候，或许是在精神上无法继续坚持下去的时候。

人类是很奇怪的动物，他们有的时候真的非常坚强，可是有的时候又会变得非常脆弱，精神的崩溃往往比肉体的损坏来得更加突兀和猛烈，往往只要一个小小的触发点就会把人引向无底的深渊。

比如余清。

她是为什么想要这么做呢？难道仅仅因为那天在家长会的时候看到了周磊吗？仅仅因为他的出现再次提醒了她他无耻而残酷的出轨？

不，那只是一个触发点，在那之前她的心中已经积攒了太多痛苦，这种痛苦不仅仅是婚姻失败、被丈夫背叛的痛苦，更是一种失去了人生方向和情感信仰的痛苦。

她其实未必就有多么爱周磊、多么需要周磊，可是周磊的存在却让"家庭"这个概念得以成立。余清把她的半生都给了这个家庭，她在其中享受幸福，也为它的发展付出一切，包括时间，包括精力，包括她的职业生涯，包括她这个人所有的一切。

可是忽然，这个"家庭"消失了，周磊的撤出否定了她半生的努力，并把她所有的成果都带走了，她在遗留的废墟里惶惶度日，努力想要从那里走出来，可是一切似乎都太迟了，她已经不具备离开它的能力，也不再有找寻新目标的热情了。

生活有时是很玄妙的东西，它看似给予了你自由选择的权利，而实际上却用许许多多无形的条框把人牢牢地束缚在原地。每一个选择的做出都需要无数前因的铺垫，同时又会牵引出无数个后果，这类烦琐的联动所带来的后果就是让人动辄得咎、无法改变。

她很绝望，不单单是因为现在的境况糟糕透顶，更因为她不知道怎么做一切才会好起来——难道周磊离开高翔重新回到这个家庭，余清就会觉得快乐了吗？不，背叛了就是背叛了，圆满的感情已经不复存在，即便再次装作若无其事地一起生活也不可能完好如初。她所渴望的那种圆满的家庭，已经无论如何都不可能再回来了。

而当一个人的心理防线崩溃的时候，这世界上的所有东西都足以成为杀死她的匕首：商场里卖的亲子服装可以，电视广告上的结婚对戒可以，大马路上周磊的同款车可以，一首过去听过的流行歌曲可以，甚至"周""高"这些普普通通的汉字都可以……痛苦是无孔不入的。

在如此密集的打击中她不知道自己活下去的意义和目的是什么，也不知道自己该怎么继续把这种无意义的生活坚持下去。她承认自己是软弱的，没有勇气面对惨剧，那么……是不是不如就在这里选择放弃？

周乐琪没有再继续和余清的对话，她默默走出了病房，在门外自己待了五分钟，并在这五分钟里吃了一块侯梓皓留给她的巧克力。

真的很甜，真的很好吃。

可是为什么……她的心情却没有变好呢？

晚上八点，侯梓皓如约回到了医院，然而当他在病房门口张望的时候却并没有看到周乐琪，只有余清一个人躺在病床上，身边正好有一个护士在为她做记录。

他于是没有进去，转身去找周乐琪了。

他找了很多地方，食堂、走廊、医院的前后院、主治医生的办公室、护士站……到处都不见她的人影。他找了快半小时，最后才终于在余清病房那一层的安全通道找到她。

安全通道的灯是声控的，不出声的话就是漆黑一片，当时她就在黑暗中靠墙坐在地上，也不知道有多久了。

侯梓皓开安全门的声音让声控灯亮了，他于是看见她正在吃巧克力，已经不是早上他买给她的那一包了。仔细看的话，会发现她身边还有很多巧克力的包装纸，她吃了很多很多巧克力。

他皱了皱眉，隐约觉得气氛有点不对，可是那时她忽然对他笑了，很明媚、很漂亮，这是很难得的事，让他难免有些放松警惕。

他朝她走过去，边在她身边坐下边问："怎么到这儿来了？"

她的心情好像很好，看着他的眼神很柔和，嘴角是翘起来的，说："我妈嫌我一直在那儿撕包装纸很吵，就让我出来自己待一会儿。"

他笑了，又看了一眼地上的一堆包装纸，问："怎么吃这么多巧克力？"

话音刚落声控灯就暗了，他抬头看了一眼灯，想弄出点声音让它重新亮起来,却被她拦住了。

她在黑暗中轻轻拉住了他的手臂,并用同样轻的声音跟他说:"就这样吧……"

她顿了顿又补充了一句:"我喜欢暗一点。"

侯梓皓轻轻咳了一声,说:"……那行吧。"

但其实他觉得黑暗在这种气氛下是有点危险的。

她"嗯"了一声,好像颇感满意,然后又撕了一块巧克力来吃,还问他:"你吃吗?"

他摇了摇头,看着她又吃了一块巧克力,心中奇怪的感觉在变强,过了一会儿又问:"你还没告诉我为什么吃这么多巧克力。"

她似乎笑了一下,用很好听的气声说:"不是你让我吃的吗?我听你的了还不好?"

小小的埋怨,小小的……娇气。

这让他的心跳开始不安分了。

他又咳了一声,以此掩饰心动带来的局促,心想她妈妈醒过来的事果然让她心情大好,他总算可以放心了。

"好,当然好,"他应和着她,同时不忘贫嘴,"以后注意保持。"

她又笑了,银铃一样好听,巧克力的香气在这个狭小的空间里蔓延。

"阿姨没事儿了吗?"他问。

他是很懂得分寸的人,这话问得很得体,只关心了余清眼下的情况,并未追问事情的前因后果,即便他早就看出来她做了什么。

他其实很担心周乐琪处理不来后续的状况,但他不会强迫她告诉他一切,他很尊重她,因此由她选择坦露心声或者沉默。

周乐琪能明白他的好意,黑暗之中她漂亮的眼睛里有着窗外月色的柔和,侧脸凝视他时显得波光粼粼。

"没事了,"她说,"……谢谢你。"

谢谢你。

为你给予过我的一切美好的东西。

她的话音很郑重、很清晰,让侯梓皓心跳了一下,他摆了摆手想跟她说不客气,可这时……她却忽然把手搭在了他的胳膊上。

"侯梓皓,"她用叹息来呼唤他的名字,显得有些飘忽,"你真的,是个特别特别好的人。"

这话把侯梓皓气得眉头都皱起来了,他警惕地问:"你什么意思?"

"没有别的意思,"周乐琪被他逗笑了,"我就不能夸你一句吗?"

他撇了撇嘴不太买账:"你突然这么说,弄得我很紧张。"

果然,周乐琪并不是只想夸他一句,她说:"你不应该把时间浪费在我身上。"

侯梓皓被她气笑了,半天说不出话来,过了半天才恶狠狠地问她:"什么浪费时间?"

对我来说,时间花在你身上绝不是浪费。

甚至"不是浪费"也不贴切。

因为你是唯一的。

她似乎叹了口气,有点难以解释的、隐晦的哀愁,可是同时又有种满足的快乐,好像很开心似的。

晚上十点,侯梓皓接到了苏芮妮催他回家的电话。

他今天回家的时候其实已经跟苏芮妮报备过了,说他这几天要去医院探病,但是苏芮妮并不太买账,此时还在电话里说:"什么交情要让你通宵在那儿陪床?白天去看看已经尽情分了,现在你赶紧回家!"

说完就撂了电话。

苏总一番耳提面命十分凌厉,然而侯梓皓却并不打算乖乖听话。周乐琪显然跟他不是一条心,甚至还站在他妈妈那一边催他回去,说:"你快回去吧,我妈也没事儿了,明天就出院了。"

余清出院是个好消息,侯梓皓也觉得高兴,然而周乐琪眼下的这个做派还是令他有些无语。他略显不满地哼了一声,两手交叉抱臂,说:"行,阿姨出院了你就用不着我了,这就赶我走是吧。"

他看起来好像有点生气,可是德牧就算生气又怎么样呢?它是不会真的闹别扭的。

周乐琪也知道这一点,因此她只是笑了笑,把地上的糖纸一一收拾了起来,然后就站起身推开安全门往回走了。

她开门的声音让感应灯再次亮起来，此前他们之间那种微妙的气氛瞬间便化为乌有，连巧克力的香气也一下子不复存在了。

她好像要离他远去了。

不知道为什么侯梓皓的心脏猛地跳了一下，与此同时一种很糟糕的预感袭上了他的心头，这让他下意识地伸出了手，紧紧地拉住了她的手腕。

她回过头看他了，一步已经在那道门外，一步还留在门里，漂亮的脸上是晦暗不明的光影。

他问她："……你要去哪儿？"

她挑了挑眉，理所当然地说："回病房看我妈。"

他觉得自己问了一个没用的问题，因而略显尴尬，随后又补上了一句，说："那我跟你一起去。"

"不用，"她对他笑了，是很美的那种笑，"她现在没有打扮过，估计也不太想见人，等下次你再去见她吧。"

这后半句话好像藏着什么别的意思，"下次"这个说法就像一个灵巧的小钩子，狡猾地把侯梓皓心中不好的预感钩掉了，同时又给了他一个甜蜜的陷阱。

真的很甜蜜，起码足够让他的心开始震动。

"你别玩儿我。"他投降了，并真心实意地向她求饶。

她还是微笑，却不说话，像藏着一个不可言说的秘密，看着他的眼神显得很宁静又很复杂，过了好一会儿，直到他被折磨得几乎要受不了了，才终于大发慈悲地对他说："明天……去学校再说。"

等待是虚无缥缈的东西，可是一旦加上时限就会显得很真实——"明天"，这两个字让他相信了。

他心里其实不愿意，但还是艰难地点了个头，又紧紧地盯着她问："你说话算话？"

"当然，"她微笑着承诺，并说，"明天见。"

"明天"。

又是一个能够拨动人心弦的词语。

他毫无办法，只能在她随手编织的甜蜜陷阱里甘心下坠，并如她所愿地回答她：

"好……明天见。"

　　侯梓皓从医院大门走出去的时候才发现外面下起了雨。
　　雨势已经有些大了，不像刚刚下起来的样子，想来是他们刚才在安全通道的时候开始下的，只是那时他所有的注意力都在她身上，以至于连下雨了都没察觉到。
　　他是不是有点魔怔了？
　　他低笑自嘲，从书包里拿出雨伞撑开，向医院外走去。
　　大雨滂沱，初秋的雨水带来难以磨灭的寒意，他刚走出没几步，一道闪电突然刺破了夜空，冷光霎时笼罩了整座城市，过不多久沉闷的雷声便炸响在耳边，回声久久闷在层云里，迟迟不肯散去。
　　莫名……让人感到有些心慌。
　　侯梓皓停住了脚步，忽然皱起了眉头，又扭身看向医院大门口的方向，犹豫了一会儿还是折身跑了回去。
　　他不知道自己那时为什么会跑回去。
　　或许仅仅是因为他想把自己的伞留给她，以防她淋雨。
　　也或许是因为他早已隐隐听到了……她无声的求救。

　　此时的周乐琪是孤身一人。
　　她正站在医院顶楼的天台上，并未撑伞也并未寻找遮挡，只是放任自己整个人被大雨包裹，浑身早已经湿透了。
　　她爬到了天台的水泥围栏上，脚下的世界忽然变得很渺小，她于是意识到自己更渺小，而属于她的那些痛苦就更更更渺小。
　　真的很渺小啊……她的痛苦都是不值一提的，因为客观来说，她比这个世界上的大多数人都要幸福，起码她还有住的地方，起码她还可以吃饱肚子，起码她还身体健康、没有疾病困扰，起码她还可以上学。这些条件让她理应感到满足，至少在外人看来她就没什么值得同情的地方，甚至连告诉别人她很痛苦都会显得矫情。
　　可是……她真的很痛苦。

她为孤独而痛苦。那些早已向前跑去的同学和朋友，那个已经拥有了新家庭的亲生父亲，那个疲倦的、祈求她让她"放了她"的妈妈……所有的一切都让她感到孤独。

她真的努力过了，很努力很努力。她努力地在三年前忍受父母无休止的争吵，在无边无际的黑夜里默默听着余清断断续续的哭声；她努力地忍受高考反复失败的痛苦，装作不在意学校里老师和同学异样的目光，装作听不到所有人私下的议论；她努力地装作坚强，装作对父母离婚毫不在意，装作已经完全割舍了对周磊的感情，装作对单亲家庭的生活模式完全适应；她还努力地隐瞒着自己的一切异样，比如连续的失眠，又如时常突然低落的心情，再如隐约变得越来越糟糕的记忆力……

她真的用尽全力了，拼命地和生活中的一切做无声的对抗，可最终还是输了。

她不知道自己输给谁了，可的确有着深深的挫败感，她觉得自己一无是处，同时也对未来没有了期待。

她本来不是这样的，她本来是个心中有很多能量的人，相信努力可以改变很多事情，相信自己未来能够拥有灿烂的人生。可是不知道从哪一天开始一切都不对了，她觉得自己很无趣，世界也很无趣，每一条路都被封死了，只要是她想去的地方都布满了荆棘。

她像是一座孤岛。

精神的崩溃会在什么样的时刻发生呢？也许根本不必发生什么轰轰烈烈的大事，只要有人轻轻、轻轻地触碰一下那个小小的开关，此前所有积累的委屈和伤痛就会一下子暴露出来，创可贴下的伤口早已经溃烂了，它根本治愈不了它，只能暂时遮盖它。

就好比周乐琪——她原本还可以再装作若无其事地坚持一下的，然而今天余清眼中的那一抹灰败让她突然觉得自己的一切坚持都没有意义了。

她为什么还要坚持呢？

为什么还要在这种糟糕透顶的生活里假装可以继续忍耐呢？

不如承认吧。

承认自己就是这么软弱、这么矫情，承认自己就是输给了看不清面目的命运。

现在她距离彻底的认输只差最后一步了。

这么做唯一的不良后果大概是会被当作其他人教育孩子的反面典型，她可能会成为别人口中"没受过苦所以太过脆弱"的孩子，也可能是"心气儿太高，钻了牛角尖"的孩子。

但是都无所谓了。

就这样吧。

一切……就都这样吧。

雨下得真大，大到完全可以淹没一个生命的陨落，大到可以让那个少女的眼泪完全不被人发现，大到抢走了她所渴望的那一点安静。

大到完全遮盖了那个少年奔向她的脚步声。

"周乐琪——！！！"

他在滂沱的大雨里大声呼喊她的名字，可是声音远远不如天边的雷声来得响亮，这个世界太嘈杂了，以至于他的声音根本无法传进她的耳朵里。

可是少年的拥抱却是不能被遮挡的。

他从雨幕的那一端向她跑来，在她微微犹疑的那个刹那扑向了她，死命地、用力地、近乎凶恶地将她拽进怀里，并在惯性的作用下与她一同狠狠跌倒在被雨水覆盖的水泥地上。

"砰"的一声。

骨头都要碎了。

他们都很痛，可是那个少年在大雨中凝视她的眼神却比所有的一切加起来更痛。

他用那样深入骨髓的眼神看她，以前所未有的强势和凶狠质问她："周乐琪……你在做什么？"

那是凶狠吗？

或许是吧。

他好像真的被触怒了，从没有人见过他那时的样子，整个人像张拉满的弓一样紧绷，好像下一秒就会变得暴戾。

但或许也不是。

他只是太慌乱也太无措了，太震惊也太痛切了，以至于在那一刹那他失去了对自己的控制，成为被痛苦支配的奴隶。

珍贵的女孩儿……你为什么要这样做呢？

那个少女没有回答他。

她毫不挣扎地躺在那片地上，对那个少年强烈的质问毫无反应，最开始目光里还染着深刻的痛苦，后来就渐渐变得麻木了。

好像一个失去了灵魂的漂亮人偶，连最后一丝光亮也彻底熄灭了。

也是在那个瞬间他才突然意识到：

他珍贵的女孩儿……早已经生病了。

在从医院回家的出租车上，周乐琪和侯梓皓一直沉默。

她之前对他撒了谎，说什么今晚会在医院陪妈妈，其实余清根本不需要陪床了，她也早就跟余清说好今晚会回家住，明早再来接她出院。

其实这些都是假话，甚至今晚她在安全通道里对他展现的那些甜美也都是假象，那不是温柔也不是甜蜜，而仅仅是一场残酷的告别。

侯梓皓眯了眯眼睛，沉默地注视着车窗外被大雨覆盖的街景。

他们都不说话，车上的气氛就显得很僵持，连出租车司机都觉得不对劲了，不禁时不时透过后视镜看一眼被大雨淋湿的少年少女，总觉得……那是一种压抑的争执氛围。

就这么一直僵着到了周乐琪家小区门口。

她没有伞，可是也不介意，到地方以后就径直下了车，再次走进了大雨里。

那个时候侯梓皓还在付账，也没想到她会就这样淋着雨下车，司机听见他低咒了一声，然后也跟着迅速下了车。

追上她是不用费什么劲的，因为她走得很慢，根本没试图甩开他或者躲避他，显得很坦然，也或者说……显得对一切都无所谓了。

他也没再说什么，只是默默地把自己的伞撑开，为她遮挡半夜十二点冰冷的秋季雨水。

她还是不抗拒也不接受的样子，只是自己一步一步往前走，身上的雨水随着她的步伐不断地下坠，流进她的眼睛、衣领、袖口，那一定很难受，可她看起来没有任何感觉；他还看到她左手肘有一大块擦伤，应该是刚才他在天台上把她扑下来的时候在地上蹭的，那伤口看起来就很疼，可她也没有反应，甚至好像是喜欢疼痛似的，全然将流血的地方暴露在雨水中。

仿佛在厌憎并虐待着自己。

他收回了目光，不再看了。

他们终于走到了楼下。

她没有跟他打哪怕一声招呼，径直就往黑洞洞的楼道里走，他本来也想就这么算了，可是终归横不下这个心，还是伸手拉住了她。

她的手冰冷得吓人。

"……先好好睡一觉，"他语气僵硬地对她说，"明天我们谈谈。"

她没有说话。

如果是以前，他一定就由着她了，毕竟他一贯都是配合她的，她说什么就是什么，她想怎样就怎样，他在她面前可以完全没有脾气。

可是现在不同了，他突然意识到把一切交给她会有什么后果，这让他不得不变得强硬——就好比此时，他坚持要她给他一个答复。

哪怕只对他说一声"好"。

他们沉默地对峙了很久，久到她似乎终于感到疲惫了，微不可察地点了点头。

他这才放开了她，让她上楼。

她很快就离开了。

周乐琪沉默地上楼。

以前她每上一层楼都会跺一跺脚让声控灯亮起来，可是今天她忽然不这么做了，也不知道是出于疲惫还是因为厌倦，黑暗好像也成了很不错的东西，潜在的危险反而让她心中有快感，她似乎在隐隐期待着什么不幸降临在自己身上。

就这样在黑暗中，她走到了家门口。

她沉默地掏出钥匙要插进锁孔，那个刹那她僵硬麻木的心忽然有感觉了——恐惧和窒息的感觉。

她眼前突然出现了幻觉，仿佛这道大门之内将出现一具尸体，她的妈妈会毫无知觉地躺在地上。

那个场面太逼真了，让她握着钥匙的手开始颤抖了起来，眼前也忽然天旋地转，于是钥匙对不准锁孔了，她努力试了好几次都没能把它插进去。

可这时忽然有一只手从身后握住了她颤抖的手。

是他。

和她一样被雨浇透，和她一样狼狈不堪，可是又比她温暖、比她安定的他。

他握着她的手，帮她把钥匙对准锁孔，温热的手心包裹着她，带动她让钥匙旋转，锁于是被打开了，"啪嗒"一声，门开了。

他们谁都没有动，他依然站在她身后，高大的身躯完全笼罩了她，仿佛给了她另一个小小的空间，与那个残酷冷漠的大世界相互隔绝。

"周乐琪……"

他的气息是滚烫的，声音也一样，在这个黑暗狭小的楼道里显得尤其清晰，落在她耳中缥缈又扎实，有着难以言说的分量感，亦夹杂一点悠长的叹息。

"……你能不能试试多喜欢一下你自己？"

那是太过温柔的一个问题了，尽管当时他说出它的语气其实是有些硬的。

这个问题是如此贴近她，好像突然把她给自己包装的所有外壳都敲碎了，他看见了她深深埋在泥土里的那个最真实的自己：软弱、伪饰，还有些病态和扭曲。他看穿了一切有关于她的真相，可是却似乎没有厌憎和逃离的打算，反而还在劝她爱上那个真实的自己。

他在救她。

那晚他在她家过了一夜。

在此之前他从未有过这样的计划，甚至在刚才追上楼来找她的时候他都没有动过这样的念头，可是当门打开，她要独自一个人走进去的时候，他却下意识地跟在了她身后，冒昧地进入了她的空间。

他毫无准备，而她没有拒绝。

一切都在无声无息间自然而然地发生了。

进屋以后她没有开灯，径直就朝自己的房间走去，她明明浑身都湿透了，可是却没有要洗澡的意思，把被子一拉开就直接躺了进去，好像这就要睡了，也不管他是去是留。

他劝她起来去洗个热水澡，她根本不予理会，连一点声音都吝啬于发出，他于是只好转而计划去给她找一条毛巾，起码把头发擦干再睡。

这个房子他只来过一次，还是来救余清的时候，他当时的注意力都放在救人上了，根本没有仔细留意过房屋的构造，因此完全不知道放毛巾的洗手间在哪里。

他想开灯，这个意图被她察觉了，她依然把自己裹在被子里，但总算说了一句话。

她说："别开灯。"

别开灯。

为什么？

因为此时的她已经脆弱到无法面对光亮了吗？

他回头看了她一眼，当然看不见她的脸，只能看到床上被子微微的隆起，可这已经足够让他想象此时她破碎苍白的样子了。

他于是叹了口气，回答："好。"

他开始摸黑寻找了，途中难免磕磕碰碰，后来总算还是找到了毛巾，并意外找到了家庭自用医药箱。他把它们拿进她的房间，在她床边坐下，说："先起来一下，收拾好再睡。"

她还是不理会。

他皱了皱眉，又补了一句："我数到五，还不起来我就要拉你了。"

语气果断，不容反驳。

说完他真的开始计数了，数到五的时候她没动作，他就真的强硬地把她从被子里拉了起来。

她应该很不高兴，在黑暗中发出了一些类似挣扎的声音，他只装作没听见，该做什么做什么，先是用毛巾给她擦头发，再给她处理左手肘处的擦伤，等这些弄好以后差不多又是半小时，她已经完全清醒了。

可她没有要跟他说话的意愿，毋宁说她那时跟任何人都不想沟通，于是在他终于肯放过她的时候就很快再次躺了回去，把被子紧紧地裹着，再也不看他了。

他似乎早已预料到了会有这样的冷遇，因此并未有什么反应，只安安静静地在她床边的地板上坐下。他帮她打理好了一切，可是却没有任何兴趣打理他自己，他浑身仍然是湿透的，头发都还在滴水，把地板也弄湿了。

他们就这样各自狼狈地在那个狭小而破旧的房间中相处，尽管那个时候她没有发出一丝声响，可是他却知道她正在被子里哭。

口袋里的手机不断振动，也许是苏芮妮或者侯峰打来的电话吧，他并未理会，只是随手把手机抽出来，然后按了关机。

他其实也很累。

可是他得守在她身边。

起码今夜，起码这一分这一秒，她不能是一个人。

他知道她没有睡，也知道自己应该说点什么，尽管如果他问她的话她一定会说自己需要安静，可那必然是谎话——所有悲伤的人都会对外宣称自己需要安静，可其实他们才是最需要陪伴的人，他们希望有人能穿过那些虚张声势的谎言去打扰他们，这样他们的悲伤才能得到机会安放。

可他那时脑子里也很乱，太多想法和情绪左右了他，这让他在一时之间难以组织起漂亮的语言与她沟通，他只能想到哪里就说到哪里，没机会修饰和筛选。

他坐在地上，后背靠着她的床沿，声音飘散在这个狭小简陋的房间里，低沉而清晰。

"我一直关注你……差不多两年了。"

她听到了，尽管被子的阻隔使他的声音变小了，可她依然听得很清楚。这个句子是如此易懂，可是彼时却令她混沌的大脑感到费解。

"你可能根本不知道我，"他似乎笑了一下，有点自嘲的味道，然而后半句的语气又变得很郑重，"可是你却改变了我这个人。"

他没有骗她，也没有言过其实，说的都是真的。

他高一一进校就听说了"周乐琪"这个名字，那个时候她已经高三了，联考全省最高分，每次学校公告栏贴光荣榜她都排在最前面，像一个无法被超越的传说。

所有的老师都对她交口称赞，时常会把她当作典范教育学生，他们说她踏实又努力，在学习上是怎样精益求精、勤勉踏实。

那个时候他还是个吊儿郎当的人，每次考试从来不追求成绩，只要过得去就行了。这样既不会受到过度的褒奖，也不至于要频频被耳提面命，足以当个透明人——没有人会期待你，也没有人会责备你。

他是不需要努力的，因为他人生的起点已经比这世上绝大多数人的终点还要更高。他有优渥的家境，即便他什么都不做也可以拥有足以挥霍一生的财富；他也完全没必要努力学习，即便他的成绩没有那么理想，也有许许多多"灵巧"的门路可以为他兜底。

他只要散漫地生活就足够了，何必拼命？

因此他从来都没有努力过，自始至终都过着游刃有余又漫不经心的日子，自在又潇洒。

但是所谓的"自在潇洒"有时候却并不等同于"幸福"，甚至都不能等同于"踏实"，他偶尔会在过度的自由中感到茫然，尤其当他看到严林他们正在为了某个既定的目标奋力向前的时候，他的心中会尤其空虚。

空虚的下一步会是什么呢？通常来说，会是堕落。

除了一中的这些同学，他还有另外一群朋友，他们有着和他相似的家庭背景，可却并不像他一样在公立学校读书。他们过早地接触一些带着危险气息的东西，好像把生活过得既畅意又时髦，并试图将他变成他们的同类和共犯。

他拒绝过，可是后来也曾摇摆，差一步就掉进深渊。险些堕落并不是因为他对那样的生活方式感兴趣，而仅仅是因为他很无聊。

漫无目的的生活如果不依赖刺激，是很难长久地维系下去的。

他于是在那片灰色的地带徘徊，这样的状况持续了很久，直到高一的那一天下午，他在黄昏的教室里听到操场方向传来的那个女孩儿的声音。

那是一场高考前一百天的动员大会，庸俗且老套的活动，把疲惫又无力的高三生拉到操场上，让他们在百忙之中挤在一起聆听校领导的训话。

校长和教导主任也很了不起，明明那些打鸡血的话他们每年都要说一遍，可是每次说的时候居然都还很有激情。他们的声音特别大，透过扩音喇叭清清楚楚地传遍了整个操场，甚至教学楼里的高一、高二学生也不能幸免，都要跟着高三生一起听那些毫无新意的官方辞令，譬如什么"摒弃侥幸之念，必取百炼成钢；厚积分秒之功，始得一鸣惊人""百日苦战角逐群雄誓金榜题名；十年寒窗拼搏前程报父母深恩"之类。

他听得很无趣，无法与这样强拗的热烈共情，直到那个少女的声音随着傍晚的微风飘进他的耳朵里。

她是周乐琪，高三优秀学生代表。

"人生有太多条路可以走了，也许今后我们会慢慢发现在其中很多路上努力都是没有用的，它很廉价又很普通，"她慢慢地说着，清淡又深刻，"可是现在它却能成为我们最有力的倚仗，每一个现在补上的知识漏洞都有可能帮助我们在考场上多取得宝贵的一分，而那一分就有可能让我们走进更好的大学，而那个更好的大学或许就可以帮助我们更靠近自己的梦想。

"考试本身永远无谓又无趣，我们所追求的永远是听上去更加形而上的东西。

"是价值，是意义，是让这个世界变得比没有我们的时候更好一点点。

"我们似乎正在为一个很宏大的叙事做很具体的努力，也许未来的某一天就将有一些人因为我们的存在而获益，而他们未来的幸福都源于此时此刻我们的拼命努力。

"这当然是很困难的，你也当然可以去选择那些当时当刻的轻松，"她在微笑，"可是如果你没有孤独地拼命努力，没有狼狈地摔过跤，又怎么知道最后靠自己就不能赢？"

他从来没有过那样的听觉经验，也不知道这个世界上会有一个人能用那么平静安宁的语气描述着那么宏大壮烈的构想，她并没有抱着任何煽动的目的，可是却莫名触动了他，让他悸动，让他共情。

他忍不住侧过了脸，目光穿过教室的玻璃和人头攒动的操场，远远地看到了站在主席台上的那个少女。他们隔得太远了，以至于那时他根本看不清她的长相，只能看见她身后瑰丽的黄昏，以及她在傍晚的风中微微飞扬的长发。

他看不清她，可是却觉得她很美。

难以言说的美。

人的一生看似很长，但其实关键的节点只有那么几个，在那时做出的选择将成为影响一生的烙印，而她恰巧在属于他的那个节点出现了，恰巧说了几句触动他内心的话，于是他就那样让人不可置信又自然而然地被改变了。

他开始考虑起"未来"这样深奥的东西，同时进行着一些非常朴素的思考，比如他究竟想成为一个怎样的人，在未来又想要做怎样的事。

这些问题都是很难找到答案的，起码在短暂的高中三年中很难找到，他所能做的也就仅仅是努力——摒弃那个漫不经心、耽于无谓的自己，如她所说试一试"拼命"，为那个至今仍然难以被看清面目的"未来"换取更多的可能性。

他开始认真了。

人们都是钟爱于造神的，因此在他后来成绩飞升之后，大多数人都很乐于制造关于他的传说，说他是如何如何聪明、有天赋，说学习对他来说是如何如何容易，但其实那都不是真的。

这世上原本就没有天才，他也只是一个普通人，他付出了比别人多很多的努力才弥补了基础的薄弱。他夜以继日地练习，几乎每时每刻每分每秒都在学习……这样乏味的生活持续了接近一年，他才成了大家口中的"侯神"。

而只有在亲身经历过这一切之后他才明白所谓的"努力"是一件多么孤独的事情：在取得那些光鲜亮丽的成果之前，他必须先经历许许多多难挨的静默。放弃是最容易的事，随时随地都可以那么做，可是他知道只有痛苦才意味着自己在向上走，因而不得不主动地去选择那种痛苦。

在这个过程中他也时常疲惫，而每当这时他眼前都会浮现出那个黄昏、浮现出远处那个女孩儿的声音和侧影,他会在许多个孤独学习的凌晨默默地想:此时此刻的她,是不是也和他一样在如此孤独地拼命?

这么一想,一切好像又没有那么难熬了。

此时此刻,秋夜的冷气还在房间中凝结,那个曾经鲜活而明亮的女孩儿正在被子里无声地哭泣,他的心正为此极度地动荡。与此同时,又极度地安静。

"你看过东野圭吾的作品吗?"

他如闲谈一般缓慢地询问着。

"他有本书,《嫌疑人X的献身》,讲一个数学天才帮助一对母女隐藏杀害母亲前夫的罪行。他为她们顶罪、编造谎言欺骗警察,各种斗智斗勇。"

她没有给予他丝毫回应,而这并不妨碍他继续说下去。

"这故事说好看也好看,说一般也一般,我当时看的时候也没觉得悬疑线有多精彩,说实话还觉得石神哲哉对花冈靖子的感情有点莫名其妙,不上不下的感觉。

"可是后来书里有一段话解释石神对那对母女的感情,忽然就有点说服我了,让我相信它的确可以强烈到让他为她们变成一个杀人犯——有一句话我印象挺深,是这样说的……"

说到这里他停了一会儿,随后开口道:"'……有时候,一个人只要好好活着,就足以拯救某人。'"

这个最后的句子在空气中缓缓地飘荡着,像他刚才的语速一样不疾不徐,被子里的人依然不言不语,可是她抓着被子的手却似乎紧了紧,就像她的心脏。

他好像察觉了她微小的动作,又好像没有,只是和她一样陷入了长久的安静,一时之间房间里只剩窗外淅沥的雨声。

就这样过了很久,久到她几乎要在泪水中睡着了,才又听到他开口。

"周乐琪。"

他在叫她的名字,和几小时前在天台上救她的时候一样是连名带姓的,可是已经远不像当时那样严厉,现在所有只是郑重。

205

"我知道一定发生了很糟的事，也知道现在你很累很疼。

"可是生活不会一直这样的……它会慢慢变好。

"你曾经改变了我，让我相信拼命努力和忍受孤独都是有价值的事情，让我觉得人生是值得努力的……你什么都不用做，就像花冈靖子，只要好好活着就已经足够拯救我。

"现在你能拯救你自己吗？或者……允许我来救你？

"我可以去做所有的事，你什么都不用担心，只要再稍微等我一下……别再试图跳下去。"

少年的声音是那么柔和又安静，比那一夜窗外的雨声还要温存。

他好像已经不仅仅是少年了，在几小时内就变成了大人，成长有的时候就是那么突兀的，是一瞬间的事情。

他在意她，并正在试图接住她。

她知道他的好意，她知道很多事情，可是在那个时刻她已经没有力气回答他了。

她被他守着。

她睡着了。

第 14 章

自从家长会过后,罗思雨就一直隐隐期待着见到周乐琪。

罗思雨迫不及待地想要知道她在见到周磊后会有什么反应,还有她那个以原配自诩的妈,现在是不是再也高傲不起来了?是不是只能眼睁睁地看着周磊抛弃她们?

这太痛快了。

然而可惜的是,自那天之后她一直没有机会见到周乐琪,(1)班和(43)班的距离太远,她找不到理由凑过去,后来更听说周乐琪缺勤了,一连两天没有到学校来。罗思雨心想她一定是受了很严重的打击,说不准是气病了。这对她来说是个很好的消息,然而糟糕的在于……她听说侯梓皓也请假了。

他们一起消失了两天。

这是为什么?他们为什么会一起请假?

罗思雨为此心神不宁。

她很想探究这事儿背后的原因,可惜却没什么直接的路子,后来她琢磨了琢磨,打起了张宙宁的主意——张宙宁虽然是学文的,但一向跟侯梓皓他们几个理科生一起玩儿,关系走得近,或许就知道关于他的事。

而且更方便的是张宙宁这人有点好撩。

她之前去找侯梓皓借过数学笔记,侯梓皓后来直接给张宙宁了,让他转交,张宙宁也是个热心肠,把笔记转给罗思雨的时候还主动跟她说:"这是猴子的笔记——唉,其实他因为成绩太好所以基础都不记的,这笔记连个体系都没有,其他人根本就看不懂——你要是想找个能看懂的，我可以把我的借给你。"

这话一说，罗思雨就算是跟张宙宁搭上交情了。

其实笔不笔记的，罗思雨根本不在意，谁的笔记到她手里她都不怎么看，最多也就是抄一遍，或者干脆复印一遍，她的心思根本不在学习上。她更在意的是社交，终极的目标是和侯梓皓搞好关系，次一级的就是融入一中的学生圈子。

张宙宁是一个很好的突破口。

她于是借着看他笔记的机会慢慢跟他搭上了，有时候还会装模作样地问几道她根本不可能听懂的数学压轴大题，一来二去想不熟也难。

这天周三，她就在周考之后张宙宁值日的时间留了下来，凑过去跟他打听侯梓皓的事。

"你说猴子啊，"他一边扫地一边回答，"他这两天是没来，严林也说没见过他。"

罗思雨柔柔地应了一声，又问："那他为什么没来啊？是生病了吗？"

"不知道。"张宙宁老实地摇了摇头。

罗思雨抿了抿嘴，顿了一下又问："我听说他们理科的年级第一这几天也没来？"

张宙宁听了这话挑了挑眉，有点疑惑地问："理科第一？你跟她之前也认识？"

罗思雨一愣，紧接着回答："不、不认识，就是听说了，随口问一下……"

张宙宁"哦"了一声，还没接话，这时突然听见旁边传来了一声嗤笑，他扭头一看，是米兰正在身后擦黑板。

这祖宗，又笑什么呢？

张宙宁把扫帚放下，问："你笑什么？"

米兰一听也把黑板擦放下了，俏丽地一扭头看向张宙宁，顺便也扫了一眼罗思雨。

她的神情有点轻蔑，对张宙宁说："张宙宁，不是我说你，你个傻直男是真的缺根筋——怎么着，都说到这儿了你还听不出来人家什么意思？"

张宙宁只觉得蒙："啊？"

米兰翻了个白眼，把话挑明了："你就一工具人，还上赶着借笔记，我真服了。"

这么直白的话让张宙宁难免尴尬，而一旁的罗思雨已经臊得红了脸。

米兰说完扭回头去擦黑板了——她个子矮，刚才就只把黑板下面给擦了，现在得一蹦一蹦地擦高处，脚下像装了个小弹簧。

教室里气氛紧张，罗思雨的情绪尤其绷得紧，张宙宁大气都不敢喘，总觉得两个女生这就要打起来了，他夹在中间左右为难，完全是字面意思上的气都不敢喘。

所幸这时候天降外援——严林来了。

他是来找张宙宁还圆规的，今天考试他没带。

严林进门以后把圆规往桌子上一放就要走，可惜还是被眼尖的米兰给发现了，她冲着他笑，跟朵花儿一样俏丽，一边蹦跶着擦黑板一边叫住他："哎，严林你等一会儿，我马上就擦完了，咱们一起走啊！"

张宙宁也希望严林留下稳一稳局面，于是也在那儿帮腔："对对对，马上就好了，你留一下吧。"

说完，瞅着机会就跑到教室另一边扫地了，离米兰和罗思雨都是八丈远。

罗思雨在原地僵了一会儿，没有任何人跟她说话、给她递台阶，她很尴尬，后来看到严林不耐烦地等了一会儿，终于还是看不下去米兰在那儿一蹦一蹦地擦黑板了，几步就走过去把黑板擦从她手上拿了过来，一米八几的大个儿手一伸就能摸到黑板的顶，没两下就擦好了，一边擦还一边吐槽米兰："你怎么那么矮？"

米兰平时特别忌讳别人说她矮，可是此时看严林主动过来帮她，心里美都美死了，才不会跟他计较呢，甚至还开始贫嘴。

处处不忘占他便宜。

严林无语，黑板一擦完就转身走了，米兰一边冲到自己座位上拿书包一边在他身后喊："哎，严林你等等我啊！"

很快也追着他跑走了。

于是就剩罗思雨一个人……看起来就像是被孤立了一样。

其实不管是谁都没有要孤立罗思雨的意思，大家都已经高三了，每天光是学习都学得累死了,哪还有精力搞什么孤立?

她只是单纯地融不进去而已。

她跟一中的学生实在有太多差别了,这种差别不仅仅在学习成绩上,更是在行为习惯、生活规律上。她和他们没有共同语言,他们平时聊考试、聊哪个补习班更好,这些都是她插不上话的话题,甚至就连其他人在那里说笑话她有时都听不懂,那些话语里有着她所理解不了的暗喻双关,还藏着一些小小的典故和出处,她的知识储备不足以让她加入这样的对话。

更大的障碍是她自己给自己设下的。

她在主观上就觉得一中的学生很了不起,她把他们定义为"聪明的人",并认为自己远不如他们。于是她就不得不时时刻刻提醒自己要显得"聪明"一些,这种假扮是很困难的,远不如装乖那么容易,何况连装乖也会让人显得僵硬、不自然。

她其实在一中过得并不开心。

美好都是在对比中显现的。

她原本觉得离开三中来到一中是她有生以来最走运的一件事,然而现实却让她意识到这种走运是有代价的,她并不会因为换了一所学校就突然变成一个优秀的模范生,就像塑料并不会因为被放进橱窗而变成钻石。

她于是开始想念起三中了,在那里她是如鱼得水的。

那时她有很多玩儿得来的朋友,她们在一起聊男生、聊明星、聊同学之间的八卦;还有不少对她示好的男同学,个个围着她转,把她当成女神,在她面前像公孔雀一样开屏。

其中最起劲的那个男生叫丁鹏。

他是个混子,当年考三中这样的学校都要靠他父母走后门,最后硬是紧急练了一下排球,把自己变成了"体育特长生"混进了学校,进校以后也不学习,天天借训练的名义在外面晃荡,老师都懒得管他了。

可是他长得不错,还有些女孩儿在背后讨论他,而罗思雨并不喜欢他,因为她知道他的未来最多就是继承他爸妈开的那家小卖部,这跟她开大排档的亲生父亲没有两样,属于他的未来只有一片灰暗。

可是他一直很喜欢她,在学校里天天把她挂在嘴边,这满足了她微妙的虚荣心——她很享受他对她的殷勤，同时更享受别的女生对她或羡慕或嫉妒的目光，甚至连听到有的女生在背后恨恨地骂她她也觉得爽，并将这样的谩骂看作自己在竞争中胜出的证明。

现在她在一中碰钉子了，于是就又想起了丁鹏，她主动约他出来见了一面，丁鹏很亢奋，请她去小馆子吃了一顿，一边吃一边坐得离她越来越近，还想伸手碰她。

她打了一下他的手，骂了一句脏话，他也回了一句脏话，可却是笑着的，因为脏话并不代表他生气了，那只是一种日常的说话方式。

天知道罗思雨有多么想念这种沟通的方式——她爱极了说脏话，这种语言让她觉得爽、觉得带劲，可是不幸的是她在周磊面前必须装作乖乖女，不仅不能说脏话，而且要装得怯生生的，文静而柔弱。

现在她终于能放肆地说了，她和丁鹏在一起可以恣意地做自己，她只想从他那里获得一种慰藉，可不想和他走得太近。

丁鹏估计也明白这个道理，可是仍然愿意和罗思雨周旋，如果她以后答应跟他结婚，然后把她新爸爸的钱分给他一些，那他就是赚得祖坟冒青烟了。

因此这两个人心中都各自有一些盘算，凑在一起时也都挺带劲，彼此都觉得自己赚了，也彼此都觉得自己有可能亏。

丁鹏瞅着气氛的进展，觉得自己差不多可以搭她的肩了，他于是装作自然地搭了上去，她果然没反抗，丁鹏心里美滋滋的，又轻佻地问她："怎么着，是不是发现一中那帮书呆子没劲了，还是你鹏哥更让你快活？"

他问完好半天没听到罗思雨的回答，他觉得奇怪，偏头一看却发现从这家小馆子后厨走出来一个厨子，一个蓬头垢面的中年男人，罗思雨正跟他对视。

那是她的亲生父亲。

罗龙。

罗思雨压根儿没想到会在这里遇见罗龙，在高翔和他离婚以后，罗思雨已经有一年多没有跟自己的生父见过面了，如此长时间的分隔让她完全不知道他的近况。

　　罗龙原本是自己有一家大排档的，生意还挺兴隆，可是半年多以前那个店被周磊想办法端了，于是他失去了自己经营半生的小店，现在只能靠在别家当厨子来养活自己。

　　这么一说周磊听起来就像个恶霸，可实际上这事儿也并不都是周磊的错，的确是罗龙先踩了红线。

　　事情是这样的：

　　一年多以前高翔觉得自己巴上了周磊，因此再也不能忍受和罗龙一起过破落的生活了，于是干脆地先提出了离婚。罗龙原本小日子过得好好的，结果忽然有一天听到老婆直言不讳地说自己出轨了，这事儿搁在谁身上都很难立刻接受，他当然也不例外。他错就错在当时动手打了高翔一巴掌，用暴力表达了自己的愤怒，而这一巴掌后来也成为高翔的武器——她一方面利用它推动了离婚的进程，另一方面也博取了周磊的同情。

　　最终罗龙失去了家庭，还因为自己的过失而分到了更少的财产，他简直为此痛不欲生，同时对高翔和周磊恨之入骨。

　　不过恨归恨，他对高翔还是有感情在，心里总觉得自己老婆是受了周磊的蛊惑，她本质是好的，还是有可能回心转意的。他于是又在离婚后努力地规劝了高翔许多次，结果当然是不断地碰钉子，他心中的希望彻底破灭了，他开始走向了极端。

　　他招呼了几个兄弟想去打死周磊，结果当然不能遂愿——周磊这种很有社会关系的人怎么可能轻易中招？他无计可施又怒气上头，最后思来想去，开始琢磨着要对周磊的女儿下手了。

　　他知道周磊有个独生女，叫周乐琪，就在A市最好的学校上学。周磊会不疼自己的孩子吗？如果他女儿出了事儿，他能不痛苦吗？

　　几个月前，正好是周乐琪第二次高考的时候，罗龙瞅准了那个机会想办法打听出了她高考的考场，提前打印了无数张周磊和高翔出轨时不堪入目的聊天内容，并在高考开考当天跑到考场去，把它们一股脑儿地塞到了周乐琪的手上。

　　那个孩子当时脸就白了，可是在考场外的众目睽睽之下又不能尖叫或者流泪,她于是就一直忍着,还装作若无其事——而最终她还是考砸了,并不得不再次复读。

其实罗龙也知道周磊的女儿是无辜的,她不应该被牵扯到大人们的破事儿中间,可是罗龙也没有办法,他的痛苦和憎恨无处宣泄,最后只能迁怒一个无辜的孩子。

这事儿后来被周磊知道了。

周磊确实是个无耻的浑蛋,但是作为父亲的他依然是疼爱孩子的,罗龙去找周乐琪的行为触碰了他的底线,他找了点关系去查罗龙的那个大排档,找出了一些卫生安全问题,于是罗龙的店就摊上了事儿,最后解决无果只能关门大吉。

失去了老婆孩子又失去了事业的罗龙如今真是一无所有,只能给别家店当厨子解决生计问题,心中不断地琢磨什么时候才能再开一家新店,以及到底是不是该离开A市。

他没有预料到能在这里见到自己的女儿罗思雨。

他很窘迫,因为被女儿看到了自己落魄的样子,可是他同时又很开心,因为他是爱自己的孩子的,他很想见到她,也很想跟她多说几句话。

他在厨房门口愣了一会儿,两只手在衣服上局促地擦来擦去,似乎在犹豫着该怎么上前跟自己的女儿搭话,然而就在他犹豫的时候罗思雨已经霍地站了起来,扭身就往饭店门口走了。丁鹏吓了一跳,一边招呼服务员结账一边在她身后叫她:"哎,思雨,你等等我啊!"

等?

她怎么可能等?

她必须用最快的速度逃离才行,否则就会心软。

妈妈早就教过她了……心软只会带来不幸。

周四是余清出院的日子,按理说周乐琪应该去接她的,但是昨夜淋雨后她却发起了高烧,到早上的时候意识都有些不太清醒了。

侯梓皓在她身边守了一夜,就在她床边的地板上坐着,快天亮的时候听到了她难受的呓语。他把她的被子拉开,看到她脸已经烧红了,正难受地喘着粗气,一量体温,38.9摄氏度。

他很快给她敷了冰毛巾、喂了退烧药，过了一阵体温才有所下降。他在她迷蒙睁眼的时候劝她去洗个热水澡，然后再换一身干燥的新衣服，她不听，只含混地说要去找余清。

……他觉得她已经有点烧糊涂了。

没有办法，最终他还是带着她回了医院，打针吊水。

她打上针的时间差不多是早上八点半，一边打一边靠在输液室的椅子上睡着了。他陪了她一会儿，估摸着时间，觉得余清差不多该出院了，于是又悄悄从输液室走出去，到病房那边去找余清。

说起来也挺有意思，他昨晚来医院的时候本以为会见到余清，所以穿着格外干净整齐，想着要给阿姨留一个好印象。哪承想昨晚会发生那样的事情，现在的他不仅衣服淋过雨，还一夜未眠脸色不好，怎么看都有点不体面。

不过余清是不会在意这些的。

余清早就从周乐琪那里听说了这次她这个叫侯梓皓的同学又帮了多大的忙，不单一直陪着她忙前忙后，甚至一路所有的钱都是他垫的，她要还他他也不要，最后争执了很久才好不容易让他收下，还有转院的事情也是他家人出的力。给她做治疗的小护士还跟余清聊天呢，直说她闺女有福气。

余清现如今对自己的事情都不太上心了，毕竟她对活着本身也已经失去了兴趣，可是她心里依然还是关心周乐琪的，因此自然对这个如此照顾自己闺女的男孩子很有好感。

她主动跟他打了招呼，又问他怎么会到这里来。

"我来接您出院。"

年轻的男孩子礼貌且周到，言辞举止都显示出良好的教养，只是那时他神色有些闪烁，令余清稍感疑惑。

她又对他表示了感谢，连说太麻烦他了，过了一阵又看了看门口，没见到周乐琪的身影，于是她问："是琪琪拉着你来的吗？那孩子太不懂事了，总是麻烦你。"

侯梓皓很快就摇头否认了这个说法，他摸了摸鼻子，语气有些犹豫，说："是我带她来的……她发烧了，正在输液室吊水。"

余清听言一愣，随即立刻有些张皇，她问他："琪琪发烧了？怎么会发烧？昨天她还好好的呢……出了什么事？现在退烧了吗？"

一连串的追问。

侯梓皓看出余清真着急了，于是赶忙告诉她周乐琪已经吃过退烧药了，现在情况比较稳定，发烧是因为昨天晚上淋了雨，休息几天就会好的。

余清这才松了一口气，能冷静下来去输液室看看周乐琪的情况了。

在去输液室的路上侯梓皓始终在犹豫要不要告诉余清昨晚究竟发生了什么：如果照实说了他担心余清承受不了，毕竟她自己也刚刚经历了很极端的状况；可如果不照实说他又担心这件事无法引起余清足够的重视，万一他不在的时候周乐琪又……

他左右为难。

他至今也不知道周乐琪家里究竟发生了什么事，为什么余清会做出那么极端的事，信息条件的不充分让他拿捏不准自己处事的分寸，因而这一路他思来想去，最终还是选择了暂时保持缄默。

他们一起到输液室的时候周乐琪还没有醒，依然独自缩在椅子里睡着。

她本来就很纤弱，这几天因为余清的事情跑前跑后睡不好觉，又猛地瘦了一圈，整个人看起来更加瘦弱了，连脸色都是苍白的，看上去疲倦又无力。

她还在读高三……而且已经连续读第三次了。

她该有多累？

余清看着当时周乐琪的那个模样，心中的酸楚一下子强烈到无以复加，眼泪几乎是瞬间就掉出了眼眶。她从没有哪一刻觉得自己是那么软弱、那么无能，也从没有哪一刻觉得自己是那么对不起这个孩子，她默默地流着眼泪，有那么一瞬间甚至有些不敢靠近她了。

侯梓皓站在余清身边沉默了一会儿。

他知道此时此刻自己作为一个外人不应当介入她们母女之间的相处，也知道在这种情况下自己并没有任何开口的立场，然而有些话他却是不得不说的，哪怕仅仅作为一个聊胜于无的提醒。

他仔细地斟酌着措辞，而后隐晦地告诉余清：

"阿姨……她生病了。"

不是感冒了、发烧了，而是更难以被治愈的病痛。

折磨她的那种病是很狡猾的，它是那样隐蔽且无形，甚至也许连她自己都还不曾察觉它的存在，却已经被它折腾得遍体鳞伤。

她不能再受伤了。

她需要一个可以倾诉的对象，需要一个被理解的机会，需要一个能把那个结实的玻璃箱子打碎的人。

……她需要被疼爱。

余清没有说话，毋宁说她那时已经难受得说不出话了，在原地站了好一会儿才勉强平静了一些，随后又轻手轻脚地坐到了周乐琪身边。

侯梓皓默默看着沉睡中的周乐琪被余清轻轻地揽进了怀里，心想自己此时不应当再打扰她们了，于是打算安静地离开。

他刚转过身，就看到他爸侯峰正站在他身后不远处，表情颇为严肃，对他扬了扬手中的手机。

侯峰是来敦促侯梓皓赶紧回家的，因为苏芮妮对他夜不归宿还挂电话的行为十分恼火。

苏总虽然一向主张尊重个性、给予孩子更多自由，但夜不归宿再加上失联显然超过了她所能容忍的限度，苏总觉得有必要跟儿子谈谈了，并且作为父亲的侯峰也必须在场。

于是侯主任就被无辜波及了。

他闭眼一想就能猜到侯梓皓是找他那个女同学去了，白天到医院一看果不其然，还在那儿陪着人家打吊瓶。他于是赶紧把人招呼过来，告诉他苏总震怒的消息，并拉着他回了家，路上还颇有些犹豫地问："你昨天晚上……跟你那个女同学在一起？"

虽然事实说起来的确如此，但侯梓皓很确定他爸想的跟他自己实际干的并不是一回事儿，他揉了揉太阳穴，反问道："爸你想哪儿去了？"

侯峰安静了一会儿，一边开车一边犯愁，总觉得侯梓皓这句反问有点遮遮掩掩的意思，反而还坐实了他的一些猜测。

他叹了口气，苦口婆心："如果是我想歪了那最好……你们现在还是未成年人，不要做伤害彼此未来的事情。"

侯梓皓没搭话，因为侯峰口中的"未来"两个字让他不自觉地又想起了昨夜周乐琪站在天台上的样子——如果昨晚他再慢一步，或者当时他伸出的手没有够到她，那么她就没有这个所谓的"未来"了……

这种假设非常残酷，并很容易牵引着他进行更多令人担忧的想象，他甚至担心在他离开医院以后周乐琪又会做出什么冲动的行为，这让他不禁想要时时刻刻都在她身边，以免她再次伤害自己。

然而他知道这是治标不治本的——她最需要的不是他，而是医生。

她应该去看医生。

"爸。"侯梓皓忽然开了口。

侯峰很快答应了一声，并问他怎么了，然而这时侯梓皓却闭口不言了，因为他忽然意识到他不应该让侯峰知道周乐琪的心理和精神出了问题，这很可能让他的家人对她产生不好的刻板印象，而他希望他们都能喜欢她。

这件事他必须另外想办法。

"没什么。"他摇了摇头，语气自然。

此时的苏芮妮已经好整以暇地等在家里了，为了处理侯梓皓夜不归宿的问题她还特意推迟了两场会议，就等着儿子回家升堂公审。

父子俩一进门苏总就开始发火了，她抱着手臂坐在宽敞的大沙发上，打击目标还在玄关呢，她就迫不及待开始闭眼一通扫射："行啊侯梓皓，你现在学会夜不归宿了，是不是要疯啊你？"

完全在气头上，南方人都开始讲倒装句了。

然而等侯梓皓从玄关转进厅里，苏总的情绪却又由恼火转为张皇了，因为她发现侯梓皓形容不整，衣服皱皱巴巴的一副淋了雨的样子，脸色看起来也很疲惫。

这……倒也不像是出去鬼混了。

她赶紧站了起来，走到侯梓皓身边问："怎么了这是？你昨天晚上去哪儿了？"

其实自打送余清去医院那天开始侯梓皓就没怎么合过眼了，至今已经三天,算起来他比周乐琪休息的时间还要少,眼下确实已经没什么精力再说话。

他又揉了揉太阳穴强打精神,对苏芮妮说:"妈,能等我睡一会儿起来再说吗?"

他疲倦的样子让苏芮妮深感心疼,自然顾不得再升堂了,赶紧就让他上楼休息,还周到地问他睡醒以后要不要吃点丁姨做的饭呢。

然而跑得了儿子跑不了老子——侯梓皓虽然幸免于难了,可侯峰却被妻子逮住了。

苏芮妮严肃地问他,这几天侯梓皓到底在医院看望谁,昨天晚上又发生了什么事。侯峰支支吾吾,劝妻子坐下消消气,心想这回这个掩护确实没法打了,于是就把他所知的有关周乐琪的事情和盘托出,包括侯梓皓曾经为了她跟人闹到了派出所,也包括这次余清自杀未遂被送到医院。

苏芮妮一听眉头紧皱,火气腾的一下子上来了,冲着侯峰发脾气,质问:"这么多大事儿你到现在才告诉我?侯峰你什么意思!"

苏总一旦连名带姓地叫人那就是出大问题了,侯主任于是意识到眼下自己的处境很不妙,赶紧找补,说:"我已经严肃教育过他了,让他不要早恋、不要乱来,咱们孩子是懂道理的,不会出事的——而且那个女孩儿其实也挺不错,虽然家里的情况可能复杂一些,但是很有教养,而且学习很出色,比咱儿子还厉害。"

听到这里苏芮妮的眼皮抬了抬。

有教养,还学习好?

那倒是……挺不错的。

苏总沉吟片刻,又严肃起来,说:"那也不能把我们孩子又是搞进派出所又是搞进医院的呀!这还未成年呢情况就这么复杂,那长大以后还得了吗?"

侯峰应承着"是是是",随后又小声补充了一下:"其实这两次的事儿好像也不是那女孩儿找的梓皓,是咱们孩子主动过去帮忙的……"

苏总听言一愣,一口气憋在那儿开始不上不下了,过了一会儿无处发泄,只能又骂回自己的丈夫,说:"他都是随了你了!滥好人!没出息!"

侯主任听言无语了一阵,彼时内心也很想提醒一下苏总,当年可是她追的他,然而此情此景说这些陈年旧事显然更容易拱火,他于是只好默默认领了这些无端的指责,并继续好脾气地哄慰着自己美丽的妻子。

苏总脾气稍歇,顿了一会儿又问:"有那女孩儿照片吗?模样好不好?"这都什么跟什么?已经开始看相了吗?

他语塞了一会儿,说:"没照片,下次开家长会你亲自去看看吧。"

苏总对此提案深以为然,甚至心里已经开始记挂这件事了,一边琢磨一边又去叫丁姨,让她好好准备一顿晚饭。

接下来的日子终于恢复了常态,周乐琪和侯梓皓都回到了学校,继续着高三生日复一日、月复一月的紧张备考生活。

葛澳对侯梓皓的回归感到非常开心,因为他这两天一直在和严林讨论侯梓皓和周乐琪双双人间蒸发是不是有隐情,并非常急于向新闻当事人求证。

"我没有,"严林向侯梓皓澄清,"只有他一个人感兴趣,我只是'嗯'了一声,他就认为我在跟他讨论。"

葛澳一听捶了严林一拳,随后又挤眉弄眼地悄悄问侯梓皓:"怎么着兄弟,展开说说呗,怎么回事儿啊?"

侯梓皓对这类调侃和打听都是没什么心思理会的,因为他所有的注意力都放在了周乐琪身上。

她变得更沉默寡言了。

当然她原本就是没什么话的,平时和他单独相处的时候还稍好一些,在学校时几乎可以一整天不吱声。现在就更是这样,课间不跟任何人说话,只自己沉默地发呆,即便是侯梓皓试图沟通也会被漠视——她就像进入了一个真空世界,完全不和人交流。

甚至上课的时候她也在走神。

有一次上数学课薛军讲到一道压轴题,点她起来报答案,叫了她两声她都没反应,直到侯梓皓在后面敲了一下她的椅子她才回过神来,站起来的时候整个人都是蒙的,完全不知道薛军问的是哪道题。

当时他很想救场,然而糟糕的是他也没听,因为他心里一直盘算着该去哪儿给她找心理医生,整节课都不在状态。后来还是问了严林才知道薛军在讲哪题——压轴题圆锥曲线第三问,求曲线 C1 上的动点到直线l距离的最小值。

时间太紧侯梓皓来不及自己算了,干脆从严林那儿要了个答案,小声从身后告诉了周乐琪,她这才得以在薛军那里过关。

严林嘛,一向是个对别人的事儿不上心、只管自己低头学习的人,但他心里是真拿侯梓皓当朋友,也看出来他和周乐琪状态都不对。他对此感到担忧,那天下课以后就隐晦地给侯梓皓提了个醒,说:"高考以后有的是时间,现在这时候……你们都注意点儿。"

不要在这最后的半年多里崩盘了,不值当。

侯梓皓明白严林的好意,但眼下他的心思确实是怎么都没办法集中到学习上去,因为他几乎是一刻不停地在担心周乐琪。

她沉默不说话,他担心;他给她发短信她不回,他担心;周末见不到她,他担心……任何一个寻常的情况都足以让他担心。

而更让他担心的是她的身体状况。

他能看得出来她的状态正在持续变差,平时在学校就一直昏昏欲睡,眼下有很明显的青黑,那是长时间没能好好休息的表现。

而她的确是睡不着。

其实这几年她的睡眠一直不太好,但余清出事后这一切就进一步恶化了,她开始恐惧家庭那个空间,甚至仅仅是进入那个房子都会让她感觉到窒息,更糟的是每到夜里她还会幻听,听到女人持续不断的哭声和救护车尖锐刺耳的警报声。

这些折磨得她痛不欲生。

她整夜整夜地失眠,在床上翻来覆去,看着天花板直到天亮,而到了白天就开始犯困,眼睛都几乎要睁不开了。然而在学校她是要上课的,老师说不准什么时候就要点名提问,怎么可能睡觉?因此她唯一休息的机会就是在坐公交车的时候。

每当这个时候侯梓皓都会在她身边,那是他们一天中离得最近的时刻,她能感觉到他一直在离她最近的地方,一伸手就可以触碰得到。这让她获得了一种短暂的安全感,一靠近他,她就觉得自己能够休息了,于是渐渐地,她总算能在摇摇摆摆的公交车上获得大约一小时的珍贵睡眠。

他们之间的关系由此变得很奇怪：在她意识清醒的时候从来不会跟他说话，关系疏远到连葛澳这么粗神经的人都意识到他们之间出问题了，那并不是有矛盾的气氛，而仅仅是产生了隔膜。可是当她意识模糊的时候却又与他最亲密，她好像将他当成了一个无声的陪伴者，因此下意识地向他索取她所缺少的一切东西。

他们在生疏和亲密的裂缝里看似平静地游走。

这样微妙的和平持续了一段日子，然而时间的推移并不能让现存的矛盾完全消弭——

在天台事件发生的一周后，他们之间终于爆发了最激烈的一场争执。

第15章

事情的起因仅仅是一次语文默写。

高考的语文背诵篇目基本上每年都是大差不差的,只有个别几篇会有所调整,要么新增一两篇,要么更换一两篇。

往年那些必背的古诗文周乐琪篇篇烂熟,毕竟她都第三次读高三了,说实话想忘也很难,可是今年又新增了两篇古文,老潘着重强调要让大家熟练记诵,并三不五时地就要盯着全班默写。

(1)班都是学霸,那次默写大家都过了,百分之九十五以上都是全对,只有周乐琪……不仅写错了两处,而且后三分之一都没写出来。

老潘非常生气,当着全班的面点了她的名,警醒大家不要不重视基础、不要心浮气躁,她当时脸臊得通红,侯梓皓从她身后看,感觉到她的整个身体都在发抖。

他于是知道……她的记忆力也开始出问题了。

这是必然的——她现在天天睡不着觉,每天也就睡一两个小时,就算是铁打的人也熬不住。而且他上网查过,严重的抑郁症的确会让记忆力衰退。

她必须去看医生,并且刻不容缓。

三院的精神科很不错,而且科主任也认识他,办事很方便,可问题在于,这么一来侯峰必然也会知道周乐琪的境况,万一他和苏芮妮因此而对她产生偏见呢?这当然是侯梓皓所不乐见的。

他于是只能另外去查A市有没有精神专科医院,找到以后又做好了预约,准备跟周乐琪提这件事。

然而她的反应却是超出他预计的强烈。

他是在下了公交车后陪她回家的路上跟她说这件事的。

那时已经是10月下旬，北方的秋夜已经开始冷了，他们一起走在路灯昏暗的小路上，身边是高高低低并残破不全的围墙。

他问她："这周末你有空吗？"

她听到声音看了他一眼，因为刚才在车上睡着了，此时的眼神还有些刚睡醒时特有的蒙眬。

她没说话，只点了点头。

他"嗯"了一声，沉默了一会儿，然后斟酌着说："我这几天联系了一家医院，那里的精神科很好，周末……我陪你一起去看看？"

她的神情本来是有些混沌的，听到这里却渐渐清晰起来了，眉头皱起，眼神变得有些凉。

"精神科？"她抬头看着他，整个人都显得紧绷，"所以，你觉得我是精神病？"

对于一个2013年的高中生来说，"精神科"三个字有些恐怖了，它会让人产生很多不好的联想，譬如想到一些疯疯癫癫的人，想到幽深的禁闭室，想到恐怖的尖叫和无端的暴力。

而她其实也不知道什么是"抑郁症"，不知道眼下困扰着自己的是这样一种狡猾的病，她只觉得"精神科"这三个字是对她的一种侮辱，甚至是一种苛刻的谩骂。

侯梓皓发现了她情绪的波动，同时感觉到了她眼中隐约浮现的紧张敌意，这让他一时有些无措，立刻否认道："不，当然不——我怎么会这么想？"

他的否认虽然语气强烈，可惜却因为内容的空洞而显得虚假——至少在周乐琪看来很虚假。

她无意跟他争辩，只继续默默地往前走了，打算就此略过他无心的冒犯。

可他却没打算放过她，仍然在她身边继续说："我从没觉得你是精神病，但我的确认为你需要看医生——心理辅导或者药物治疗，无论哪一个都好，这些手段可以帮到你，起码能让你心里轻松一些，能睡得着觉……"

他反复申说、极其耐心，可这些话语对周乐琪来说却无异于凌迟——她根本不觉得自己有病，也不愿意承认自己有病，更排斥去接受治疗。她觉得自己的问题仅仅是太软弱了，这是她最憎恶自己的地方，需要她自己去克服。

她又忍耐着听他说了一会儿，后来终于忍不住打断了他，并克制着心里的情绪对他说："谢谢你的好意，但是不用了，我没有病，也不会去医院。"

她就像被人踩到了尾巴，浑身的刺都竖起来了，侯梓皓觉得气氛不对，于是便顺着她的意思沉默了一会儿，等紧张的氛围略略淡去了一些才又开口。

"我知道你没有病，我都知道，"他尽量语气和缓地说，"那我们去看看你失眠的问题好吗？没有人能扛得住一直失眠，你的身体会受不了。"

她不再说话了，用沉默表达抗拒，昏黄的路灯把她的影子拖得很长。

而她这样的态度让侯梓皓感到了焦虑，毕竟之前天台上的那一幕很自然地在他心里埋下了一颗定时炸弹，让他总觉得她时时刻刻都在那个边缘徘徊，而只要她不去看医生、不去接受治疗，那么悲剧随时都可能发生。

这样的焦虑令他难以避免地急躁起来，口气也因此而变得强硬。

"那不去看医生你想怎么样？打算就这样一个人默默地硬扛吗？"他焦躁地反问她，"周乐琪，你是人，不是机器，这样下去你会毁了自己！如果最后你扛不下去了怎么办？难道又要跑到天台上去跳下来？"

天知道，他当时说这些话只是因为太担心她了，绝没有任何讽刺挖苦的意思，然而从周乐琪的角度来看一切就不是这么回事了。

那天在天台发生的一切对于她来说不仅仅是伤痛，还是一种耻辱，是她向生活的折磨低头认输的证明，而这一切都被他看到了，完完整整地被看到了。她于是觉得自己最懦弱、最不堪的一面彻底暴露了，而他此时当着她的面再次提起了它，无异于将她的丑陋反复鞭打，令她无比羞耻又无比愤怒。

连续的失眠和身体的痛苦原本就让她的情绪处在极不稳定的状态，

只要一个小小的火花就足以让她爆炸，此时她已经完全不能控制自己了，声音猛地变大，激动地说："我就算毁了自己又怎么样？这跟你有什么关系吗？我求你管我了？还是那天在天台我求你救我了？侯梓皓，收起你泛滥的同情心，我不需要！"

她对他狠狠发了一通火，可是却并不能因此获得哪怕一点痛快的感觉。相反，她感到更多的痛苦和压抑，除此之外，还有深深的歉疚。

其实她知道他对她没有任何恶意，甚至在如今的日子里他是对她最好的人，比余清对她的照顾还要周到。她对他发火仅仅是一种迁怒，她真正怨恨的对象仅仅是这不见天日的生活，还有在这种生活里溃不成军的自己。

而他面对她的迁怒，态度显得十分复杂。

生气吗？也许不。他不会真的生她的气的，因为他是如此喜欢她，眼里看到的她永远都是美丽且灿烂的。

可他就真的一点都不生气吗？那也不可能。他为她言语中表现出的自厌而生气，为她对自己不负责任的态度而生气，为她的固执和倔强而生气。

他们之间结了一个疙瘩，彼此都知道症结在哪里，可是一个不想去解，一个又没办法去解。

一切都僵住了。

而一切至此都还不是最糟，三模考试才是真正的风暴。

……他们都考砸了。

周乐琪连第二考场都没考进；侯梓皓略好一点，但也没好到哪里去。

他们的成绩其实也不差，在一中这样的省内强校是这个排名的都能考进"985"，依然称得上优秀，然而与他们之前的水平相比……无疑差得太多。

周乐琪已经尽全力去考了，她非常认真、非常努力，可是连续的失眠让她的体力下降得很明显，考试的时候眼前都出现了重影，握笔的手都在微微发颤，交卷以后她很快就恍惚了起来，连刚刚考完的题目是什么都想不起来。

侯梓皓也不是没有认真考。他认真了，然而近来他的学习时间实在太少，为了陪周乐琪放学回家，他每天最早只能九点开始学习，最近又为给她找医院的事费尽了心思，他的精力完全分散了，根本应付不了高三如此高强度的竞争。

他们都曾被称为"神"，可实际上这世上是没有神的，所有游刃有余的背后都铺垫着无数不为人知的努力，这些努力曾经成就了他们，而现在同样抛弃了他们。

他们坠下了"神坛"。

与他们相反，严林的努力终于得到了回馈，以723分的高分重新回到了年级第一的位置。

他的基础一向很扎实，更难得的是能够持之以恒地保持平常心，坚持自律。考试成绩大概是这个世界上最不会说谎的东西了，能够原原本本地将一个人付出了多少呈现出来，严林付出的那些努力没有辜负他，他拿到了能够与之匹配的报酬。

他自然为自己的成绩感到高兴，可同时对侯梓皓和周乐琪的成绩滑坡感到担忧和同情。成绩下发之后他想跟侯梓皓聊两句，然而对方的状态却也与他设想的不同——比起担心自己成绩的下滑，侯梓皓似乎更担心周乐琪。

这两个人……

唉……

严林很忧虑，然而他这口气刚刚叹到一半，葛澳就给他带来了一个惊人的消息：米兰，正正好好考进了文科第一考场。

严林："……"

葛澳这人一向对讨论八卦非常热衷，加上这次他考得不错，都进第一考场了，因此精神十分振奋，八卦起来也更带劲了。

他兴致勃勃地凑到严林身边，幸灾乐祸地问："哎严林，也不知道是不是我记忆出岔子了，我怎么记得有人好像说过，只要米兰考进第一考场，他就打算任她处置呢？"

说完，还装模作样地敲了敲自己的脑壳儿。

严林："……"

他好无语。

太无语了。

他真的想不明白，为什么一个学生高三了还能有那么大幅的成绩跃升——这不是升几分、十几分的问题，而是从"吊车尾"直接进到第一考场的问题，是开外挂都不一定能办到的事儿。

米兰这……

他大意了，真的大意了。

严林很懊悔，然而因考进第一考场而志得意满的米兰却并没有留给他多少懊悔的时间，当天放学的时候就直接把他堵在了校门口，一米六的小个子一蹦一跳，扎起来的小辫子也跟着一蹦一跳，像颗快乐的跳跳糖。

她快乐地告诉他："严林！我考进第一考场了！考进了！考进了哦！"

严林："……嗯。"

他答应了一声，同时感觉到有越来越多的目光正在聚拢到他和米兰身上，他这才后知后觉地意识到校门口这种人多口杂的地方并不适宜说话。

"那个，米兰，"他咳了一声，声音压低，"咱们边走边聊吧。"

米兰是个鬼灵精，轻易不会上当的，她立刻就发现了严林的维稳意图，并决心当场浇灭它，称："不行，有话就在这儿说，清清楚楚的。"

她已经打算好了，如果严林要变卦，她就会当机立断在此时此地大哭一场，如果有必要还会当众播放一下上次的录音。

严林太知道米兰是什么人了，不用问就知道她脑子里在想什么，他于是觉得掉进了坑里，而最让他无语的是这个坑就是他自己挖的。

他不说话了，米兰看了他一眼，继续说道："你还记得答应过我什么吧？我考进年级第一考场，你就答应我的愿望——你不会反悔吧？"

她很警惕。

他很茫然。

其实如果真要问严林他对米兰是什么感觉，恐怕他自己也很难说得清。

他真就有那么烦她吗？或许吧，可是似乎也不尽然——如果他真的那么讨厌她，那么面对她的追逐，他的选择又怎么会仅仅是回避？他完全可以用更直接、更狠的方式拒绝她，一劳永逸。

她动不动就狂轰滥炸的QQ消息有时候的确让他懒得看，可是当他坐在那间断水断电、摇摇欲坠、甚至随时都可能被人拆掉的小房子里，耳边充斥着父母斤斤计较的粗俗盘算时，她发来的消息却又能让他的心情悄悄好转。

他其实也觉得她经常发的那些傻鹅的表情有点可爱，尤其那个"冲鸭"的动图，每次看到都会让他联想起她一见到他就什么都不管，立刻朝他跑过来的样子。

然而现在他是绝不会同意她无理的愿望的。

严林心里一直有清醒的判断，他认为自己只是个资质平庸的人，起码不如侯梓皓聪明，要依靠更多的努力才能拿到他想要的东西。

他不能允许自己的学习一塌糊涂，否则他的未来将变得难以想象地黯淡，到那时就没有任何人能帮他了。

此时他站在人来人往的校门口，低头看着那个站在自己面前、眼巴巴抬头看着他的女孩儿，一时之间理智与心软共存。它们在他心中激烈地博弈，令他在好几分钟之内都难以给她一个答复。

后来他叹了口气，问她："……你真的就那么看重我？"

他终于说话了，仅仅是这一点就足够让米兰感到高兴。

她笑了，眼睛都眯了起来，弯成了漂亮的小月牙，看着他一直点头，毫不犹豫地回答："是啊！当然了！全世界第一！"

她的热情有些感染他，可同时让他无奈，他微微错开了眼，不去看她那过分明亮且灿烂的模样，说："可是你都还不了解我……"

你不知道我出身于怎样的家庭。

你不知道我住在一个怎样的房子里。

你不知道我有怎样糟糕的性格，浑蛋到甚至会厌憎自己的父母。

米兰……我其实不值得你对我这样。

"谁说我不了解你？"他正在沉思，这时她的声音突然冒出来，一下子就将他的思路打断了，既蛮横又直率，"你要不要举办个比赛，类似什么'严林相关知识竞赛100问'，我要是得不了第一你就打我一顿好吧。"

她叉着腰振振有词。

"再说了，就算真有什么知识盲区，我也可以努力嘛，"她活泼地笑，"我多厉害你现在有数了吧？从暑假到现在才几个月啊，我都进第一考场了——说真的，我觉得我再努努力都能考省内最高分了！"

满嘴跑火车。

可是……还挺逗。

严林被她逗笑了，一向显得冷峻的面孔微微变得柔和起来，可依然还是泼她冷水，说："省内最高分还是不太可能的。"

米兰一听哈哈大笑，笑得小辫子都跟着一抖一抖的。

她俏丽地扭了扭腰，缠着他道："那你就说你是不是答应了嘛——"

她的眼睛又在发光了，像秋天的夜晚里格外明亮的星星。

严林看了她一会儿，说："还不行……"

他还没说完米兰就已经急了，小辫子垂下来了，脸却气鼓了，瞪着他说："还不行？为什么还不行？我们不都说好了吗？你这个人怎么能说话不算话啊，我都……"

"……等毕业以后。"他又补充了一句。

这句话他说得有点含混，但米兰还是听清了，她的抱怨于是戛然而止。

她看着他不说话，表情有点蒙，好像在考虑自己此时听到的这句话究竟算不算喜讯，过了好半天都没想明白，只能又问他："……还能提前吗？"

他："不能了。"

她抓了抓头发，有点暴躁。心里其实不很情愿，但又有种按不住的喜悦正在从心里一股一股地冒出来。

米兰想笑，但是又觉得这样未免有些太便宜他了，于是又绷住了没笑。

她装作很纠结、很难让步，继续跟他讨价还价，说："可是这跟说好的不一样啊，你原来没说要等到毕业后。"

严林原来当然不会说了，因为那时他根本不相信她能考进第一考场。

唉。

现在他觉得她的要求难以实现，然而她说的话又确实有点道理，这让他稍感为难，仔细思考了一阵后又说："现在，可以先当好朋友。"

"好朋友？"米兰乐了，眼珠一转，又开始顺杆爬，"有多好？"

严林理解到了这种微妙的意思，同时感觉他们之间的气氛隐约发生了转变，而这种转变对他来说是陌生且难以驾驭的。

他不得不再次把目光错开，并再次让自己看起来严肃到不近人情，然而说出口的话却是："就……挺好的那种。"

米兰又笑了，这次是开心的笑——她已经没办法再克制自己的笑容了。

她抿了抿嘴，又理了理自己本来就很漂亮、很整齐的小辫子，随后悄悄伸出手，轻轻牵上了严林的袖子。

他还是那个她很熟悉的男生，脸上的神情还是她很熟悉的刻板，他背包站立的姿势还是她很熟悉的好看，他们所在的地方还是她很熟悉的校门口。

一切都很熟悉，可是此时笼罩她的那种心情却是全新的。

很开心，比买彩票中了五百万还要开心，与此同时更多的是悸动，这样的悸动让她这么咋呼的人都不禁变得安静和温柔了。

米兰的耳朵已经变成粉红色的了，轻轻牵住他袖口的手指也微微紧了紧，她抬起头看他，眉梢眼角都在笑、都在告诉他她有多快乐。

"那行吧，"她说，"挺好的好朋友。"

秋夜是多么温柔啊。

可有时……又会有点寒冷。

已经晚上八点了，周乐琪还留在学校没有回家，她一个人躲在教学楼负一层的车库里，这里空空荡荡的，连车都没有了。

她不想回家，真的不想，因为此时此刻的她已经没有力气再扮演坚强假装一切正常，而且如果回家之后余清问她三模考得怎么样，她也不知道该如何回答。

她知道余清也已经承受不了任何不好的消息了，她不能把这一切带给妈妈，就现在，就此时此刻，她要把自己治好，她要让自己看起来一切正常。

可是这真的很难。

五点钟放学的时候她躲在厕所里，企图用十五分钟的时间让自己恢复理智，可是一个多小时过去了她还在哭。后来打扫卫生的阿姨来了，要把厕所清空，她没有办法只能从那里离开，又躲到了车库。

她在车库的角落里躲藏，其间学校的保安叔叔进来检查了两次，她都躲过了，现在又过去了一个多小时，可她还是在哭。

为什么？

为什么她就这么软弱？

为什么她就不能坚强起来？

为什么她就不能把自己治好？

到底为什么……她会如此憎恨自己？

她抱着膝盖坐在冰冷的水泥地上哭，11月的寒气是如此浓郁，它让她感到难以抵御的寒冷，而寒冷又让她感到不可挣脱的孤独。

车库里的白炽灯还在忽明忽暗地闪烁，时而给予她一点可怜的光明，时而又毫不怜悯地把她扔在黑暗里。这样的闪烁多像她的未来——一样摇摆，一样黑白难辨。

高三也许是属于她的一场劫难吧，她就像走进了一个要命的怪圈，每次都屏息想要一口气冲出去，然而最终还是兜兜转转回到了原点，仿佛她越努力越拼命，反而越会在这个泥潭里深陷。

如果今年高考她再次失败呢？

A市所在的省份竞争压力非常大，全省每年都有至少50万考生参加高考。50万人是什么概念？每一个分数段会有多少人？每一个分数段内考同分的又有多少人？人就像蚂蚁，密密麻麻根本数不清。

如果少考一分会有什么后果？她的省排名将一落千丈，高分段的一分也许只有几人、几十人，可是如果她掉到中分段呢？一分会有足足一千个人……一整个长名单上的人都会超越她，他们将把那几所学校少得可怜的录取名额统统拿走，然后剩到她手里的就只有一些不闻其名的普通学校。

然后呢？她的前途在哪里？她已经没有爸爸了，妈妈也没有工作，她未来必须得找到很好的工作，挣很多的钱，然后才能养活这个小小的家庭，在另外一座陌生的城市买一个昂贵到离谱的小房子——如果这些不能实现,她的未来根本无从谈起。

她真的真的不能再继续失败了……她没有时间、没有条件、没有资格。

周乐琪紧紧抱着自己的膝盖缩在负一层车库布满灰尘的角落,眼睁睁地看着时间一分一秒过去,她焦虑且躁动,而可悲的是她的眼泪依然没能停止,这时远处又传来脚步声了,也许是保安的第三次巡查吧——她不知道如果他们发现她会怎么样,会大发慈悲地直接让她回家吗?还是会告诉她的班主任再给她什么处罚?

求求你们了。

别发现我。

就让我在这里再躲一会儿……

……只要再躲一小会儿,我就能重新坚强起来了。

她的祈求很诚心,然而最终她还是被发现了。

她缩在很阴暗的角落,可是那个人还是发现了她,他来时带着微微粗重的喘息声,好像已经找寻她很久了,现在他终于找到了她,于是世界和他都渐渐变得安静了起来。

他走到她身边,并在离她最近的位置坐下,似乎完全不介意这里的灰尘和泥土会弄脏他干净的衣服。在相互靠近时她感觉到了他的体温,和往常一样比她略高一点,在这样寒冷的夜晚显得尤其温暖。

他没有责备她,也没有追问她为什么一个人藏在这里,他只是把他的外套脱下来轻轻披在她身上。

他的外套真暖和。

她的眼泪几乎已经流干了,可是在外套盖在身上的瞬间她依然感觉有眼泪掉出眼眶,她没有力气,可依然对他说:"侯梓皓……你先走吧。"

你先走吧。

不要等我,也不要试图救我。

我所站立的地方是一片吃人的沼泽,我已经陷下去了,如果你来拉我,也会和我一样坠落。

我不想拖累你。

更不想你最终变得跟我一样。

她说的那句话听起来太简单了，可是隐藏在其中的意义却又很幽深，她不知道他是不是听懂了，只感到他并没有动。

"我不走，"他声音很低地说，"我等你。"

他的答复像她一样简单，可这却让她更想哭了，而那个时候她心里很乱，以至于难以分辨这种想哭的冲动究竟是源于感动还是焦虑。

"你走吧，真的，"她几乎崩溃地向他陈述，"你帮不了我，只会被我一起拖下去……"

我们之中何必再多一个不幸的人呢？

她几乎要被悲伤和无力感淹没，可此时他却笑了。

"你有九十斤吗？"他问她，在如此严肃的时刻显得有点漫不经心，又有点难以言说的温柔，"你这么轻，怎么把我拖下去？"

他的态度很轻松，不是刻意营造的虚假情绪，而是真实的轻松，仿佛在告诉她一切都没什么大不了的，他并不张皇，也无意退缩。

他甚至在继续向她靠近，企图把属于他的温暖全都赠予她。

"我就在这里，"他告诉她，"除非你先走了，否则，我就一直在这里。"

这是什么？

……是威胁吗？还是这个世界上最慷慨的温柔？

她不知道，只觉得自己坠落的速度好像在变慢，有一瞬间她甚至没有那么恐惧坠落了，因为她忽然发现她即将坠落的地方有一片温柔的蓝色海洋。

她不再赶他走了，反而紧紧抓着他的外套，用尽了那时她所有的力气，如同抱着最后一块浮木。

她终于肯告诉他："我很害怕……"

侯梓皓，我很害怕。

害怕考试、害怕失败、害怕在原地打转。

他的呼吸像规律的潮汐，给她以一种近乎玄妙的安全感，她感觉到他在轻轻拍打她的后背，阴冷的白炽灯的光似乎也因此变得柔和了。

"我知道。"他说。

那天他陪着她在车库的角落里坐了很久,直到后来她终于平静下来了,他才终于第一次试图询问她的过往。

他的确想知道在她身上发生过什么,但比这更重要的是他认为只有她把那些伤痛说出口,它们才有愈合的可能。

而这一次她没有拒绝他,对他和盘托出。

她把一切都告诉他了。

她告诉他 2011 年她第一次高考前她爸爸出轨的事是如何败露的,告诉他她爸爸和小三一起跑了,告诉他她的生活从富裕到贫穷一落千丈,告诉他 2012 年她第二次高考时又碰到了罗思雨的亲生父亲,告诉他她看到了怎样不堪入目的对话,告诉他她曾经在多少个夜晚失眠,告诉他她觉得学校和考试都有多么可怕,告诉他她对未来糟糕的预见,告诉他她对懦弱的自己有多么憎恨……

告诉他一切,该说的、不该说的,她都对他说了。

那一刻她的心忽然变得很轻松,虽然难堪和痛苦也是同样强烈的,可她却隐隐觉得畅快,仿佛她终于可以自由了。

而与她正相反,侯梓皓的心中却是一片沉重。

他很心疼她,难以想象几年前的她是如何独自面对家庭的巨变的。她对他讲述一切时话语都很简单,毕竟她一直都不是个善于渲染的人,可即便如此他也能想见那种惨烈,以及眼睁睁看着自己在人生的关键时刻被撕扯得四分五裂的无助感。

他更不忍心听她说失眠的事。

他不知道她是怎样熬过那些夜晚的,它们是那么漫长、那么难挨,他也失眠过,但只是偶尔,仅有的几次经历已经让他深知失眠的可怕,可她呢?她又一个人熬过了多少夜晚?

她让他心碎。

他深吸了一口气,在 11 月夜晚越发浓郁的寒意中他握住了她已经冰冷的手,问:"……我们去看医生好吗?"

"我会陪着你,一直陪着你。"

"那没有什么可怕的,那里不是精神病院,只是普通的医院……医生会帮你,不会伤害你。

"你从来都不软弱,你只是太累了,太累的人就会生病——就像感冒发烧一样,生病了就要看医生、要吃药,然后才能慢慢好起来……"

少年的眉眼非常深邃,摇曳的白炽灯在他英俊的脸上投下阴影,而他的眼睛是明亮的,隐含着细碎的光点。

她看着他,感觉到他掌心的温热,眼中依然迷茫。

她想了很久,然后问他:"……去了就会好起来吗?"

去了就不会再软弱了吗?

去了成绩就会再变好吗?

去了就能不再哭了吗?

彼时她眼中的脆弱实在太明显了,这让他感到难以承受的心痛。他其实也没那么清楚什么是抑郁症,不知道它该如何治疗,更不知道治了以后会变成什么样,可是他知道此时他不能表现出犹疑,否则她只会更加恐惧。

"当然,"他笑着回答,看上去又漫不经心起来,"你还以为你这是多大的事儿?我都怕厉害的大夫不乐意给你看,嫌掉档次。"

他的插科打诨似乎总能恰到好处,并且总能取信于她,让她相信一切好像真的没那么严重、没那么糟糕。

她对他笑了一下,虽然有气无力,但的确是一个笑容,她又想了一阵,后来终于在他鼓励的目光中艰难地点了点头。

她说:"……好。"

当天他们从学校离开的时候都已经晚上九点多了,保安室看门的大爷睡着了,他们也不敢把他叫醒让他给他们开门,于是只能偷偷翻墙溜出去。

周乐琪当然是没干过这种勾当的,结果一看侯梓皓翻得贼溜,不仅能自己翻,还能把她拉上去又放下来,全程熟练得让人惊讶。

他还很骄傲,并调侃:"我就说你没有九十斤吧,一拎就拎上去了,书包都比你沉。"

周乐琪很无语,盯着他看了一会儿,问:"你怎么还会翻墙?而且还……"

……这么熟练。

他酷酷地一笑，拉着她在夜晚九点的大马路上走，说："这都是基本生存技能好吧，也就你这种特纯正的好学生不会。"

周乐琪"切"了一声，又问："你以前经常翻墙？"

"也不算经常吧，一星期顶多一两回，"他耸了耸肩，"我小学上的寄宿制学校，不翻墙都出不去。"

一星期一两回还不算经常吗？

不过这倒是她第一次听他说起他小时候的事。

她有点感兴趣，于是又顺着话问："寄宿制学校？"

他点了点头，说："嗯，那时候我爸妈工作都很忙，没时间管我，只能让我寄宿。"

周乐琪是见过侯峰的，知道他是个医生，医生的确很忙；他说他妈妈也很忙，那他妈妈也是医生吗？还是做别的工作的？

她想了想，没有直接问，总觉得刨根问底有点不好，于是只"嗯"了一声就没再说别的了。

他偏头看了她一眼，笑着摇了摇头，问："你怎么不继续问了？"

周乐琪："嗯？"

"我家的事，"他低头看着她，"你不是挺感兴趣的吗？"

周乐琪一听有点微妙的害臊，抿了抿嘴说："我才没有，你别乱说。"

有点不乐意了。

他低低笑起来，敏锐地发现了她的不乐意背后隐藏的其他小情绪。他没有点破，只是好脾气地点头，哄人："行，我乱说。"

她的嘴角微微翘了起来。

"那下回我们再聊这个吧，"他充满暗示性地说，"我爸我妈人都挺好的。"

第16章

周乐琪眨了眨眼睛，看了他一眼，又把目光错开了，低下头问："你跟我说这个干吗？"

"明知故问。"他有点不满了，伸手轻轻扯了一下她的马尾辫。

她终于笑开了。

那个笑容很奇妙，明明当时她的眼角还带着泪痕，可是看上去竟然显得明朗。他看着那个笑容，心终于踏实起来，正好这时他们路过了一个卖烤羊肉串和凉皮的小店，晚上九点是撸串喝酒的黄金时间，店里的人还很多呢。

他心情很好，索性拉住她，问："你没吃晚饭吧——饿了吗？"

周乐琪也看了看那家小店，浓郁的烤羊肉串的香气正不断飘过来，让人食指大动，她一下子就饿了，还忍不住吞了吞口水。

然而那时已经九点多了，她再不回家余清一定会很担心，说不定还会出什么问题，考虑到这些她还是违心地回答："我不饿……不吃了。"

侯梓皓一眼就看出来她其实很想吃，因此他干脆没再跟她讨论，直接拉着她往店里走了。

她还是拒绝，努力想拉住他："我真不去了，我得回家了……"

他叹了口气，说："我已经给阿姨打过电话了。"

周乐琪愣住："啊？"

"放学的时候没看见你我就知道今天要出事儿，后来找你的时候就给你家打了个电话，"他耸了耸肩，"我说今天我又要出黑板报，请你留下来帮我，晚一些会送你回家，阿姨同意了。"

周乐琪:"……"

她有点不知道说什么好了。

这个人……明明看起来对什么事都不太在乎,又偏偏总是很细心。

此时他在明亮的路灯下对她笑,拉着她的手仍然温热,食物的香气蛊惑性还不如他话语的一半,他只是又对她说了一声"走吧",她就向他妥协了。

算了,走吧……反正是跟他在一起,有什么能让她不安心的呢?

他们一起大吃了一顿。

一开始侯梓皓很自然地把点菜的机会让给了周乐琪,然而当看到她只是非常克制地点了四串羊肉时他就觉得她不能胜任这项工作了,于是他又点了一大堆,什么烤里脊、烤鱿鱼、烤鱼豆腐、油泼面、烤香菇、蒜蓉扇贝……

周乐琪一开始还在埋怨他,说他点太多了根本吃不完,然而当热腾腾且泛着诱人油光的烤串一一上来时她的抱怨就自动消失了,转而默不作声地吃了起来。

美味食物所带来的饱腹感和满足感有时候强到难以想象,周乐琪在一口气吃了五串羊肉以后心情肉眼可见地好了起来,她恢复了一些力气,又跟老板追加了三串羊肉,同时还腾出心情开始管侯梓皓的事了。

"你这样不行,"周乐琪严肃地说,"我这次是因为心态和身体问题考崩了,你又是因为什么成绩掉了那么多?没有认真考吗?"

鉴于周乐琪明显摆出了一副类似班主任的严肃谈话架势,侯梓皓不得不把手里拿的烤里脊暂时放下了,并谨慎地回答:"我认真了……就是考前复习有点疏忽,下次就考回来了。"

周乐琪对此答案很不满意,她眉头皱紧了,说:"你不能抱有侥幸心理,崩盘就是从一次一次看似微不足道的小疏忽里来的,你要仔细复盘一下这次考试,不能总是这么漫不经心的。"

侯梓皓:"……好的。"

周乐琪继续严肃地思考了一阵,又说:"这件事也怨我,是每天来回坐公交车的时间耽误了你学习,这样不行,从明天开始你就不要送我了,我一个人回去就好,你抓紧时间学习。"

侯梓皓听到这话愣住了。

实话实说,他对眼下的局面深感费解。

第一,他不能明白,自己要被考得还要再差一点的她一顿训,而且心里居然还没有一点不服气;第二,他不能明白,为什么好端端的,他跟她一起坐车的福利就要被剥夺了,这合理吗?

他觉得这点不能让步,于是坚称:"那不行,你一个人万一遇到危险怎么办?到时候我担惊受怕更影响学习。"

这话他说得很自然,没有一点要讨好她的意思,可是却偏偏在无意间讨了周乐琪的喜欢。她有点开心,抿了抿嘴克制笑容,想了想又说:"那这样吧,以后我们要把坐车的时间利用起来,你不能就坐在旁边无所事事了,你得在车上看书做题。"

侯梓皓都无语了,说:"我什么时候无所事事了?最近你一上车就睡觉,我都是全程盯着你,不让你磕着碰着。"

这人真是……

周乐琪不再跟他贫,只说:"反正之后你得在车上学习,不学就不准跟我一起坐车。"

侯梓皓:这……

唉。

他说不出什么话了,只能重新拿起那串烤里脊,她还在盯着他,一副要管他管到底的架势,还在桌子下踢了他一脚,问:"你听见没有?"

"听见了,"他无奈叹气,"周老师。"

这声"周老师"把她逗笑了,尤其他一副对她没办法的样子取悦了她,让她心中的安全感再次增加,轻松感也慢慢升腾起来。

有一瞬间她甚至觉得自己不必去医院了。

"你就该多笑的,"他看着她,深邃的眉目此时看起来尤其柔和,"你笑起来特别漂亮。"

周乐琪又被他哄得脸热起来,她拿起一串羊肉吃起来,以此掩饰自己的小小局促,并有点介意地问:"那……我哭起来很丑吗?"

仔细想想她真的在他面前哭了好几回了,而且每次都是大哭,完全没顾上自己的形象……她开始后悔起来，莫名在意起自己在他面前的样子，还异想天开地想要把她不好看的样子从他记忆里擦掉。

"丑倒是不丑，但还是笑更好看，"他一听笑了，特别帅，"所以以后除了因为感动哭，其他时候还是别哭了。"

周乐琪轻轻哼了一声，心里仍有些小别扭，她垂下眼睛不看他了，说："吃你的吧。"

当天由于时间太晚了，他们就干脆打了个车回家，不到半小时就到了。

他和往常一样把她送到楼下，时间差不多是十点半，她在上楼之前反复问他，问自己的眼睛肿不肿、是不是一看就是哭过了，他没法否认这点，于是只能委婉地说："……说不定阿姨已经睡了。"

周乐琪不这么乐观，她整理了一下自己的状态，小声嘀咕："算了，我妈要是问我，我就说是你惹我了……"

这话被侯梓皓听见了，他立刻就开始皱眉了，而且极其不满："你怎么能这么说？我天天这么努力在阿姨跟前表现，你尊重一下我的劳动成果行不行？"

周乐琪摊了摊手，反问："那你让我怎么说？"

侯梓皓莫名其妙就背上了帮她找借口的锅，想了半天之后说："你就说黑板报太难出了，难哭了。"

又把她逗笑了。

她打了他一下，两个人凑在一起笑，越笑越收不住，连带着让笼罩他们的那片黑暗都变得轻盈了起来。

周乐琪心中忽然生出一种强烈的对眼前这个人的依恋，这让她很舍不得跟他分开。

"侯梓皓，"她在他耳边轻轻说，"……今天很谢谢你。"

侯梓皓感觉到了甜蜜和悸动，但除此以外他还很警惕，不禁又问："你不是又要给我惹事吧？"

周乐琪没听懂："嗯？"

"每次你谢我夸我都没好事儿，"他声音有点闷，好像带了点脾气，

"我爸说的一点错都没有,女孩儿都是善变的谜。"

他是在说之前她在医院夸他,结果转眼就跑到天台上去了的事。

周乐琪噎住,也开始愧疚起来了,同时有点尴尬。

她推开他,低下头说:"你才会惹事呢,我从来不惹事。"

他挑了挑眉,似乎对她的说法不太认可,好在黑暗里她并未看见他的那个神情,只听到他说:"行,这是你说的——那我周六来接你去医院,谁变卦谁是狗。"

周乐琪撇了撇嘴,心想:你才是狗。

她短暂的小沉默很快引来了对方不安的催促,她没有办法,闷了一会儿后只能说:"……哦。"

周乐琪是个言出必行的人,尤其在她状态正常的时候更是有惊人的行动力。

当周末侯梓皓去她家楼下接她去医院时,她果然如约出现了,还提前给他准备了两本习题册,一本生物一本化学,并在坐上公交车的同时把它们塞给了他,说:"选一本吧,到站之前要做完至少一张真题卷。"

坦率地说,侯梓皓也不是不知好歹,他也知道最近自己的学习状态非常松散,应该多花些时间抓一抓。然而今天他实在很难静心,因为……这是他第一次见到周乐琪穿校服以外的衣服。

他印象里的她一直都是穿着校服的,因为他们几乎每次见面都在学校的环境里,而校服无非就是那一套,白色的运动衫、深色的运动外套、同样深色的宽松运动裤。可是今天是周末,她没穿校服而穿了自己的衣服,里面是一条收腰的奶黄色半长裙,外面穿了一件小风衣,她还把马尾辫放下来了,黑发柔顺地垂在她的两肩,看起来简洁又温柔。

就……特别漂亮。

即便侯梓皓已经对自己三令五申,可这一路上还是忍不住一直偷看她,中途几次还险些被发现。

而实际上这个效果也是周乐琪用心经营得来的。

她很久不刻意打扮自己了,平时一直都穿校服,即便在周末和假期里她也几乎不出门,就算出门也是随随便便抓一套衣服就穿出去了。而最近她却忽然发现自己开始在意自己在侯梓皓面前的形象了——她希望自己能看起来更漂亮一些,她希望他记住的都是她好看的样子。

因此今天出门之前她真是煞费苦心,在衣柜里反反复复地挑选搭配,既想要穿得美,同时又不想让打扮的痕迹显得太重,这真是难上加难。

不过好在……从现在他的反应来看,她的努力还是有效果的。

周乐琪悄悄一笑,心中稍感安慰,与此同时她的紧张也还在慢慢累积。

越靠近医院,就越紧张。

她虽然答应了他要去医院看医生,但实际上她心中依然对此感到恐惧。她不知道检查的流程是怎样的,也不知道自己的检测结果会不会乐观——万一医生真的说她得了精神病怎么办?那她该怎么面对?到时候怎么跟余清说?如果她的情况很不好,医生会强制让她留在医院里住吗?那要是耽误学习怎么办?

这些她都不知道,只能听天由命。

她心里正七上八下地难受,忽然感觉到他用胳膊肘碰了碰她的胳膊。

他根本都没在看她,还低着头在卷子上写答案,可是却好像完全知道她在想什么似的,依然以那种漫不经心的方式宽慰她,说:"没事儿,到时候情况要是不对,我就拉着你跑,我体育挺好的。"

周乐琪无语,又觉得有点好笑,同时还有点小小的感动和温暖。她白了他一眼没接茬儿,把胳膊往回收了收,又问他:"你卷子写完了吗?"

他轻蔑地"嗤"了一声,正好这时写完停笔了。他把笔帽一盖,随手就把化学卷子往她手里一塞,说:"就这?下次这么简单的我不做。"

口气还挺大。

周乐琪看了他一眼,从书包里拿出红笔开始给他批改了,这架势都把侯梓皓给气笑了,说:"真的假的,你真要当我的周老师?"

她才不跟他贫呢,专心致志地在那儿给他批分数。

侯梓皓本来是很从容的,可是看着她在那儿给他批卷子,他莫名就有点紧张,开始后悔刚才为什么没检查一下,不过好在他最后还是全对了,没跌份儿。

他刚松了一口气,却又听到她挤对他:"光平时做练习全对有什么用?你三模的时候化学为什么错了两个选择题?"

侯梓皓投降了。

他们的打打闹闹一直持续到医院门口。

医院嘛，总归是有些令人害怕的，不过由于周乐琪之前对精神专科医院总有一些不好的假想，此时见到实际情况反而有点宽心了——她还以为这里出入的都是大喊大叫、披头散发的疯子，没想到大家都是普通人，看起来没什么特别的。

她小小地松了一口气。

由于侯梓皓很早就预约了专家门诊，因此他们不必排队。他们到门口的时候正好里面有一个二十多岁的男生走出来，哭得眼睛都肿了，把周乐琪吓了一跳。

她下意识地就捏紧了侯梓皓的袖子，有点害怕的意思，他拍了拍她的手背，说"没事儿"，又低声问她："要不我陪你进去？"

周乐琪当时其实是想点头的，然而她又意识到侯梓皓还比她小两岁，她觉得自己不能在他面前这么没面子，于是思来想去还是装作镇定地说："不用……我自己能行。"

然后就要低着头往房间里走。

他笑了，把人拉住，又嘱咐："那我就在这儿等你，如果害怕就叫我。"

……简直像送小朋友去幼儿园的家长。

周乐琪有点无语，又应付地点了点头。

他帮她别了一下额前的碎发，说："小周老师加油。"

坦率地说，那天的诊断过程与周乐琪的设想相比显得太过普通了。

没有人要电击她，也没有人要把她绑住，放眼整个医院也没有什么禁闭室，所有恐怖的假想都没有成真。

帮她诊断的医生是一个很温柔和气的阿姨，医生跟她聊天，说最近的天气，问她最近学习的情况，问她和朋友相处开不开心，就像普通的聊天一样。涉及真正检查的部分也很友好，她去做了常规激素检测，填了心理量表，全程都没有什么不愉快的。

当医生问到她最近有没有发生什么不愉快的事情时，她犹豫再三还是把家里的事说出口了，并告诉医生她考试失败、连续失眠和记忆力下降的事。由于之前她已经告诉过侯梓皓，第二次开口就稍稍变得容易了一点，但她还是忍不住哭了，并克制不住地感到焦虑。医生温柔地安慰了她，并告诉她她已经做得非常好了。

医生给她开了药，是稳定情绪用的，告诉她要按时服用，不能擅自停药，同时还说比药物治疗更重要的是心理疏导，希望她能多跟父母沟通、多跟朋友交往、多倾诉内心的想法。

这些建议都让周乐琪想到侯梓皓。

她知道有关自己生病的事情是不能跟余清提起的，因为余清本身的状况也很不理想，而复读之后她的身边也没有朋友，想来想去，好像能跟她说话的人也就只有侯梓皓一个。

她……是不是有点太依赖他了？

离开医院的时候周乐琪的情绪稍显低落。

侯梓皓已经偷看过她的病例了，医生的诊断是"重度抑郁"，需要服用的药物有相对明显的副作用，他以为她是因此而感到不开心的。

他明白此时自己应该安慰她，且措辞必须尽量自然和轻松，这个难度很大，他想了很久都不知道该如何开口，反倒是她先说话了："侯梓皓。"

根据侯梓皓对父母相处模式的观察，一般当苏芮妮连名带姓地称呼侯峰时，都说明她的情绪不好、需要发泄，他于是隐约感觉到自己的处境有点危险，因而应和她的时候略微有点迟疑。

唉……他又怎么她了？

周乐琪的眉头正皱着，在他回应之后又很严肃地盯着他看了一会儿，让他心里发毛，忍不住问："……你干吗？"

她抿了抿嘴，又沉默了一会儿，突然问："你生日是什么时候？"

他愣了一下没说话，周乐琪就催他："说啊，什么时候？"

"7月12日，"他谨慎地回答，"怎么了？"

她的神情严肃不减，甚至眉头皱得更紧了："哪一年生？"

侯梓皓："……1996年——到底怎么了？"

她再不说他就要急死了。

而周乐琪一听到1996这个年份心中倒是微微松了一口气：她是1995年1月3日出生的，也就是说她其实没有比他大两岁，只有一岁半，去掉零头的话也就一岁。

虽然这样也不能改变她眼下过度依赖他的事实，然而终归还是能稍微减轻一点她心里的羞耻感和歉疚感。她对此略感满意，说："没什么，就问一下。"

侯梓皓有点无语，然而根据她的表情揣测她应该没有生气或者难过，这对他而言就是一个好的信号，他于是决定不追究她问他生日的意图了，只问她："那你生日是什么时候？"

她看了他一眼，说："我不告诉你。"

"为什么？"他也开始皱眉了。

她撇了撇嘴，一副看透他的样子，说："我要是告诉你了，你肯定就会送我生日礼物，对吧？"

侯梓皓沉默了。

"你这个人有时候有点太大方了，"她言之凿凿，"我怕你搞太大我处理不了。"

侯梓皓实在太无语了，而且还有点不服气，就说："你怎么就能断定我会给你准备贵重礼物？"

她笑了一下，抬头看了他一眼，摆明一副吃他吃得死死的样子，反问："哦，那你难道不会吗？"

救命。

她真的看透他了。

除了在问生日这件事上的小小不平等以外，周乐琪去过医院以后的日子整体还是让侯梓皓满意的。

他们好像总算渐渐回归了正常的生活。

周乐琪虽然还是不时失眠，但她在学校的时候不会再像之前一样一整天都不说话了，她会回他的小字条，在葛澳跟他和严林打打闹闹的时候微微笑一下，被老师们点名提问的时候可以集中注意力不走神。

这些都是很宝贵的进步。

侯梓皓为此感到高兴，但也不敢太高兴了——他知道抑郁症康复是一个反复的过程，也许现阶段她的状况的确有所好转，可是一旦受到刺激也有反复甚至恶化的可能。因此他依然还是时刻警惕地关注着她的情绪波动，唯恐发生任何有可能导致她不开心的事情，小心翼翼地为她维护着一个纯粹而轻松的环境。

他的努力是有成效的，最近她的气色好了不少，有时候碰上她心情不错，他们还能一起在课间去教学楼下的小卖部买点吃的喝的，这是一天中难得的放松。

而在小卖部里，他们又会时不时地碰到米兰和严林。

严林原本是个跟小卖部不搭界的人，他完全不喜欢吃零食，同时始终保持着在课间看书写作业的尖子生习惯，因此来一中读书快三年了，他去小卖部的次数依然屈指可数。

米兰则跟他正相反。

她是一切零食的爱好者，酸的、甜的、辣的、咸的，就没有她不爱吃的，而且她的论调一向很鲜明：课间就是课间，就是用来休息的，如果课间还要学习，那学校为什么不干脆安排连堂呢？因此她从小就养成了这个习惯，一下课就往教室外面跑，不到打上课铃绝不回来。

而自打米兰和严林在三模考试后成了"挺好的好朋友"，她的习惯就从"下课跑出去玩儿"变成了"下课跑去（1）班找严林"，每天七八趟，乐此不疲。

严林的班主任是谁？老潘。如果一个别的班的女生一天往（1）班跑七八回，他能发现不了其中有问题吗？严林很有危机意识，同时很有远见，他跟米兰谈了好几次，希望她课间不要再来找他，实在不行他们可以放学以后见，此提议当然遭到了米兰毫不犹豫的否决，于是严林不得不再次让步，每次课间跟米兰见面都要从班里溜出去。

小卖部由此成了绝佳的见面场所。

这下严林真是推开了新世界的大门：他以前都不知道小卖部那么小的门头里居然能装那么多东西，各种各样的膨化食品让人看都看不过来,甚至连辣条都分口味,完全超越了他的认知范畴。更让人无语的是小卖部的老板是个奸商,她不甘于卖常规的瓶装饮料,总是搞一些奇奇怪怪的自制果茶和奶茶卖给学生,巧克力奶放冰柜里冻一冻就要卖到小二十块,学生们居然还都很买账,课间去买还要排队。

  米兰就是排得最起劲的那个,天天拉着他去买,一边排一边说些有的没的闲话。大部分时候他们都排不到,毕竟课间总共就十分钟,到点他们就得走了;但有时候他们也能排到,每到这时米兰就会兴冲冲地买两杯巧克力冰,无视他的拒绝塞到他手里,逼着他跟她一起喝。

  11月啊,大冬天的,冷都冷死了,她还非要喝冰的,拿着那个塑料杯子的手都冻红了,偏偏每次还都很期待地看着他,一双杏仁似的大眼睛闪闪发着亮,可可爱爱地问他好不好喝。

  他没有办法,只能违心地说:"……好喝。"

  她于是就会变得很开心,一直拉着他的袖子笑,怎么看都是一副不太聪明的样子。

  而来小卖部的次数多了,严林就渐渐意识到了一些问题,譬如一起来这里买东西的男生和女生,最后结账的都是男生,可是他和米兰一起每次买单的都是米兰。

  她这人大大咧咧的粗神经,估计从来没有意识到这个问题,或者即便意识到了也不会在意,毕竟她就乐意跟他在一起,只要跟他待在一起她什么都可以不计较。

  可是严林不能不计较。

  至少,他不能一直占人家便宜……

  因此后来有一次他们一起去小卖部的时候,严林就主动跟米兰说:"我去排队吧,你在边上等我。"

  米兰当时一听都愣了,完全受宠若惊,一米六的小个子还蹦起来要摸他的额头检查他是不是发烧了。

  他很无语地让她试了一下,她就在那儿喃喃自语,说:"也不烧啊——那你是哪根筋搭错了?吓死爸爸了。"

  严林两手往裤兜里一插,没好气地说:"你不喜欢?那回教室吧。"

说完转身就要走。

米兰赶紧把人拉住,又喜滋滋地忙说:"喜欢喜欢喜欢,我就喜欢你搭错筋——你可千万别再搭回来了!"

严林翻了个白眼,去给她买巧克力冰了。

一杯巧克力冰需要十八块钱,这对于大部分学生来说都是不上不下的一笔消费,有点贵,但是完全可以接受。

而对于严林来说就远不是这么一回事了,他一个月的零用钱也就只有一百块钱,每年过年得到的长辈们给的压岁钱加起来也就四五百块——他其实根本不具备这样的消费能力。

然而他还是给她买了,并且一句多余的话都没说。

米兰美滋滋地开始享用起严林给自己买来的饮料了,冬天厚重的衣服也没能阻止她蹦蹦跳跳。

她猛吸了一大口,被冰得龇牙咧嘴,可是却好像很开心似的,还说:"好喝!这是我喝过最好喝的巧克力冰了,嘤嘤嘤!"

她笑起来的样子很甜美,而且莫名显得生机勃勃的,让看的人也会跟着心情变好。

严林也不能例外,他隐约笑了一下,可是说出口的话还是很硬、很难听,说:"喝你的吧,那么多话。"

米兰也不生气,喜滋滋地继续喝,一边和他并肩往教室走一边又奇怪地问:"你怎么不给自己也买一杯啊?"

严林沉默了一会儿,随后神情很自然地说:"我不喜欢这些甜的东西。"

其实是他没钱买两杯。

米兰皱了皱鼻子,安静了一会儿不知道在想什么,忽然又露出了一丝奇奇怪怪的笑容,凑近严林小声问:"哎,你说实话,你其实……是想喝的吧?"

米兰咯咯咯地笑,又凑得更近,说道:"要是这样的话你完全可以直说啊……我又不是不愿意。"

她凑近的时候让他能很容易地闻到她发间的香气,那是高级洗发水的味道,透露出某种优渥的隐秘信息。

严林忽然感到有点狼狈,而他处理这种情绪的方式一般都很刻板,也就是直挺挺地把米兰从身边推开，然后很凶地虎着脸，说："说过多少次了，别贴那么近。"

米兰虽然一直是个心大的女孩子，但忽然被凶也会有点害怕，她愣了一会儿，然后就乖乖地点了个头，马上离他三步远，一边远离还一边问他："这么远可以了吗？"

严林其实也不是存心要凶她的，那只是他下意识的一个反应，当看到她眼中明显的委屈情绪以后他就立刻后悔了，并开始努力想办法找补。

他主动离她近了一步，把距离缩短到一米以内，并说："也……也不用那么远。"

人与人的相处似乎总处在博弈之中，而米兰灵巧的个性让她总能钻到其中微妙的小空子：当严林很强势地发火时，她就会聪明地立刻退一步；而当她察觉到他情绪软化时又会立刻开始顺杆爬，努力把之前丢失的小小权益全给捞回来。

敌进我退，敌驻我扰，敌疲我打，敌退我追。

她开始利用他的愧疚了，从一楼爬到五楼一路上都不说话，严林当然知道保持安静不是米兰的风格，并很自然地将她此时的沉默归结为受伤。

他更不自在了，在四楼和五楼之间的楼梯转角把她拉住，说："你干吗不说话？我又没有说你什么。"

米兰心里在偷笑，可是脸上的神情却很委屈，一副真的很伤心的样子，这个架势让严林有那么一瞬间觉得自己很过分。

他又听到她很难过地说："你怎么没说？你明明就说了啊，你让我离你远点……你是不是讨厌我？"

严林确实不知道该如何处理这种情况，他有点焦虑，皱了皱眉说："不是，我……我没有让你离我远点，我只是说在学校要保持距离。"

米兰装作生气，跺脚说："可是除了在学校，平时我们也根本不会见到啊！你又不去上补习班，平时也不出来玩儿，我根本没有别的机会跟你在一起！"

说到这里她又开始低头表演假哭了，而且演得很逼真，居然真的叫她挤出了几滴眼泪。

严林确实没想到这个事情会演变得这么严重，在他印象里米兰明明

249

不是说哭就哭的女生,现在怎么……难道是发生了什么事让她性格大变了吗?

他一时之间难以判断,只能先想办法稳住局面,一边四下注意着往来同学的目光,一边压低声音问她:"那你说你想怎么样?你、你先别哭了,我们冷静谈一谈好不好?"

米兰觉得胜利已经在向她招手了。

她捂着脸偷笑,可是在严林看来就像在哭,他还听到她一边吸鼻子一边说:"那、那这个周末你到我家来玩儿吧。"

严林一听就摇头了:"不行。"

米兰没想到他会拒绝得这么干脆,愣了,问:"为什么?"

还能为什么?

严林太了解米兰了,那就是个得寸进尺的小祖宗,这周他如果答应她去她家玩儿了,那下周她就会要求礼尚往来,跑到他家里去。

而他的那个家……

……他不愿被任何人看见。

这些考量都是没办法对米兰直说的,他更没法对她坦言自己内心对家庭的自卑感,因此此时只能对她做出其他让步,以搪塞这个他难以解释的窘境。

他说:"这周日……要是我学习搞得差不多了,我们可以一起出去吃个饭。"

这是他的极限了,甚至只是为了吃这顿饭,他都要想办法自己出去赚点钱。

米兰完全不知道严林此刻所做出的让步对他而言意味着什么,她还有点小小的不满意,不过与此同时她其实也对在学校以外的地方和严林见面而感到期待和激动,因此最终她小小地妥协了一步,在上课铃响起前的最后一秒擦掉眼泪对他说:

"那……那好吧。"

当晚回到家,严林看似一切如常,然而在开始做作业之前他还是有些不平静,后来终于没忍住,掏出手机上网查:如何快速赚到一笔钱。

得到的答案……都不太靠谱。

他其实也不需要太多，五百块左右就好，这样他就可以在周日跟米兰吃饭的时候买单，然后再把这学期她的巧克力冰都给买了。

他该去哪里弄这五百块钱呢？或许……应该把他的游戏号卖了？

他觉得实在不行的话这也是一个还不错的主意。

然而实际上严林还是多虑了，他的父母发现了他的焦虑，并很容易就解决了这个问题——严海大手一挥，直接在一家人一起吃晚饭的饭桌上给了他一千块钱。

这让严林直接皱起了眉头。

他对自己父母的经济收入水平太了解了，严海赚得少而且又喜欢打麻将，平时手上根本不可能剩这么多钱，正常过日子都是紧卡紧的。

"爸，"严林忍不住要多问一句，"这钱是哪儿来的？"

严海正在就着花生米喝二锅头，平时都是省着一小口一小口喝的，今天就是一杯一杯地喝，还情绪很饱满地说："爸有钱了，你拿着就行，问那么多干吗？"

说着又让张春燕给他倒酒。

严林沉默了一会儿，问："是拆迁的事情谈妥了吗？我们要准备搬出去了？"

他其实是希望能尽快从这个危房搬出去的，这样不仅一家人的生活质量能够得到基本的保障，而且如果之后米兰再说要来他家，他也就不至于无话可说了。

"搬？为什么要搬？"严海一拍桌子，眼睛都瞪大了，黑黢黢的脸因为酒意上头而涨红，"有人就希望咱们不搬呢，只要咱们不搬……就能赚到钱……"

张春燕知道他喝大了，又开始忙忙叨叨地从旁劝说。

严林无心再听这些琐碎，干脆起身离开了饭桌。

他爸刚才没有把话说清楚，含含糊糊让人不太明白，但凭严林的聪明和敏锐，他依然还是能从这几句模棱两可的破碎话语中得到一些信息。

有人在给他们塞钱，而目的就是阻止他们和买下这块地的开发商皓庭达成拆迁协议。

这是为什么呢？会是什么人不想让他们这些钉子户搬走？对方的目的是什么？是为了跟皓庭进行商业竞争？是为了拖延皓庭的开发进程、拖垮他们的资金链？

严林不知道。

这类晦涩且灰暗的问题对于一个还在面对高考压力的高中生来说太过困难了，他没有足够的社会资源供他探索这类问题的答案，而且实际上他也对有钱人之间的钩心斗角并不感兴趣。

什么皓庭、什么商业竞争、什么拆迁协议……他其实都不在乎。

只要他的家庭能慢慢变好，就已经足够了。

第17章

时间慢慢过去，A市彻底走进了冬季，天黑得越来越早，亮得越来越晚，12月的黑夜正在渐渐侵吞白日。

周乐琪是很怕冷的，每到冬天她都会手脚冰冷。

她没办法，只能把水杯从保温杯换成了玻璃杯，一下课就到楼道里的热水机那儿去打热水，不是为了喝，就只为了焐手，可还是冷得要命。

侯梓皓当然把这一切看在眼里，因此后来就自动接过了每个课间帮她换热水的活儿，偶尔还会在化学老师来上课的时候偷偷跟葛澳换座位——化学老师冯大森今年六十多岁了，眼花得啥也看不清，讲课都是对着黑板，从来不看别的地方，当然发现不了班里个别学生换了座位了。

周乐琪心里其实很喜欢侯梓皓坐她旁边，虽然这样并不会让她变暖和，可是他坐她身边会让她心情变好。有时候他会默不作声地看她，有时候他们的胳膊会在无意中撞在一起，这时他们就会心照不宣地笑一下，然后各自把目光收回去。这些小细节有时会有让她忘记寒冷的奇妙功效。

但理智上她还是不同意他坐过来的，理由也很正当——怕同学们看见了说闲话，万一捅到潘老师那里怎么办？但侯梓皓则对此论调完全不买账。

如果说在学校里侯梓皓还能勉强收敛收敛，那么在陪她坐车回家的路上他就真的是无所顾忌了。

周乐琪给他立了规矩，一上车就必须做卷子，不做完一张不许开口说话。他一开始对此很抵触，可是后来就学会适应规则了，现在练得半小时出头就能做完一张理化生单科卷，又快又准，厉害得要命，省下来的时间就用来跟她说话。

他最关心的当然是她的健康状况，然而他也担心一直把这些话挂在嘴上会起反效果，因此自从他们一起去过医院之后他就很少再主动问起她生病的情况了，大多数时候都靠观察和旁敲侧击来了解一切，必要时还要加上一些聪明的转圜和打岔。

比如眼下，他就会很聪明地先问她："还冷吗？"

她坐在靠窗的座位，冬天的车窗很容易凝结上白汽，由于冬天天黑得早，不到六点窗外已经是漆黑一片了，只有闪烁的霓虹和汽车的尾灯是明亮的，模糊的光线让她看起来更加美丽。

她小小的脸缩在又大又厚的围巾里，连鼻子都看不见了，只有一双大大的眼睛露在外面，甕声甕气地回答他："还好……"

他们坐得很近，她能感觉到他的体温，这让她感到没那么冷了。

他笑了一下，伸手把她的围巾往下扯了扯，让她起码露出鼻子，说："行，小心别感冒了。"

她没说话，只点了点头，又拿着他的手机打开了手电筒功能，开始借着手机的光看书了。

他看了她一眼，伸手接过手机帮她拿着照明，又在她把书翻过一页时状似漫不经心地说："说起来我还不知道，感冒药和舍曲林能一起吃吗？会不会对身体不好？"

舍曲林，治疗重度抑郁的处方药。

其实侯梓皓说这话的目的根本不在于跟她探讨两种药能不能一起吃，他只是想确认她最近是否有按时吃药，根据他的预估，上次医生给她开的处方药应该快吃完了，如果她私自停药会耽误治疗。

周乐琪是很聪明的，她听出了他真正的意思，而她对这件事也有自己的看法。

她不想继续吃药了。

这首先是因为她觉得最近自己的状态好了很多，虽然即将到来的四模考试的确让她感到了焦虑，可她觉得她能够靠自己战胜这种情绪，而且她的睡眠也好了不少，起码每天晚上都能睡着了，这让她的精神也越来越能够集中。

另外一个更重要的原因……是钱。

她至今都没有把自己看医生和吃药的事告诉余清，之前去医院用的钱都是自己的零用钱，现在已经不剩多少了。她不想让余清知道她生病了，因为她不认为现在的余清可以承担更多的精神压力，何况她也知道家里的经济状况并不好，现在既然她的状况已经好转了，那她每月吃这种药的花费就完全可以省下来了。

她犹豫了一下，最后还是决定跟侯梓皓实话实说，说她打算停药了。

他一听这话眉头立刻就皱了起来，把手机的照明灯光都给关了，侧过脸很严肃地看着她说："不行，你不能停药。"

侯梓皓在周乐琪面前是很少露出这种严肃的神情的，他一般都很顺着她，因此她眼中的他一向温和又宽容。可现在他看起来特别严肃，深邃的眉目因此显得有些冷峻，一眼看过去……还会有些严厉。

就像一只大德牧……你当然知道它不会伤害你，可是有几个瞬间你也会意识到它其实本不必驯服于一个比它弱小的你。

她心中一跳，一时之间也有点说不清自己是什么感觉，于是匆匆错开目光躲进了沉默里。

公交车摇摇摆摆，晚高峰的马路上充斥着不耐烦的喇叭声，可是他对她不会这样的——他深吸了一口气调整情绪，再开口时就又恢复了往日的温和，对她说："不好意思……我刚才态度不好。"

他低头了，像德牧小心藏起了锋利的爪子。

周乐琪再次把脸缩到了围巾里，只露出眼睛看他，说："……没关系。"

他摸了摸鼻子，好像在思考什么问题，神情有点犹豫和为难，过了一阵才又看向她，说："我没有任何冒犯的意思……但是如果是钱的问题，我可以先替你解决。"

就像她看透他一样，他其实也能看透她，他知道她的辛苦、她的自尊、她的隐忍……她的一切。

他完全可以猜到她没把自己生病的事告诉家里，因而金钱就会很容易地成为一个可笑的障壁；他也完全能够料想到他说要借她钱她会觉得不舒服，可是和她的安全、健康相比，他宁愿去冒这个惹她生气甚至是被她讨厌的风险。

"当然这个钱不是直接送给你的，"他努力地找补，"是借，借你知道吧？以后你是必须要还给我的，而且要算利息……"

他努力地说，争取把自己描述成一个斤斤计较的刻薄债主，试图遮掩借钱这个行为背后隐藏的不平等关系。

这种努力不能说是徒劳，但肯定也没有什么大用，周乐琪知道这意味着什么，而她真的已经不想继续麻烦他了，更不想欠他的。

她闭了闭眼，想再跟他争辩，然而这时他忽然找到了自己陈述的思路，一句话就说服了她："何况如果你现在停药，四模崩了怎么办？现在离6月也只剩半年了，万一高考也跟着受影响了呢？"

每个字都击中她的软肋。

她于是犹豫了。

侯梓皓现在基本已经摸清周乐琪的脾气了，也知道她在摇摆状态中是相对容易被影响的，此时比较有效的方法是插科打诨，如果谈话氛围一直很严肃，那么她就会更难接受。

他想了想，忽然挑眉一笑，有点痞也有点坏的样子，说："不还也行，你答应高考完当我女朋友就不用还了。"

事实证明，侯梓皓还真的是很了解她。

周乐琪原本的确在接受和不接受他的钱之间摇摆，理智上更倾向于接受，而感性上又倾向于拒绝；可此时他的这一句调侃忽然就把她心中的那点微妙的别扭给弄没了，轻松的语气让她下意识地觉得即便接受了也不是什么大事，更谈不上失去自尊。

她抿了抿嘴，看了他一眼，说："那……那我们都要记账，这个钱我一定会还的——高考之后就还。"

等高考结束了她就有时间去打工了，比如去便利店或者快餐店打零工，其实也能赚一些钱。

侯梓皓其实一点都不在乎她还是不还，但此时也答应得很热络，为了逼真还说："对，得记清楚一点，防止有些人企图蒙混过关。"

又把她逗笑了。

她把脸别向窗外，车窗的反光倒映出她的脸，她看到倒影中的自己眼睛弯起来了，那似乎是感到快乐时才会露出的样子。

而这时她又听见他在旁边抱怨了，说："你怎么光说记账的事儿？"

周乐琪被他气笑了，又扭回头去看他，说："欠了别人的钱，能不记账吗？"

他皱了皱眉，看起来好像有点郁闷，好一会儿没说话，过了两分钟才又说："行吧，我真是服了你了。"

周乐琪不理他，又从他手里把他手机拿过来，熟练地解锁，然后打开手电筒照明，继续低头看书了。

他叹了口气，静静看了一会儿她漂亮的侧脸，最终还是没再说什么，只是又把手机拿过来帮她举着，只为了能让她看书看得更舒服一点。

他现在心态很好，毕竟现在还是高考前的关键时期，她的各种情况又比较复杂。只要她能顺利度过这段时间，他们之间能维持现状就行了。

侯梓皓这时候想得非常稳，可是到了1月的时候他的心态还是崩了，因为那时发生了一件超出他容忍范围的大无语事件：

2009级考到清华大学的市最高分得主裴启明，莫名其妙回了一中一次。

在大无语事件之前，先到来的是四模考试。

四模考试是在12月中旬考的，作为寒假前的最后一场大模拟考试，一中的老师们认为有必要给学生们一个有力的敲打，让大家意识到自己还是一坨垃圾，从而在假期里不放松警惕、继续疯狂学习。

他们的目的达成了。

四模考试的难度上升，平均分垂直下降了好几十分，700分以上的人数也掉得很厉害，只有9个人。

第一名侯梓皓，716分。

第二名严林，712分。

第三名周乐琪，709分。

……

侯梓皓是有一阵子没考过最高分了，现在终于兜兜转转回到原来的位置，说实话他还有点不适应。

按理说他应该为此感到高兴的，可实际上一点都不，他反而很担心，担心周乐琪的情绪会受影响。

虽然这个成绩也很不错了，可是她……

他怕她钻牛角尖。

因此发成绩当天葛澳一到课间就被迫流离失所，座位被侯梓皓霸占，可怜的他只能眼睁睁看着侯梓皓在他的座位上哄周乐琪，而他却只能到后排去跟严林坐在一起。

"你看猴子那个没出息的样子，"葛澳愤愤不平地跟严林小声吐槽，"考得好有什么用？还不是抬不起头吗？他就知道欺负我，有本事欺负周乐琪啊！"

振振有词。

而严林则根本没心情跟葛澳一块儿叨叨，他正对自己这次的考试成绩感到懊恼，听葛澳叭叭叭说了一堆以后终于受不了了，说："你有意见能不能直接跟他说？跟我说有什么用？"

饿得葛澳也很委屈。

他不敢再打扰严林了，弱小可怜又无助，但嘴还是很碎，又开始小声吐槽严林："不就是年级最高分体验卡过期了吗，至于火这么大？不服就跟猴子干啊，干不过就会拿我撒气……"

坐在前排的侯梓皓此时此刻是没有心情理会后排的这些小闹腾的，他正略微忐忑地看着身边低头看考试卷子的周乐琪，沉默了好一会儿才谨慎地问："……你还好吗？"

周乐琪没理他，仍然低头看错题，看了一会儿还把眉头皱起来了。

侯梓皓真觉得她一皱眉他就要折寿，心都跟着一跳，赶紧又凑近一点说："你这次是没发挥好，而且这都是因为你身体调理得还不够好，等下次你彻底恢复了，那我和严林加起来也考不过你啊。"

疯狂拍马屁。

周乐琪都无语了，抬起头似笑非笑地看了他一眼，问："在你心里我这么小气吗？"

侯梓皓一愣，然后说："……没有，没有没有没有。"

周乐琪撇了撇嘴，伸手推了他一下，目光真诚，说："我真没介意，考试本来就是这样的，谁高谁低都很正常，你又没有做错事情，没必要对我感到愧疚。"

语气很淡，可是依然显得很大方、很疏朗。

那是真正优秀的人才会有的气度，并不会因为排名的更迭而有所改变。

侯梓皓的心又微微一动，两年前初次在教室里听到她声音时的那种奇妙的心动感再一次悄然漫上心头，他笑了，也坦然起来，说："不好意思，是我小心眼儿了。"

她对他淡淡一笑，摇了摇头。

与周乐琪和侯梓皓之间的和谐不同，严林和米兰最近的关系开始鸡飞狗跳了。

没别的，全赖米兰这次成绩暴跌，而她还一副完全无所谓的样子，并说："哎哟，考砸了就考砸了嘛，反正我上次进第一考场已经实现愿望了，后面考成啥样就无所谓了啊。"

严林已经没话可说了。

严林有时候真的搞不懂米兰这个人：你说她不聪明吧，她却能在短时间内大幅提高成绩；你说她聪明吧，她大部分时候又不太能拎得清；你说她没毅力吧，努力搞学习的时候比谁都有狠劲儿；你说她有毅力吧，她的努力又似乎只是三分钟热度，而且通常还需要一些不可理喻的目标来激励……

……实在让严林感到费解。

课间时，他们一起站在楼道的窗边，严林一张张翻着米兰的考试卷子，那分数是一个比一个低，看得他额角的青筋直跳。

米兰觉得他要生气了，心里有点忐忑，忍不住就在他身边小声解释："我，我这次是粗心大意了，下次肯定好好考，而且高考也肯定不会这样的……"

她一连串地说，严林的眼神越来越不善，米兰厌了，声音越来越小,到最后讲到高考那一句的时候几乎都要让人听不见了。

严林深吸了一口气稳定情绪,把米兰的卷子合起来不再看了,两手插兜靠在窗户边,低头看着米兰说:"大道理我懒得讲了,你自己有数,我说点具体的吧。"

他顿了顿,神情特别严肃:"到高考之前,如果你再有一次掉出文科第二考场,之前我们的约定就作废。"

"什么鬼?这怎么还能作废的?"她一听就不干了,简直不敢置信,"我们之前不是这么说的!"

严林比她更有理,说:"那是因为我没想到有人的成绩可以这么上蹿下跳。"

米兰噎了一下,突然也觉得自己有点离谱,开始不好意思了。

然而不好意思归不好意思,她是绝不会允许煮熟的鸭子飞走的,于是又跳着脚打算据理力争,甚至做好准备要跟严林大吵一架了,可是还没等她开口严林就先说话了,神情显得非常认真。

"我高考一定会考去北京,到时候你呢?"他看着她,眼神中没有一点玩笑,"如果我们异地,你觉得能长久吗?"

一句话问得米兰又蒙又惊喜。

蒙的地方在于她从来没有想过以后。

她是个脑子里不装事儿的人,过一天算一天,从不会为所谓的未来做打算。她甚至都没想过以后要读什么大学、选什么专业,只考虑下课以后要跟严林一起去做什么、聊什么。可是现在严林的话让她突然反应过来:她要开始思考以后了,起码要开始考虑有关上大学的事……

惊喜的在于,她忽然意识到严林是认真的。

她其实一直都觉得他是之前被她逼得太紧了,没办法才和她做朋友的,可是现在他却在主动地考虑以后,甚至他刚才还说"长久"……难道他已经想好了要长长久久了吗?

米兰开心了。

开心爆了。

"好,那就这么办!"她雄赳赳气昂昂起来,"第二考场是吧?我第一考场都考进过了,区区第二考场就是玩儿——你瞧好吧,我肯定也能考到北京,到时候天天黏着你!"

米兰于是被严林洗脑了,而且这个脑子还洗得很彻底,她从那天以后就又自动开启了疯狂学习模式,根本不需要其他人来督促,甚至连小卖部的巧克力冰都对她失去了吸引力——学习,只有"学习"才是人生中最美的两个字,才是这世上唯一稳赚不赔的投资。

同在(43)班的罗思雨把米兰的一系列变化都看在眼里,并对此有十分复杂的感受。

她原本觉得米兰跟自己是一路人:不爱学习,爱打扮。

可是米兰却似乎比她强多了,她可以狠下心拼了命学习,逼迫自己做没那么喜欢的事,并且还能取得惊人的成绩。

这让罗思雨感到嫉妒,同时她更嫉妒的是米兰和严林关系好。

罗思雨也不是喜欢严林,但是她跟严林是初中同学,从那时候起她就知道严林是个多冷淡的人,她认为根本不可能亲近的人和米兰关系这么好,而且米兰还在跟着严林一起变得越来越好。

这让她嫉妒得要了命。

她其实也很想变好的,可是她觉得自己不走运,没有碰到一个优秀的男孩子带她一起上进——如果侯梓皓也像严林对米兰一样对她,那她肯定也能在学习上突飞猛进啊。

可是侯梓皓最近却对她非常冷淡……

自从他和周乐琪一起从学校消失了几天之后,他再见到她时就变得很冷淡了……原先他还会对她客气一下,可是现在连客气都没有了。她去找过他两次,借笔记,他却跟她说最近他自己也没记;她说想请他吃个饭请教一下学习上的事,他也说没空,让她去找别人……

他为什么会突然对她这么狠心呢?

肯定是周乐琪!肯定是她在背后嚼舌根了!

该死!

罗思雨很愤恨,可是她却无力改变眼下自己面对的境况,她的成绩依然是全年级最低,并且离其他同学的分数都差得很远很远;她的美术水平其实也是半吊子,要考上国内一流的艺术院校根本就是天方夜谭。

那她该怎么办呢?

周磊能舍得花钱供她出国学艺术吗?

她不知道……而且心里对这件事的态度也很悲观。

她觉得周磊应该不会愿意花那么多钱供她的,一方面是因为她不是他的亲生女儿,他对她根本没什么感情;另一方面更因为……她已经隐隐约约感觉到高翔和周磊之间出了什么问题,以至于现在他们的关系有点微妙的紧张……

说不清。

罗思雨因此感到自己的生活是一团乱麻,她又烦躁又难过,还觉得透不过气,原本在她眼中像天堂一样的一中也变成了可怕的牢笼。她极度渴望能有一个什么人从天而降出现在她的生活里,伸手把她拉出泥潭,让她不必继续陷在失落和恐惧之中。

而她的运气似乎真的很不错。

到1月的时候……这个人就出现了。

1月上旬,高中生们还在苦哈哈地上课,而很多大学的学生已经开始放寒假了,譬如2013年考到Z大的刘峻。

而对于刚考入大学不久的学生们来说,假期回高中母校给学弟学妹们做大学宣讲是一个非常热门的活动,因为这一方面可以在大学团委挂一个实践项目,另一方面还可以满足这些优秀大学生的小小虚荣心——给一群苦哈哈还在题海里浮沉的无知学弟学妹描述诗与远方并享受他们崇拜、赞美、羡慕的目光,这世上还有比这更爽的事情吗?

刘峻认为没有了。

他是2013年刚刚毕业的,以优异的成绩被录取到了Z大,寒假一放他就耐不住性子回一中了,老师们都对他很热情,一边夸他一边问他在大学适应得怎么样。

其实他在大学混得很一般,在强手如云的Z大他只是一个普通的学生,不再像高中时一样事事拔尖了,这让他感到了一些失落。可是他不愿意承认这一点,依然在高中老师们面前表现得云淡风轻,说自己一切都好,老师们于是又对他一顿夸,然后嘱咐他过几天来学校一趟,到大礼堂里给高三生做一场演讲。

刘峻早就在等这一天了,1月3日那天特意换了一套有点正式的衣服来学校演讲,在大礼堂后台休息的时候却意外碰见了另一个人——2009级的全市理科最高分,现在在清华的裴启明学长。

这也是个传说中的人物。

2009级最出名的人说起来当然是周乐琪,这不仅因为她当年的好成绩,更因为她后来复读了两次。裴启明就是一直处在周乐琪光环之下的人物,他一开始没有她那么出挑,可是同样非常优秀而且更加稳健,2012年高考时是A市的理科最高分,离省里的最高分也就四分之差,一道选择题的事儿。

如此优秀的他当然被名校一通争抢,后来去清华读了经管专业,毕业以后必然前途无量。更气人的是他还长得不错,身材颀长,文质彬彬,当年作为市最高分接受媒体采访的时候还在网络上引起了一番讨论,被称为"最帅高考生",比真正的省最高分得主更抢眼。

刘峻没想到会在这里见到裴启明,因为这位学长毕业已经快两年了,而这种返校宣讲的事儿一般只有毕业一年的人才最感兴趣。

他凑上去跟学长打了个招呼,坐着聊天时又问裴启明今年怎么有空回A市。据他所知,经管专业的人实习非常忙,他们的假期一般都会用来留在一线城市工作学习。

裴启明淡淡一笑,说:"没什么,回来看一个朋友。"

说着,他的目光就渐渐柔和了起来,带着些许回忆的味道,显得格外深邃。

裴启明的到来让所有的高三生都非常激动。

他是个大名人,而且是长得帅并能考上清华的大名人,这些光环让他在登台时就收到了满场的喝彩,尤其女生们的反响特别热烈。教导主任看着他上台时眼里都是骄傲的神采,还难得地在学生们面前露了个笑脸:"这是谁就不用我介绍了吧?你们都好好听人家分享学习经验,不要光看脸!"

全场都笑了。

……除了周乐琪。

侯梓皓自从进了礼堂就跟她坐在一起,没过多久就发现了她的不对劲——她其实也没有什么明显的表现,就只是情绪隐约有点低落,而且特别安静,在全场都鼓掌欢呼的时候一言不发。

他感到奇怪,凑近她问:"怎么了?"

她却没有回答他,就好像没听见他的声音一样,只是一直看着此刻在台上那个侃侃而谈的人,神情有点愣愣的,好像已经出了神。

他皱了皱眉,心里好像忽然被轻轻刺了一下。

裴启明是个光芒内敛的人。

他的谈吐沉稳而富有魅力,顶尖学府的生活赋予了他更开阔的眼界,而这又进一步内化成了他的修养,在他的每一个措辞中都能得到淋漓尽致的体现。他是那么优秀,可是却完全没有炫耀的意思,只是很平和地在进行讲述,告诉台下的高三生们应该如何做考前准备、如何调整考前心态、如何做短期提分的针对性训练。

扎实又平和。

演讲和交流活动结束时已经差不多到放学的时间了,学生们要离开礼堂回到教学楼,然后各自收拾书包回家。

散场的时候出于安全考虑,是一个班一个班分批走的,(1)班的座位最靠里,因此他们班得排在最后走,等待离场时四处都是热烈的讨论声,很多都在议论裴启明,说他有多么多么帅、多么多么有魅力。

而这时的周乐琪依然是极度沉默的,她的肢体甚至都有点僵硬了,此时她在低着头看自己的手指,但实际上视线却没有聚焦,完全像丢了魂一样。

与此同时,侯梓皓的感觉也非常不好,他同样陷入了僵硬的沉默。

他在裴启明的演讲过程中突然意识到他和周乐琪是同级生,他们的成绩都很优秀,因此一定会考进同一个重点班,也就是说他们一定是同班同学,彼此一定有交情。

而今天周乐琪自从见到裴启明状态就很不对,她的情绪好像被他牵引了,尤其在他讲话时,她的手还紧紧地攥在了一起。

她正在被另外一个男生强烈地影响着。

侯梓皓感觉有点不妙。

这时前面的班级终于走得差不多了,轮到(1)班走了,这非常好,因为这样四周讨论裴启明的声音就不会一刻不停地传过来了,侯梓皓莫名地希望周乐琪不要再听到那个名字,否则他心里就会有一种难以言说的烦躁不断滋生。

他们一同缓慢地跟随人群向礼堂外移动,越靠近门口侯梓皓内心的烦躁感越淡,终于他们离门口只有几步远了,可这时却突然有一道声音传过来。

"……乐琪。"

是裴启明。

是他从礼堂的后台走出来了,此刻正从讲台的台阶上走下来,一步步向周乐琪靠近,最后停在了离她三步远的地方,目光深邃地看着她,并问她:"乐琪……我们聊聊?"

人群又开始发出小声的惊呼了。

周乐琪是不想去的。

真的不想去。

可是现在的她真的很讨厌被注视,更讨厌被在场的其他人讨论,更更讨厌他们把今天的事传出去让她再次成为舆论的中心。她知道如果此时自己扭头就走,传言一定会更加离谱,最好的处理方式就是自然地走过去和裴启明说几句话,她表现得越自然越大方,其他人就越是没什么可嚼舌头的。

她想定了,于是也不再躲避,抬头对上了裴启明注视她的目光,并坦然地对他笑了笑。

"好久不见,"她说,"是要聊一聊。"

她一边说着一边向他走过去,神情和姿态都很从容。

可这时她却被拉住了。

有一只温热的手忽然拉住了她的手腕。

她回过头,看见拉住她的人是侯梓皓。

那时他的神情有些晦涩,不带一丝笑意地看着她,拉住她的手也用了些力气,同时显得强势和脆弱。

他看着她的眼睛问:"你一定得去吗?"

他的这一问让现场的局面瞬间变得更加复杂了,裴启明看着侯梓皓拉着周乐琪的手腕,眉头也微微皱了皱。

周乐琪那时心里很乱,这让她并未察觉侯梓皓复杂的情绪,只对他点了点头,说:"是啊。"

他的手于是又紧了一下,有一瞬间甚至把她弄疼了。

可是那阵痛感还没来得及蔓延开,他就放开她了,甚至连看着她的目光都收了回去。

他侧身对着她,目光看着另一个方向,说:"行,那我等你。"

我一直等着你。

你要记得回来。

他无声地说着,却不知道她跟他之间的默契是否足以让她明白他没说出口的这些话,他只在一阵强过一阵的焦虑感中听到她说:"不用了,今天你先走吧。"

"你……过得还好吗?"

当裴启明在大礼堂略显杂乱的后台低声问出这句话时,周乐琪才很清楚地意识到,她跟他已经很久没见了。

其实真要算起来的话也没有多久,从2012年的7月到2014年的1月,总共也就是一年半的时间而已——一年半能做点什么?数学只能从高一上学期第一单元的集合学到高二上学期最后一单元的不等式,这范围太狭窄了,根本不足以令人感慨。

可是周乐琪却莫名觉得这段时间很长很长,长到她忽然觉得自己和面前的这个男生已经完全是两个世界的人。

她还是一个高中生,穿着幼稚的校服,过着苦大仇深的高三生活,一切都和几年前一模一样;可裴启明已经显得非常成熟和体面,他是从北京、从清华回来的人,一定已经见识过许多顶端的风景,这让他跟她完全不一样了。

她抿了抿嘴,心中猛地升腾起极其复杂的感觉,可当她开口时却只有极简单的一句:"……挺好的。"

然后就没别的话了。

裴启明似乎也没想到她会只回答这一句,两个人之间的氛围有些尴尬,他沉吟了一会儿,又问:"之前在QQ上看到你上线了——那是你吗?还是被盗号了?"

那当然是周乐琪本人,可是此时她却选择说:"……我很久不用QQ了。"

也不算撒谎,但明显有误导他的意图。

裴启明点了点头,又沉默了一会儿,空气显得有点凝滞。

他看了她一眼,颇有些艰涩地说:"我一直都想联系你,但一直没成功……今天能见到你我很高兴。"

这是很克制的表达,同时又有颇为丰富的内涵,似乎在告诉她他一直在想着她,此外还依稀有"他回学校都是为了她"这样似是而非的意思。

周乐琪更不知道该怎么接话了,想了好半天才说:"我要备考,所以不太和朋友联系……见到你我也很高兴。"

这句话的前半句当然是鬼话,因为她明明昨晚还和侯梓皓发短信发了二十多条;后半句倒是有几分真,她毕竟和裴启明当了三年的同班同学,又有快两年没见了,现在见到还是真心高兴的。

裴启明听到她这么说,似乎感到颇为欣喜,他笑了,氛围一下子轻松了很多。

"对,你要备考的,"他接着她的话说,"你……你放轻松些,这次一定没问题,你本来就那么优秀,一定会回到属于你的位置。"

这些话都是好话,而且都是充满鼓励意味的真心话,本该让周乐琪感到安慰的,可是她听了以后却莫名感到了压力,仿佛她必须要通过努力回到原来的那个位置,否则就不能算"没问题"了。

当然,周乐琪知道裴启明没有这个意思,也知道是现阶段的自己太敏感了,因此她努力要求自己不要想这么多,只平稳地回答:"谢谢,我努力。"

而裴启明却没有察觉周乐琪眼底的勉强。

他所熟悉的是两年前的周乐琪,那时候的她很明亮、很健康、很坚强,可现在的她已经不同了,那些折磨她的伤口还没有愈合,因此她的光芒消退了,甚至蒙上了阴霾。

他还把她当成过去的那个她对待,并继续高兴地说:"之前我们说好要一起考到北京去,我一直记得这个约定,而且也一直希望你能成为我的学妹——等你来了清华,我们就可以像以前一样坐在一个教室上课了。"

"约定"……

对……他们之间是有过约定的。

周乐琪和裴启明从高一开始就是竞争对手。

他们在各自的初中都是佼佼者,习惯了被人崇拜、被人赞美,习惯了当那个唯一的最优秀的人,结果升进高中忽然一下子碰到了对方,那种感觉就像特斯拉碰到了金刚,无论如何是要相互拼一拼的。

他们疯狂地开始较量。

两人都是体面的学霸,见面时都还能保持微笑,可是实际上彼此心里都巴不得对方赶快跌出第一考场。每次考试都让两人激动,他们就像斗鸡一样亢奋,一考试就铆足了劲儿要赢。

这种激烈的钩心斗角持续了很长一段时间,后来估计他俩也斗累了,渐渐又产生了另外一些微妙的感情。

好像是友情,又好像……不只友情。

起码裴启明对周乐琪不只是友情。

他喜欢上了她。

他发现这件事的时间说起来也很巧,正好跟侯梓皓是同一天——都是在2012年春天的那场百日誓师大会。

高三的优秀学生代表是竞争产生的,累计所有学生从高一到高三每一场考试的分数,加权后取第一名。那一年周乐琪是第一,总分只比排在第二的裴启明高了7分,就是这小小的几分让他失去了一个重要的荣誉。

可是当他在台下看到那个女孩儿光芒万丈地在所有人的注视中发言

时,他却发现自己的内心没有一丝嫉妒和介怀,他只是很欣赏她……越来越欣赏她。

他没有向她表白,也没有对她坦露过心迹,因为他和她都是很理性的人,他知道即便他豁出去告诉她一切,她也一定不会答应他,因此他选择暂时保留这个令他悸动的表白,转而选择用一个约定来缔结与她的联系。

"我们一起考到北京吧,"2012年夏天的裴启明这样对周乐琪说,"一起去最好的大学,一起成为最好的人,一起过最好的人生。"

这是一句很简短的话,可是他实际上却在与她约定一生。

他不知道当时的周乐琪是否明白了他真正的意思,他也无心推敲,只是眼睁睁看着自己沦陷在她当时那个似乎格外明亮且美好的笑容中,并听到她说:"好啊。"

那个笑容他记了很久,非常非常久。

直到高考,直到他独自到清华报到,直到他在清华园里完整地走过一个春夏秋冬,直到他此时此刻又站在她面前。

他依然还记得……并仍然在犹豫,要不要将这个美妙的约定替换成那句他真正想说出口的表白。

要吗?

还是……还是再等等吧。

等她高考结束再说,不然万一让她分心了怎么办?何况现在的他们一年多没见了,总要再重新熟悉起来才能表白的。

对,还是再等一等。

他想定了,正好这时他等到了她的回答。

"哦,约定,"她应和,"我……我尽量做到。"

当时裴启明的注意力几乎全都集中在要不要表白这件事上了,以至于他没能立刻察觉她的动摇和隐然可见的僵硬,更发觉不了她的局促和紧张——他根本意识不到,此时站在他面前的这个女孩儿,几乎就要完全失去自信了。

他还想跟她再多说两句话,或者邀请她跟他一起出去吃一顿晚饭,可是话还没来得及说出口她就先说:"我得先走了……作业挺多的,我得赶快回去做了。"

这话把裴启明说得一愣。

赶时间做作业……对大学生来说，这其实已经是有点陌生的状态了。

他匆匆点头，立刻回答说："哦好，是我想得不周到——那我们下次再见，我会一直在这边待到开学，大概2月下旬才回北京。"

周乐琪点了点头，答应着："好的，好的。"

说完又抬眼看了看他，说："那我就先走了。"

他还没来得及跟她说"再见"，她已经转身向后台外走去了，背影看起来比原先更消瘦，只有一摇一摆的马尾辫还和过去一样。

美丽的，怀旧的。

令他想念的。

"乐琪——"

周乐琪又听到裴启明在叫她了。

她心中其实有点胆怯于面对他，尽管她一时之间说不清自己的胆怯源于什么，可这种感觉是很强烈的。但此时她依然不得不停住脚步，并转过头再次向他看过去。

而出现在她面前的……却是几个漂亮的英文字母。

"Lucky"。

……是一条项链。

她一瞬间失语了，又抬头看向拿着这条项链的裴启明，略微迟疑地问："这是……？"

"生日快乐，"他看着她温柔地说，"也祝你永远幸运。"

幸运是什么东西呢？

幸运是周乐琪作为一个孩子出生在这个世界上时，她的父母所给予她的最美好的祝福。

他们给了她"乐琪"这个名字，就是"Lucky"的谐音，他们希望她的一生都能顺顺利利的，最好不用经历任何波折就能幸福快乐。

她也一度觉得自己真的很幸运，出生在一个条件优渥的家庭，有爱她的爸爸妈妈，有很不错的学业发展和社交圈子……这一切真的很美妙。

可是后来忽然有一天"幸运"离她远去了……她在很短的时间内就失去了一切，甚至原来构成"幸运"的那些条件也成了映衬她"不幸"的有力对照。她为此悲伤过、痛苦过，到现在终于默默接受了一个事实：她其实根本不是一个"幸运"的人，甚至或许，比其他人更不走运。

然而人是不能一直沉浸在这样的自怨自艾中的，即便她知道自己没有运气，可还是要努力找寻蛛丝马迹，从而告诉自己"你想多了，你其实还是很幸运的"。

这些蛛丝马迹囊括的范围十分广泛，可以包括买冰红茶时意外得到的"再来一瓶"，可以包括买彩票时偶尔中的五块钱，也可以包括考试时随意蒙对的一道选择题。

很多很多——她其实一直很容易满足的。

然而即便这个范围被她放得再宽，也不包括在心情复杂且混乱的时候被其他人看到——即便那个人是……侯梓皓。

第18章

周乐琪没想到她会在走到文化宫站的时候看到侯梓皓。

那时还不到六点,可是天已经黑透了,冬夜的寒冷很要命,可是他就斜靠在站台边上低头看手机,口鼻一阵一阵呼出白汽,好像感觉不到冷似的。

她皱起眉向他走过去:"侯梓皓?"

他在她叫他之前就看到她了,毕竟看手机只是他的掩饰,他真正的注意力一直在文化宫站这条街的拐角处,等待着她的出现。

他把手机收起来,等她走到站台时刚好站直,又听到她问:"你怎么还在这里?"

她说这句话的语气有点急,一是她感到意外,二是她很担心他会因为在大冷天里等太久而生病。

而落在侯梓皓耳朵里就不是这么一回事了——他觉得她是有点不耐烦。

如果是平时她对他不耐烦,他都能接受的,毕竟他一贯很顺着她,可是今天裴启明的出现让他的情绪也有了一些微妙的波动,他意识到那个人跟她之间或许有一些独特的羁绊,而那是刚刚与她认识不到半年的自己所无法替代的。

他好像被针刺了一下,而这种程度的难受尚且可以被控制,因此此时的他看起来非常从容,还对她笑了笑,说:"说了要等你了。"

周乐琪很无奈,昏暗的天色让她一时无法确认他的脸色,幸好这时公交车来了,她于是赶紧拉着他的袖子说:"走走走,快上车吧。"

车上就暖和多了,他们坐在一起更显得温暖,除了他们坐的这趟车和平时不一样之外,其他一切看起来都是一样的:周乐琪依然低头看着书,侯梓皓依然安静地做着真题卷,车外的霓虹依然美丽地闪烁着。

可其实也有很多事是不一样的。

周乐琪今天看书的效率低得离谱,半天都没翻过去一页;侯梓皓也差不多是一样,平时半小时卷子就做完了,今天连填空都还差两题。

他确实有些烦躁,她的出神让他更不舒服,后来终于忍不住把卷子收了起来,转而问她:"……他是你同学吗?"

她一开始在出神,没听到他的话,他于是又重复了一遍,这才得到了她的注意。

她点了点头,回答:"嗯,跟我一级的。"

"哦,"他开始无意识地转笔,"三年一直同班?"

她又点头了:"嗯。"

他沉默了一会儿,转笔的速度变快了一些,眉头也开始皱了,过了一阵忽然又问:"他和你是什么关系?"

直接得不能更直接。

周乐琪一愣,似乎没想到他会这么问,立刻说:"我们只是普通朋友。"

她的回答是很坦诚的,眼神也没有躲闪,这当然让侯梓皓心里好受了一些,可还远不足以解除他内心的危机感,因为他能感觉到那个人喜欢她,甚至可以断定他就是为了她才回一中的。

侯梓皓垂下眼睑,这个样子使他的眉目看起来更深邃了,也显得更加严肃和冷峻。

他问她:"那他刚才跟你说什么了?"

这话很明显带着诘问的意思,显得非常强势,对于他们之间的关系来说有些过分。

但周乐琪并没有感到被冒犯,她还仔细地想了想才回答:"没说什么……就打了个招呼。"

她真的没有骗他——她和裴启明真的只是打了个招呼,唯一称得上特别的也就是他在最后送了她一条项链,而她觉得这个礼物太过贵重了,因此并没有收下,只感谢了他还记得她生日的事。

可侯梓皓却不相信，相反，他理所当然地认为她在对他隐瞒一些事。

他有点生气了，可并不是对她，仅仅是对他们之间的关系——他为自己此刻没有合理立场追究这件事而感到无力和不平。

简称"无能狂怒"。

可怜的黑色水笔被转得更快了，如果它有意识现在估计已经被转晕了，侯梓皓也陷入了沉默，脸都偏向了另一个方向，过了一会儿他才调整好情绪又转回来，问："没说什么？那你为什么看起来这么不在状态？"

周乐琪一愣，随即微微低下了头。

是的……她也感觉到自己有点不对劲，裴启明的出现其实在她心里引起了很大的震动。

她对他的感情很单纯，就是性格和目标都比较相似的朋友，并没有什么暧昧的、异样的情愫。仔细想想，她之所以对他的出现有这么大的反应，本质还是因为她的自卑心在作祟。

裴启明似乎象征着另一个周乐琪——她本应该像他一样的，在高考中取得成功，然后去读清华、北大。她不应该再被高考困住，而应该像他一样云淡风轻地以一个成功者的形象出现。

可是现实却是他们变得完全不同了——她被甩开了，而她根本不知道自己还能不能再追得上去。

看到他，她就会觉得挫败、觉得无力、觉得胆怯。

她知道这是自己心里的阴暗面，她不应该跟别人比较的，只要做好自己就足够了，可是她就是没法克制地去跟裴启明比，可能这是因为从好几年前开始他们就是一种竞争关系吧，因此现在的落败才会让她感到这么难堪……

周乐琪正这么翻来覆去地想着，忽然这时她又听到侯梓皓在叫她的名字了：

"周乐琪。"

连名带姓的，很严肃的语气。

她回过神来抬起头看他，发现他也正在看着她，眉头皱得特别紧，看上去很像是生气了，盯着她好一会儿才开口说："你也知道现在是高考前的关键时期吧？早恋有多影响学习还用我多强调吗？你不能早恋知不知道,你要是早恋高考肯定得出事儿。"

他怎么好意思说出这种话来?

她本来就没有要早恋好吗!

周乐琪无语了一会儿,一时之间因为太过无语甚至都说不出什么话,只看了他一眼说:"……知道了。"

而他还在得寸进尺,向她提出要求:"你现在就保证,说你毕业之前肯定不会跟人谈恋爱。"

周乐琪也开始皱眉了:"我为什么跟你保证?"

侯梓皓被她堵了一下,一顿,然后就开始用反问打败反问,冷笑了一下说:"那照你的意思,就非得早恋呗?"

他冷笑的样子看起来特别……帅,带着又痞又酷的那种劲儿,有点锋利,完全不像平时了。

周乐琪的心忽然漏跳了一拍,随后竟然莫名产生了一种不敢跟他对视的感觉。

她有点狼狈地错开了眼,说:"……我才没那么说。"

他没说话。

……好像已经彻底生气了。

那天过后,裴启明就再次成为在学校里被广为讨论的风云人物。

几乎所有高三的学生都在讨论他,其中尤以女生居多,尽管当天一起发言的还有Z大来的刘峻,也是一个很优秀的学长,然而在裴启明的光环之下谁还能看到他呢?自然是完全被忽略了。

只有罗思雨不一样——她看到了刘峻。

她当然也知道裴启明更好了,他长得更帅、读的学校更厉害、风度更迷人,得到裴启明的快感一定会更强烈,足以让她在一中扬眉吐气横着走。可是他太受欢迎了,所有人都在追捧他,她又怎么能保证自己一定会被他看上呢?

不如曲线救国——去接近一下被冷落的刘峻。

她于是在1月3日那天演讲散场的时候偷偷去找了刘峻,装作很清纯、很害羞地跟他要了联系方式,名目当然是请教学习方法。刘峻当天其实很落寞，因为他也知道自己完全被裴学长碾轧了，存在感降为零，压根儿跟个路人没两样。他心里头很郁闷，没想到却还能有个漂亮的小学妹来上赶着找他。

他很高兴，很快就跟罗思雨互加了QQ好友，顺便微信也一并加了，还说如果她有问题可以随时联系他，一副大方正经的精英学长模样。

罗思雨觉得自己成功了，加了社交软件以后就时不时和刘峻聊几句，前几天话题都很普通，后来就开始说什么演讲那天她就觉得他很帅，说什么她以前从来没有觉得其他男生帅，说什么她很希望他们能再见一次。

刘峻在大学里其实也找不到女朋友，大家都是同样优秀的人，一山更比一山高，刘峻在大学里显得太普通了，这让他几次试图追求女生都被拒绝得一鼻子灰。

刘峻和罗思雨很快见面了。

他们两人对这段关系的判断和期待并不相同：罗思雨是希望能够通过搭上刘峻来摆脱自己在一中面临的社交困境。而刘峻的目的就不好说了，他本来以为罗思雨是个正儿八经的一中学生，然而没过多久就得知她只是来借读的，虽然身为要艺考的美术生，但实际上美术也学得一般般，估计没什么前途，这种条件的悬殊当然让刘峻很自然地轻视起了她。

他跟罗思雨一起出去吃过几次饭，每次都主动买单，吃饭的时候就很自然地向罗思雨展示着"外面的世界"。

他对她讲述大学生活，告诉她那里有顶级的实验室和讲座，有五花八门的社团活动，有自由可支配的个人时间；晚课前可以和室友朋友一起去小吃街逛逛，周末可以随意去看喜欢的展览、听喜欢的音乐会。如果有空还可以和同学们在一间讨论教室头脑风暴，也许就能产生一个足以改变人类社会的伟大想法。

那是无尽美妙的诗和远方。

对于一个从出生就没有离开过A市的高中生来说，这些描述实在显得过于有吸引力了，大学好像成了一个完美的理想国，正闪着光吸引着罗思雨。她潜移默化地把对这种神秘的大学生活的向往转化成了对刘峻这个讲述者个人的崇拜,并因此近乎无限地放大了他的魅力。

而等到她回到学校面对一中的同学们时,心里就产生了一种难以解释的快感,她觉得自己比班里这些人都牛——一中的人看不起她又怎么样,他们不还是比不上刘峻吗?

她太快乐了。

而同样是在放寒假之前,裴启明又回了一中两次,一次是专门来看教过他的老师们的;另一次是借着看老师们的名义专门来看周乐琪的。

算了,说实话吧——他两次都是专门来看周乐琪的。

他第一次来的时候就站在高三(1)班熟悉的玻璃窗外悄悄看她,那个时候班里正在上英语课,她时而看着黑板时而低头记笔记,白皙的皮肤使她在人群中依然亮眼,低头时垂下的碎发还和他记忆当中一样柔美。

然而没过一会儿就有人从她身后给她扔了个纸团儿,很明显是在传字条,他以为她根本不会看的,没想到她却把字条展开了,看了一眼后还回复了,甚至又团成纸团儿偷偷扔了回去。

裴启明很意外,觉得这跟他记忆中的周乐琪不完全一样了,又忍不住留心看了一下那个跟她传字条的人是谁。

……是个男生。

仔细想想,跟1月3日演讲那天伸手拉住她的男生是同一个人——那么优越的长相,他不会记错的。

乐琪跟这个男生……?

怎么可能。

第二次裴启明又来学校了。

这回正好轮到(1)班上体育课,他从老师的办公室出来,在教学楼五楼的走廊上看到周乐琪一个人在操场的角落待着,很孤僻的样子。他心里很难受,心想复读的这段时间她一定过得很辛苦,毕竟在新集体中没有朋友是很让人无可奈何的事情。

他想去找她、陪着她,然而还没来得及走到楼梯口就又看到那个男生向她走近了。他们在一起说话,似乎还有点小争执,后来那个男生却和她一起向篮球场那边走过去,又带着她走上高高的水泥台阶。

她一开始好像有点不愿意，可后来却似乎妥协了，她在水泥台阶上看着那个男生打球，中间还向他招了招手。

……裴启明的眉头终于皱起来了。

当天晚上周乐琪和侯梓皓一起走出教室的时候，正好就和裴启明迎面撞上了。

他那时候正好和老潘一边说话一边走着，两组人见到对方都难免有点反应：老潘看到周乐琪和侯梓皓这俩疑似早恋的人又待在一起，那脸色当然就开始不好看了，而周乐琪发现老潘眼神不善，当然就要主动避嫌、离侯梓皓远一点。

而侯梓皓是一贯不太在意老潘怎么想的，他的直觉判断是周乐琪为了裴启明才立刻离自己远了一些。

他心里那股火腾的一下就起来了。

然而还没等他有什么反应，裴启明就先说话了。

他笑着跟周乐琪打了个招呼，说："我正好想去找你——晚上一起跟潘老师吃个饭？"

周乐琪一愣，一下子不知道该怎么接这句话。

她又不像裴启明一样成功——一个复读了两次的学生，怎么好意思跟老师吃饭？

幸亏老潘也婉拒了，说："哎呀启明，你的心意老师领了，可是我这儿晚上还得陪孩子做作业呢——你跟朋友去吃吧。"

他跟裴启明客气地推辞了一阵，后来才总算说服了对方，挥着手走远了，走之前还盯着周乐琪和侯梓皓之间的距离看了一眼，直到周乐琪会意地离侯梓皓又远了一步他才满意离去。

剩下关系微妙的三个人站在原地。

周乐琪虽然不知道为什么自己会感到尴尬，可是眼下的局面的确让她有些微妙的不适感，尤其侯梓皓的注视让她有如芒刺在背。

她正在思考接下来该怎么办，忽然又听到裴启明叫她："乐琪？"

她下意识地答应了一声："嗯？"

裴启明正在看着侯梓皓，问她："这位学弟是你朋友？"

他说得客客气气的，但这声"学弟"还是让侯梓皓心里很不痛快，他的眼神明显变得更冷淡了。

周乐琪也出于某种难以解释的原因顿了一下，又说："……嗯，他是现在跟我同班的同学，侯梓皓。"

说完又转向侯梓皓，指着裴启明介绍说："……这是裴启明。"

简洁介绍完以后两个男生没什么反应，甚至连个接话的人都没有，尴尬至极。

"能有个朋友陪着你是最好的了，"后来还是裴启明好心地接了一句话，并神情温和地邀约，"那我们一起去吃顿晚饭？正好上次的事我们还没说完。"

这句话说得很聪明也很微妙。

他先一步站上了友善的制高点，因而天然地显得更高级了一些；可这后半句话却又藏着并不那么友善的深意，仿佛在提醒侯梓皓，他永远难以介入那个略显隐秘的、他和她之间的"上次的事"。

什么是"上次的事"？

这话听起来太暧昧了，尤其容易引发人无尽的联想——是表白了？是有什么承诺了？还是更糟……他们之间要有什么约定了？

周乐琪则完全没听出来这句话带有什么暗示的意味，她觉得裴启明的意思很清楚——他一定是要找她说那根项链的事。

她上次谢绝了他的礼物，而他一定希望她能收下。其实周乐琪事后回想也觉得有点对不起他，毕竟那条项链一看就是定做的，背面还有她名字的缩写和生日日期，这种东西如果她不收他肯定也退不掉……那不是白亏钱吗？

或许她应该出钱把那条项链买下来，可是最近她真的不剩什么钱了……

她这么琢磨着，说："好，那就一起吃吧……"

说到这里她顿了顿，又想到这事儿毕竟跟侯梓皓没关系，他跟他们一起吃饭也显得有点奇怪，于是又看向侯梓皓补了一句："你要跟我们一起吗？还是先回去？"

嘭。

侯梓皓的火这下可算是彻底压不住了。

他从1月3日裴启明来的那天心里就开始不痛快了,这么多天他一直忍着,本来都已经不想再纠结这件事,可是现在周乐琪这句话实在太拱火了,这让他完全失去了控制脾气的意愿。

什么忍耐。

什么冷静。

什么别想太多。

他现在对伪装成熟、伪装理性的虚假游戏毫无兴趣。

他只想好好研究研究周乐琪到底有心没心!

侯梓皓也懒得跟裴启明起什么争执,他甚至都没回答周乐琪的话,只是一把就拉住了她的手腕,拉着她转身就走。

周乐琪吓了一跳,差点儿要摔倒,不过侯梓皓即便在脾气起来的时候也还是很顾念她,高大的男孩儿轻轻扶了她一下,立刻就让她站稳了,随后又带着她大步向楼梯口走去。

她有点惊慌地在他身后追着问:"侯梓皓你……你干什么?!"

干什么?

他冷笑了一下却不予回答。

他就是一直什么都没干才窝囊到现在的!

他拉着她一直走,速度很快而且明显带着冷意,从教室到校园这一路上碰到他们的人都觉得情形有点儿不对劲,甚至平时跟侯梓皓关系很好的朋友见到他当时的样子也有点不敢跟他打招呼了。

妈耶……猴子生气了。

而此时的周乐琪就算再迟钝也能感觉到他生气了,可是她却不能理解他为什么会有这么大反应,更不知道此时的他究竟要带她去哪里……

他们已经走出校门了,可是却并不是走向文化宫站,他一句话也不说,只是拉着她一直走,越走越偏,周围的人也越来越少。

她终于有点慌乱起来,觉得不能由着他这么走下去了,于是开始挣扎,想挣脱他的桎梏,努力了好几回才终于甩开了他紧紧箍着她手腕的手。

她站在清冷的路灯下大声问他:"侯梓皓!你到底要干什么?!"

他回过身来了。

路灯在他身后留下长长的阴影，他的面容同时陷入了晦暗。

"我干什么？"他冷冷地反问，"周乐琪，你要干什么？"

他把那个"你"字咬得很重，明显的质问语气，周乐琪却感到很茫然，也问他："我？我干什么了？"

鸡同鸭讲。

侯梓皓气得头都开始疼了，也没心思再跟她搞什么弯弯绕，干脆把话挑明了问："他要跟你吃饭你就让我走，我是耽误你们了还是怎么着？"

周乐琪一听简直莫名其妙："你在说什么？我跟裴启明就是同学。"

侯梓皓无语地冷笑一声，火更大："就是同学？他喜欢你你看不出来吗？"

周乐琪也很无语："你能不能不要乱说话？我们同学三年了，他喜不喜欢我我会不知道吗？"

"你知道什么，"侯梓皓火了，"你当时还觉得我接近你是为了陷害你呢，现在他怎么样，你就能看出来了？"

周乐琪被他噎住了。

侯梓皓深吸了一口气努力平复情绪，尽量平静地继续说："行吧，他喜不喜欢你这事儿我也不感兴趣，我就关心你的想法——你刚才要跟他单独吃饭，是什么意思？"

听到这儿，周乐琪的火气也开始起来了。

她这两天本来就因为裴启明突然回一中而心情复杂，结果侯梓皓还一直揪着她说这些有的没的——他为什么要这样质问她？她根本没做错任何事好吗？

她于是也生气了，说话开始跟他一样夹枪带棍："我跟不跟他吃饭，吃饭跟他聊什么，这都是我自己的事情，这跟你有什么关系吗？你凭什么这么质问我？"

"凭什么"这三个字很要命。

它就像是一个提醒，在对他强调他从未真正接近她的事实，而且甚至还让他忽然意识到，也许无论过去多久、无论他争取几次，她也完全有可能永远拒他于千里之外。

风平浪静的时候侯梓皓从来不会这么悲观地看待这个问题,可是现在两个人都在情绪上,她的这句"凭什么"就显得特别刺人。他于是第一次真正觉得有点心累了,担心自己从她那里得到的永远都会是否定的答案。

年轻的男孩子还没有足够的经验去同时处理张皇和悲观,因而在情绪的交叉口上很容易就会被愤怒俘虏,而非理性带来的结果往往是很糟糕的。

他听到自己语气很强烈地对她说:"我凭什么?周乐琪你问我凭什么?"

他爆发了。

"行,我凭不了什么,你那个清华的同学就有凭了是吗?

"你觉得他是真心喜欢你?他如果真的关心你,那去年和前年他干吗去了?现在离高考只剩不到半年了,他又跑这儿来刷存在感,你觉得他有在关心你的未来吗?

"对,他现在是挺成功的,但说实话也就那样吧——清华谁还考不上了?市最高分说白了不就是咱们学校最高分吗?谁还没考过啊?

"还是说你们俩之间本来就有故事?

"周乐琪你能不能讲点公平,我只是比他晚上两年学你就这样对我是吗?"

他完全是在不理性的情况下说出这些话的,但实际上即便在这种近乎失控的状态下他依然下意识地在保护着她:他没提她所经历的那些痛苦的事,也没有把他对她一次又一次的帮助当作在交谈中争夺主动权的筹码。

而他的保护完全是无形的,同样被情绪裹挟的周乐琪根本意识不到此时他对她的偏袒,她也越来越生气,还觉得他不可理喻,反呛:"你能不能不要总是把裴启明扯进来?这跟他有什么关系?我跟他见面只是要说项链的……"

说到这儿她突然停住了,大概也是意识到如果此时侯梓皓知道裴启明送了她项链会更加生气吧。

可是等她意识到的时候已经来不及了——侯梓皓已经听见了。

"项链？"他气得愣了一瞬，"你连你生日是什么时候都不告诉我，结果却收他送的生日礼物，是吗？"

周乐琪一听这话就震惊了——她根本就没提生日的事，侯梓皓又怎么会知道那是生日礼物……

侯梓皓一看她惊讶的表情就知道她在想什么，他低咒了一句，随后狠狠把肩上背的书包拉链拉开，几乎是暴躁地从里面拿出一个礼物盒丢给她，态度差到极点："你不告诉我，我不会自己想办法？我只是怕你又不高兴所以才一直没敢给你，谁知道你根本不是不喜欢收礼物，只是不喜欢收我给的礼物！"

他的影子被路灯拖得越发长了。

周乐琪忽然不知道该说什么好。

她在匆忙之中接住了他丢过来的礼物盒，却来不及看那是什么东西，只是一下子被眼前这个人弄得手足无措——她该为他对她的用心高兴吗？当然不，他们毕竟还在吵架呢；可是她还能继续对这个人生气吗？更加不，因为她再次感觉到了这个人对她有多么好。

他甚至是过于好了……好到远远地超出了她的预料。

他们双双陷入了沉默，彼此都因为刚才剧烈的争执而微微喘着粗气，呼出的白汽在寒冷的黑夜里非常明显，然后又慢慢消失不见。

随之一同消失的是侯梓皓的耐心。

他一直在等她开口说话，哪怕就说一句带有安慰性质的话也行，或者根本不用安慰，只要她能给他一点暗示就足够了。他怕她没有台阶，刚才还把那个藏了很多天的礼物给了她，想着或许这样她就能愿意跟他说一句什么话了，可是几分钟过去了，她依然在沉默。

他不知道他还能用怎样的方式去解读她的沉默了，无论怎么想他都觉得这代表着她对他的抗拒。

她无话可说，或许仅仅是单纯地不想跟他说话，或许是因为她不知道该跟他说什么——他让她为难了……是吗？

侯梓皓听到自己心里在叹气，与此同时那些虚假的愤怒慢慢退去了，他这才发现自己根本不是在生气……他只是为很可能发生的那场失去感到恐惧和无力。

他忽然不敢面对她了，因此他什么都没再跟她说，并在她面前转身离去。

那天周乐琪是一个人坐公交车回家的。

她在摇摇晃晃的车上独自看着窗外闪烁的霓虹，直到这个时刻才忽然真正意识到习惯的可怕：她竟然已经不习惯独处了。

那原本是能够赋予她安全感的东西，可是眼下却让她觉得别扭。她发现自己更习惯旁边的座位有一个人，那个人最好要多跟她说几句话，即便沉默时也让她一直感觉到他若有若无的注视，有恰到好处的分寸感，既让她觉得被在乎，又不让她感到被冒犯。

那个人是很温暖的……他救过她的命，替她解决过很多难以说出口的困厄，他还给过她多到无法计数的陪伴，它们是在座位前后传来传去的小字条，也是晚上十一二点手机屏幕上忽然跳出来的"晚安"。

他给过她太多太多了。

她忽然很想他，然而现在他生气了，而她甚至不知道自己做错了什么，只知道他离开了。

……或许他终于发现她并不是一个值得他在意的人了吗？

她默默低下了头，看向他刚才丢给她的那个礼物盒。

她不知道为什么，手指忽然有点发颤，一种类似悸动又类似惶恐的复杂情绪缓慢地缠住了她，它好像同时在怂恿并阻拦她解开那个盒子上绑的漂亮缎带。

她努力了五分钟，终于还是鼓起勇气打开了它。

……是一个小小的暖手宝，粉色的，可以充电的那种。

底下还压了一张卡片，上面是她很熟悉的、他那种微微潦草却舒展漂亮的字：

一百块出头，真的不贵。

生日快乐。

周乐琪不知道自己为什么会忽然笑起来，更不知道为什么在微笑过后眼前又变得一片模糊。

是因为她很高兴他最终还是想方设法地知道了她的生日吗？是因为她为他把她的每一句话都放在心上而感到动容吗？还是因为……她只是因为一些难以言说的理由而越来越想念他了呢？

她把那个小小的暖手宝从礼物盒里拿出来，又小心翼翼地把盒子连同那张小卡片一起收好，放进了自己的书包里。她打开了暖手宝的开关，没过多久它就慢慢变热了，然后就持久地在她冰冷的手心散发着热量，如同一个不吝啬于分享自己温暖的小太阳。

就像他一样……会在冰冷的寒夜里陪在她身旁。

这个小小的暖手宝非常神奇，它似乎不仅仅能让周乐琪觉得暖和，甚至还有壮胆的功能：当她捧着它独自走过开发区那些小路和小区里拥挤逼仄的通道时，竟然没有因为今天侯梓皓突然的缺席而感到恐惧，甚至那个漆黑阴冷的楼道也没让她感到害怕。

她手心的温暖正在源源不断地给予她某种支撑，这让她在感到安慰的同时又感到了更多忐忑：万一……万一这次他不愿意再迁就她了呢。如果她失去了他……她又该怎么办？

她在难言的甜蜜和无措中独自爬着楼梯，老旧的感应灯就像以前一样一层一层亮起又一层一层熄灭，直到她走进家门才终于又恢复黑暗。

她并没有发现，那个始终陪伴着她的少年今天其实还在。

在她自始至终都没有注意的小小角落里，无声来去。

第19章

从那天开始,周乐琪和侯梓皓又开始了一场"冷战"。

这次的"冷战"比上一次更像模像样,因为上一回只是周乐琪单方面不搭理侯梓皓,而这回他们终于是相互不搭理了,在学校的时候不但不继续传字条,甚至连话都不跟对方说了。

这个阵仗搞得很大,葛澳发现后再次竖起敏感的神经,在连续观察了几天局势后就开始严谨地跟严林探讨:"猴子是不是又出状况了?"

由于寒假即将到来,下学期开始前都不会再有考试,严林的心情也难得轻松了下来,这让他有闲工夫幸灾乐祸了。他同样观察了同桌几天,并附和葛澳的判断:"应该是的。"

葛澳一听严林愿意跟他讨论,非常振奋,赶紧又输出了一些精辟的观点以维持严林的讨论热情:"我觉得这事儿肯定跟那个裴学长有关系!"

有理有据,令人唏嘘。

他们看热闹不嫌事大,尤其是葛澳很想多听些八卦,然而他却很失落地发现侯梓皓跟周乐琪两人就是相互不搭理,当对方不存在。

猴子现在直接恢复了高二的状态,课间再也不帮周乐琪去换热水了,重新跟原来的朋友们打成一片,大课间的时候还会一起出去打球——天知道,自从他跟周乐琪同班以后可就几乎没在大课间打过球了。

一到课间侯梓皓座位四周就围满了人——他一向都是人缘很好的,而且永远都能自动成为人群的中心。

这些变化也被袁嘉惠默默看在了眼里。

她和侯梓皓自从学期初因为周乐琪的事闹过不愉快后就一直没能修

复关系，他对她客客气气，却又显得很疏远，她知道他心里一直没有原谅她。

这件事让她很苦恼，甚至影响了学习，剧烈的成绩波动甚至让身为班长的她被老潘叫进办公室提点了一番，闹得她更加烦躁。

她这人也是藏不住事儿的，在学校里发生了不顺心的事一回家就能被她爸妈看出来。

张敏和袁建新都很疼爱这个独生女，打从孩子出生就当宝贝疙瘩一样宠爱，一听说她被班主任训了立刻心疼得不得了，袁建新马上就安排秘书准备礼物了，说是过两天就要请老潘去会所吃饭；张敏则安慰女儿，说就算高考没发挥好也不要紧，反正家里本来就打算送她出国的，这个寒假就要开始准备各种材料了。

袁嘉惠听了以后依然闷闷不乐。

袁建新一个大男人当然猜不出闺女一个未成年少女的心思，而张敏就不一样了，作为妈妈她看得出自己女儿还是喜欢着芮妮她家的儿子，现在闷闷不乐估计也有一多半儿是因为他。

她和袁建新两人一合计，各自有一番态度：张敏还是挺支持袁嘉惠跟侯梓皓好的，袁建新的态度则显得颇为微妙，甚至连袁嘉惠一个小孩子都能感觉到爸爸对这事儿不支持了——他甚至希望她能跟侯梓皓保持距离。

"为什么呀爸？"袁嘉惠对此很不解，"你原来不也说很看好猴子吗？"

袁建新却没有正面回答这个问题，当时他的眼神中有些许闪烁，而十七岁的袁嘉惠尚且未能捕捉这种微妙的闪躲，她相信了她爸爸当时的说法。她爸爸说："他再好又有什么用？对我闺女不好就是不行！咱们惠惠要条件有条件、要模样有模样、要能力有能力，凭什么迁就别人，看人家脸色？"

听起来还挺义愤填膺的。

张敏捂着嘴笑，说袁建新就是护犊子，又私底下哄着袁嘉惠，跟她说她爸就是说气话呢，有女儿的父亲本来就是这样，还说侯梓皓现在是因为高考压力才对她这么冷淡，等高考结束一切就都好了。

袁嘉惠本来对这些说法都不太相信的，可是最近因为侯梓皓和周乐

287

琪关系降温,她又渐渐开始相信,心想猴子之前对周乐琪也就是一时新鲜。现在不就慢慢淡了吗?他那么优秀的人,本来就不可能一直围着一个女生团团转的。

也许……她还有机会。

而实际上侯梓皓倒不尽如自己表面上展现出来的那么冷漠——在学校的时候他的确是不跟周乐琪说话了,可事实却是他依然一天到晚地关注她。

他会在她每次被点到回答问题的时候立刻开始在字条上写答案,以防她因为走神而回答不上来;会在每次上学经过小卖部的时候买个面包备着,以防她又因为没吃早餐而胃疼;会在每个放学后的晚上提前打车到她家附近,然后隔着足以让她发现不了的距离送她回家;甚至课间他跟朋友们一起聊天的时候也会刻意搞出一点动静,以此博得一个被她关注的可能。

但是——她的心起码比他硬两万倍,这么多天就连一个眼神都没给过他!

把他气得开始失眠。

而使他免于被气死的原因只有一个,那就是他发现她在用他送的暖手宝,无论上课还是下课都捧在手心里,好像很喜欢似的;有时他们无意间眼神碰上,她偶尔会比他的目光停留得更久一些,似乎是某种无声的让步。

尽管侯梓皓内心里非常不愿意承认,但……他的确颇为受用。

受用到又想先一步妥协、主动跟她提和好了。

他为这个荒谬的想法自己窝囊了很久,最终还是决定找她承认自己根本不存在的错误。因为他意识到1月15日就要放寒假了,如果他不赶在放寒假前的最后一天跟她和好,那就意味着接下来的二十多天他们都难以联系彼此,而争执之后又继续放冷近一个月足以毁掉他们之间本来就很不确凿的微妙关系。

这个决定对于一个成年人而言也许是容易做出的,可是对于一个少年来说却有些艰难,因为年轻的人们还不曾经历过人生的跌宕和反复,他们不知道失去一个人有多么容易，而失去过后的痛苦又会是多么深刻。

侯梓皓也不知道这些，可即便这样他依然清楚地知道一个事实：比起面子，他显然更在乎她。

于是1月15日这天放学的时候，他就打算装作若无其事地跟她一起走到公交车站去了——当然，在校内他还是得保持一点体面，不能跟她跟得太紧，否则葛澳那几个大嘴巴还指不定要在背后怎么编派他。

他于是决定等走到文化宫站那条路再靠近她，跟她搭话。开场白都想好了，就问他送她的那个暖手宝她喜不喜欢、要不要退换之类的，这样或许就可以实现让她心软的目的，进而增大他们和好的概率。

他计划得这么详尽这么细致，可终归还是有纰漏。

譬如他没有预见到裴启明的出现。

周乐琪是晚上八点五十分走到自己家楼下的。

她跟裴启明一起出去吃了顿晚饭，回来的时候他想送她，她婉拒了，于是一个人从公交车站走了回来。

现在已经是1月15日了，差不多是一年到头最冷的时段，这时候的A市冷得一点也不花哨，它就是冷，简简单单的冷，就算不起风也冷得好像能冻掉人的手。

周乐琪把脸缩在宽大的围巾里，两手都缩在厚厚的羽绒服口袋里，而口袋里放着热乎乎的暖手宝，它散发的暖意简直救了她的命，让她忍不住一路都紧紧地握着，一会儿放在左口袋一会儿放在右口袋。

好不容易顺着漫长的小路走到楼下，有暖气的房间只离她有几步远，可她却停下脚步不上楼了，反而在黑漆漆的门洞外站了好一会儿，直到夜晚的寒意让她实在耐受不住了才终于问："……你还在吗？"

孤零零的一句话，笔直笔直地掉在了夜晚冰冷的空气里，没有得到应答。

她缩在围巾里抿了抿嘴，执拗地又问了一遍，依然没有人回答她，这使她的行为看起来像是自言自语，可她却坚信某个人此时此刻一定就在她身边，他只是生气了，所以暂时不愿意给她回音。

她又等待了一阵，耐心还有很多盈余，可身体却有些扛不住这样的寒冷了,这让她忍不住开始催促:"你真的不出来吗?……我有话跟你说。"

白汽有点遮住她的视线。

"是很重要的话,"她顿了顿,又开始补充,同时还为了取暖而轻轻地跺了跺脚,乍一看就像在闹小脾气似的,"你不听肯定会后悔的。"

啊,后半句话更像在闹小脾气了。

她以为这句话说完那个人一定就会出现了,实际上却没有,可即便这样她也没有怀疑过他根本不在场——她知道的,他一定就在这里。

只不过需要她想一些办法他才会出来。

什么办法才好用呢?

周乐琪想了想,不知道想到了什么,她忽然无声地笑了起来,眼睛微微弯着,看起来有些淡淡的甜蜜和欢欣。

"侯梓皓……"她轻轻地说,"我冷。"

这能算什么好办法呢?明明是一句很没用的话——尤其对于双方还有未解决矛盾的状况而言,示弱更不可能有用了。

可是……居然真的奏效了。

当那声轻轻的"我冷"缓缓消散在冰冷的空气中时,周乐琪听到自己身后传来了熟悉的脚步声。

她回过头——

就看到了等待已久的他。

"你要说什么?"

和他温柔的让步不同,此时他的口气又冷又硬,脸上还带着明显不耐烦的情绪,像一只焦躁的、在发火边缘的大型犬。

可她根本不怕他,大概因为她心里已经根深蒂固地相信眼前这个人是永远不会伤害她的,甚至对她有比对别人更多的容忍度,这让她敢于在眼下这种有些紧张的时刻依然去调侃。

"你怎么在这儿?"她抬头看他,眼里有温温的笑意,"都快九点了,你还在这儿干吗?"

完全是一副吃定他的样子。

侯梓皓现在也听明白了,原来这几天她一直知道他在偷偷地送她回家，被人看穿让他感到些许尴尬，并因此更生气了，烦躁得转身就想走。

——难道他愿意大冷天在外面等两个多小时吗？那还不是因为他担心没人送她回家。

他转身的动作很坚决，完全不是欲擒故纵，周乐琪也看出他是真生气了，于是赶紧伸手抓住了他的胳膊。

他想把胳膊收回来，但她抓得很紧，他其实稍微用点力气也能甩开她的，可是他却并没有那么做，无非还是因为怕她磕着碰着。

"放手。"他压着脾气冷着脸说。

她却抓得更紧了一些，说："可是我话还没说呢。"

"我不想听行不行？"他更火了，"难道你说什么我都必须愿意听？"

她没再接话了，两个人于是都陷入了沉默，一时之间只有呼吸时的白汽围绕着他们，相互交缠在一起。

周乐琪对于掌控对话似乎有很独特的天赋，总能够有效地控制对话的节奏——当然，或许不是她有天赋，只是他总是下意识地把这种权利让给她而已。

此时由她所主导的沉默让双方的情绪都慢慢平缓下来了，她仰头看了他一眼，因为靠得很近所以只能看到他优越的下颌线，可仅仅这样居然还是让她有种心跳的感觉。

唉……

……她好像比她自己以为的更在乎他。

她无声地叹了口气，想了想忽然说："今天我跟裴启明一起吃饭了。"

这句话一出口就破坏了侯梓皓好不容易平复下来的情绪，甚至把他气笑了，周乐琪看到他的喉结都被气得动了动，过了一会儿又听到他咬牙切齿的声音："你要说的就是这个？"

说到这里他的态度更差了，还低咒了一声，也不知道是在气什么。

这个人……

周乐琪的心忽而软得一塌糊涂。

"不是的，"她轻轻回答，"吃饭的时候，我……说了一些不合适的话。"

周乐琪说的"不合适"是真的有点不合适。

今天她跟裴启明一起去学校附近的一家川菜馆吃了水煮鱼，那是一家老店了，之前 2009 级的同学们还在那里聚过几次餐，是周乐琪和裴启明都很熟悉的一个地方。

裴启明似乎对 A 市的一切都很怀念，尤其怀念跟高中有关的事物，这是离开家乡的人的通病，尤其适用于刚离开不久还未完全适应离别的人们。

他跟她聊了很多，大部分都是他们共同熟悉的人和事，譬如某个跟他们关系都不错的同学在香港读大学是多么不适应环境，譬如一中后面的某条路居然能从他们高二那年一直持续修到现在，譬如潘老师的头发更少了、冯老师的眼镜片更厚了。

他的谈兴颇浓，但并不会让人觉得有一定要应和的压力，裴启明是个让人如沐春风的人，无论健谈的人还是寡言的人，在他面前都能找到舒适的状态。

周乐琪也感到与他相处很愉快，但她很确定他们之间的关系就是正常的朋友，除此以外并没有其他任何的感情。她不认为侯梓皓说的裴启明喜欢她是正确的，可他的话毕竟在她心里留了痕迹，这让她觉得自己应当把话跟裴启明说清楚，从而规避一些不必要的麻烦和误会。

她没有处理过这种状况，因而缺乏经验，这让她不知道该怎么自然地开口触及这个话题，更不知道应该怎样通过精妙的暗示达到不着痕迹就解决问题的目的，因此最终她选择了有话直说。

"你非常在意我吗？"她隔着水煮鱼腾腾的热气看着他问。

这个突兀的提问让裴启明一愣，并让他一时之间难以回答——他当然是在意她甚至是喜欢她的，可他绝不认为在一家人声嘈杂的川菜馆里点明这件事是一个明智的选择。

因此他聪明地选择了回避这个问题，并尽量自然地回复："怎么突然这么问？"

他的神情很稳当，看起来非常平静坦然，周乐琪本来就不觉得裴启明对自己有什么特殊感情，因此此时他逼真的坦然很轻易就说服了她，让她深信他对她也只是普通的友情。

她松了一口气，又夹了一块水煮鱼放进碗里，抬眼看他时带了几分笑意,说:"没什么,就瞎问。"

他笑了笑,抬手又给她倒了一杯果汁,心里却依然有些不平静。

裴启明同样是很聪明的,他知道周乐琪不会凭空问出这句话,一定是发现了什么或者听谁说了什么才会这样。而前几天那个叫侯梓皓的学弟很难不让他起疑,毕竟他把对乐琪的喜欢和占有欲都表现得那么明显,那天甚至还直接把乐琪拉走了,他会不对乐琪说什么吗?

他正静静地想着,这时忽然又听到坐在自己对面的周乐琪说:"不过我想来想去,总觉得有件事还是跟你也说一声比较好……"

他回过神来,重新看向她,风度翩翩地微笑着问:"什么事?"

她把筷子放下,看起来有些正色——她一贯是个个性比较严肃的女孩儿,说正事的时候尤其会这样,连脊背都会严谨地挺直,以此来显示她对某事的认真。

刻板得可爱。

他的心情因为她的可爱而越发愉悦,这时他却听到她说——

"我有一个很在意的人。"

"……我对他说我有一个很在意的人。"

漆黑的冬夜里,逼仄的楼道口,周乐琪的声音轻轻落进侯梓皓的耳朵里。

他因为之前被她气得已经有点不清醒了,因此脑子转得比平时慢好几拍,当时听到这句话的时候一瞬间没有反应过来,仍沉浸在各种对她和裴启明关系的假想中。

他过了好一阵才终于回过神来,随后她那句话引申的含义就像藏在金色锡纸里的巧克力一样慢慢散发出了香气,让他的呼吸都开始凝滞了。

他有些不敢置信,于是向她求证:"你……你什么意思?"

要命,他的声音都有些发抖了。

而她也在发抖,不知道是因为寒冷,还是因为内心越来越强烈的悸动。

她仰头看着他,这次终于因为他低下了头而得以看见他深邃的眉眼,他的眼睛里好像隐隐藏着迷人的细碎光点,让她每次看到都忍不住做出妥协。

"侯梓皓……"

她轻轻叫着他的名字,语气轻柔得像是在呢喃一首诗。

"我说的那个人,是你。"

当周乐琪终于对侯梓皓说出这句话时,她只感到一阵由衷的解脱。

是的……她在意他。

是从什么时候开始的呢?

从他在医院的天台上重重地把她从绝望的高处扑下来开始?从他坐在她床边的地板上陪了她整整一夜开始?从他拉着她的手带她一起走进医院的大门开始?

还是更早?

从她跑进派出所的大门,在灯光昏暗的大办公室里看见他开始?从他出现在文化宫站的站台,并从不缺席地陪伴她每一个夜晚回家的路开始?从他忽然闯进她闭塞又压抑的世界,并在每一个漆黑的角落拥抱她开始?

她不知道,完全不知道,唯一可知的事实是,当她终于回过神来的时候,她已经比自己认为的更在意他了。

他有她喜欢并渴望的一切特质,明朗、坦诚、随和、坚定,似乎总能用某种漫不经心的方式去解构许多在她看来沉重无比的困厄,并永远陪伴在她的身边。

可是对于她来说接受一个人又很不容易,因为她早已在几年前周磊义无反顾地背叛家庭时就对人与人之间的感情产生了怀疑。

什么是感情?什么是承诺?两个原本毫无关系的人怎么能够长久地和对方在一起?时间会带来厌倦,厌倦会带来逃离的渴望,而逃离终将带来背叛和伤害……这是早就注定了的事。

她早就不相信什么人与人的感情了,更别说少年之间懵懂的喜欢,那是青春期的躁动,是荷尔蒙带来的生物性错觉,是全世界最不可靠的东西。

可是……她还是被吸引了。

不是被青春期，不是被荷尔蒙——只是他。

她被他吸引了。

她会在一些很小的时刻发现自己对这个人的在乎，比如当她看他打篮球的时候就会希望获得帮他拿外套的机会，她明明是很讨厌被议论、被关注的性格，然而如果是跟他一起，那这一切似乎也没那么讨厌了。

所以她妥协了……

向自己的理性妥协，向她对这世上所有亲密关系的悲观认知妥协，向她自己内心深藏的希望妥协。

……向他妥协。

第 20 章

他可能永远都不会知道这对她来说是多大的让步,可即便如此,她那句既像呢喃又像叹息的话语仍然轻易地俘虏了他。

"你说真的?"他的语言有片刻的混乱,"是……是我理解的那个意思吗?"

他情绪剧烈的波动毫无疑问取悦了她,让她心中的快乐和安全感都在急剧增长。

"是认真的……"她的快乐又温柔又绵长。

所以就算我们的未来有那么多不确定。

所以就算我其实在很早之前就不打算相信任何人。

所以就算现在的我依然认为靠近一个人可能会带来无限的危险和痛苦。

我还是……想要认真坦诚地对待你。

"你再说一遍。"

他要求着,连声音都变得有些低哑了。

她笑了,快乐的情绪在眼中漫溢,从家里出事以来她从没有哪一天是这么快乐的,快乐到忍不住地笑,快乐到想要立刻告诉别人,快乐到想要幼稚地向全世界炫耀。

快乐到……想要欺负他。

"我不说,"她故意说道,"好话不说二遍。"

他真的很容易满足,只因为她说了这么几句话,几分钟之前还完全支配着他的愤怒情绪就都烟消云散了。他现在完全不生她的气,还有无限的好脾气用来哄她,说:"就再说一遍,我录个音。"

周乐琪都被他逗笑了，打了他一下，他却神情很正经，说："你笑什么？我真得录音，万一你明天又不理我了，我好申冤去。"

周乐琪被他哄得笑个不停，两个人都快乐得没边儿，不过周乐琪还是勉强多留下了一点理性，又提醒他说："你可不要得意忘形，下次要是考差了我就不和你说话了。"

侯梓皓一听眉头就皱起来了，马上意识到有坑。

他严肃地想了一会儿，问的第一个问题就是："'考差'是什么标准？有具体分数具体排名吗？"

周乐琪一愣，倒是没想那么细，现在被他问到了才临时开始想，想了一会儿回答说："就校内排名吧——我们得考第一、第二。"

侯梓皓挑了挑眉，说："你直接说让我想办法让严林缺考得了。"

周乐琪一下又被他逗笑了。

"没关系，"侯梓皓坚定地说，"我从今天开始通宵学习，最后高考的省排名肯定高过你那个同学。"

他还在介意裴启明的事。

其实也未见得是真介意了，他的本意可能只是想通过这种方式让她的心情更轻松一些。

这个办法很奏效，周乐琪果然又笑起来了，她又听到侯梓皓极度认真地抱怨："怎么还不高考啊，我急死了……"

让她的心越发柔软起来。

她问他："我想去读北京的大学……你能跟我一起吗？"

我们一直在一起，不要分开。

她听到他笑了，是很低又很迷人的那种笑声，听得她心里都泛起了涟漪，又听到他说："别北京的大学了，直接北京大学行不行？——清华别去了，我看北大就挺好的。"

……还是在针对裴启明。

周乐琪笑得停不下来，然后红着脸小声回答：

"……行。"

夜色温柔又宁静，而这并不妨碍另一边的米兰和严林吵吵闹闹。

米兰原来是最喜欢放假的,甭管长假短假她都爱,一放假就精神抖擞、神清气爽——可是今年的寒假她不乐意放了,因为这意味着她和严林的见面机会将大幅减少,这不是要她的命吗?

米兰很颓丧,偶尔和严林他们见面也是耷拉着眼皮闷闷不乐。严林一看这也不是个事儿,而且深知现在如果放着米兰的情绪不处理,那过几天等着他的就是更大的麻烦,他于是只能推了跟葛澳、张宙宁的游戏局,掉头和米兰一块儿吃晚饭了。

气得两个哥们儿破口大骂:"严林你忘了你之前是怎么骂猴子的了吗?现在你也跑了,四轮变两轮这车怎么开?你说吧!"

严林不予理会。

由于前两天从严海那儿拿了一千块钱,现在严林手头颇为宽裕,这让他能再请米兰吃一顿炸鸡。

米兰坐在快餐店的座位上看着严林在排队买吃的,长得帅脸又冷,高高的个子在人群中特别显眼,招得一些其他学校的女生偷看他,连穿着初中校服的小妹妹都在偷偷议论。

米兰对此心情很复杂。

一方面她很嘚瑟,心想:怎么样怎么样帅吧帅吧!他学习还特别好噢打篮球也很厉害噢声音还超好听噢……宛如一个"卖安利"的"粉头"。

另一方面她又更忧愁了:这么好的人,她不能接受那么久见不到他啊啊啊啊啊啊啊啊!

因此严林把东西买回来的时候就看到米兰在那儿托着脸一会儿笑一会儿抓头发,他一边坐下一边皱眉头,在她眼前打了个响指,说:"想什么呢?"

米兰回过神来,嘴噘得可以挂酱油瓶,看着严林哭唧唧:"严林怎么办啊……我还没放假就开始想你了,我想你想得心脏都疼了。"

严林虽然一早就知道米兰这小姑娘性格很跳脱,可是也没想到她能脸不红气不喘地说出这么没谱的话,一时间既自己害臊又替她臊得慌,脸都有点红了。

他赶紧拿起可乐喝了一口掩饰局促,又说她:"饿得都说胡话了——赶紧吃饭。"

"我才没说胡话好不好,"米兰抱怨,"我是真的会很想你的,一天见不到你我就要难受死了!"

他不接话,她就自己生闷气,过了一会儿像是想到什么主意了,又抬起眼来看他,讨好地笑,问:"哎,严林……你假期能不能给我补课啊?"

严林疑惑地看着她。

"对啊,那我寒假反正要补课的嘛,那些补习班的老师讲的都没有你清楚,而且还收那么贵的钱,"米兰眼睛亮了,"那不如你给我补啊,我可以每天请你吃饭,或者把学费交给你也行,咱俩左口袋右口袋的,多划算!"

她振振有词。

"你可拉倒吧,"严林很无语,"我给你补你能听吗?"

"当然能了!"米兰点头如捣蒜,"真的,我就听你的,你让我干吗我干吗,反倒是去补习班我才不会听呢,因为我到时候肯定想你想得都失了智了……"

严林:……我同意和你做朋友才是真的失了智了。

他在心里默默吐槽了一句,但说实话也有点动摇。

他帮她补补数学和英语还是没问题的,反正米兰最差的就是数学和地理——地理本来也有点偏理科,分科之前他就学得不错,假期多看两眼应该也能帮上她的忙,这样她就不用去补习班白花钱了……

米兰多了解严林,一看他的表情就知道这事有门儿,于是赶紧顺杆儿爬,严林神还没回过来,她已经开始叫他"严老师"了,闹得严林无语得要命。

他正要再挣扎一下,米兰却不知道看见了什么,忽然眼睛睁得圆圆的指向窗外,还补了一句"哎呀"。

严林一回头,透过快餐店的玻璃看到了两个认识的面孔。

是罗思雨和刘峻,两人正亲密地走在一起。

严林的个性比较冷淡,对跟自己无关的人和事都不太关心,因此看了一眼后也没什么反应,继续回过头来吃东西了。而米兰就很震惊了,她的瞳孔几乎都在震颤,叽叽喳喳地就开始议论:"我的天,那个男生不是前几天来咱们学校宣讲的那个吗？罗思雨这是？"

严林还是不感兴趣，只给米兰递了袋薯条，说："吃饭吧。"

米兰还在经历心灵震撼，啧啧感叹："太强了太强了……"

还没说完她就听见严林呛着了，开始咳嗽，于是赶紧讨好地给他拍背，却依然被好不容易才停住咳嗽的严林白了一眼，还被说："米兰……你一个小姑娘能不能别这么不害臊！"

米兰表面点头附和表示下次一定改正，然而心里却默默地嘀咕起罗思雨。

她心里不平了一阵，随后又想开了，心说罗思雨也算干了一件好事儿：起码有她这么一打岔，严林给自己补课的事儿就算板上钉钉了。

好耶。

当晚九点四十五分侯梓皓才回到家，等待他的是苏总的一通狂轰滥炸。

最近苏总的心情非常差，主要是因为工作上出了一连串不顺心的事儿。

皓庭已经算是在业内很有影响力的大公司了，可苏芮妮最近也面临着很多棘手的困境。

最大的问题就是资金的紧张。

苏芮妮现在在上海和武汉有两个同时在动工的项目，资金已经渐渐开始顶不住了，她非常需要立刻把A市丰远那块地给转起来。这块地的升值空间非常大，只要这个项目搞完所有扣子都能解开，等资金回笼什么局面都能盘活。

可是偏偏这么多项目里也就丰远的问题最大。

这块地已经快到两年的时限了，再不动工就要被政府收回去，那就意味着皓庭要赔一大笔钱，而这很可能会拖垮整个公司。苏芮妮都快急死了，丰远那几家人前段时间明明已经准备搬走了，可是不知道为什么后来态度大变又坚决不搬。

把苏芮妮气得头昏眼花。

都这样了苏总还能有什么好脾气？在公司就是对着下属们发火，回家了就是对着丈夫发火，现在儿子回来了又要开始对儿子发火。

她坐在客厅的真皮大沙发上一个劲儿数落刚进门的侯梓皓:"又这么晚回来!又这么晚回来!我跟你说过多少次了早点回早点回,不然我和你爸要担心的,你都当耳旁风!——今天又去干什么了,啊?"

咄咄逼人。

侯峰今天从下班到家就已经挨了两小时"枪子儿"了,他心里其实很庆幸儿子回来可以帮着分担分担火力,但是仔细想想孩子也无辜,他还是从中拉拉架吧,于是就坐在苏芮妮身旁劝:"哎呀,今天是这学期最后一天嘛,孩子出去跟朋友玩一玩聚一聚那也很正常——别生气了,对身体不好……"

苏芮妮现在是无差别开火,谁冒出来谁倒霉,侯峰眼下简直就是以身饲虎、大爱无疆,侯梓皓对他爸很感激,趁着苏芮妮冲着侯峰发脾气的工夫赶紧力争降低存在感,悄无声息地溜上了楼。

进房间、关门、放书包、掏手机,打开和周乐琪的短信聊天框,一气呵成。

"你在干吗?"

打下这几个无聊的字的同时他依然在笑,一种前所未有的强烈悸动和喜悦同时统摄着他,让他几乎到了坐立难安的地步。

……他要疯了。

而另一边的周乐琪也是同样的状态。

打从跟侯梓皓分开以后她就一直魂不守舍,什么事都干不下去,脑子里一直转着今天晚上发生的种种……

……越想脸越红,越想心越跳,越想情绪越难以平静。

她发现自己居然在想念一个刚刚分开不到一小时的人。

想念带来的心烦意乱直到她收到他发来的短信才终于停止,她立刻就迫不及待地拿起了手机,屏幕上简简单单的"你在干吗"四个字仿佛被施了奇妙的魔法,令她的心越跳越快。

她抿着嘴偷偷地笑,正在思考应该回什么,这时候手机却又振了起来——是他打来了电话。

她的心快跳出来了。

这时时间已经差不多十点了,余清已经睡了,周乐琪怕把她吵醒,于是赶紧轻手轻脚地把自己房间的门关上,然后又躲到被子里严严实实地把自己和手机一起盖住,这才敢把电话接起来,声音小得只剩气声:"喂?"

回应她的是手机那头传来的一阵低低的笑声。

她明明对他的声音很熟悉的,以前每天都听也不觉得怎样,可是今天不知道为什么连他的声音也让她悸动,似乎充满了迷人的吸引力。

她脸红了。

"你睡了吗?"他问。

"没有,"她用很轻很轻的声音回答,"但是我妈睡了,我不能大声说话。"

他应了一声,声音不自觉也跟着她一起小起来了,说:"那还是挂了吧……我也没什么事儿,就是想听听你的声音。"

周乐琪的手指都蜷缩起来了,她感觉到自己的笑容越来越收不住。

"嗯,"她答应着,"……我们可以发短信。"

这句话说得有些微妙,好像透露着某种邀请的意思,连她自己都没想到她会这么说,而电话那头的人也是一样——他似乎愣了一下,随后低低的笑声又顺着听筒变成信号,穿过几十公里传到她这里,并再次在她心中留下痕迹。

"好,"他说,"晚安。"

两个天天都在一起、天天都见面的人也不知道有什么好聊的,居然能你一条我一条地聊到周乐琪的手机都在发烫了,同时她收到了通信公司的账单,说她要欠费了。

周乐琪觉得这个有点好笑,于是又给侯梓皓发信息:一条短信多少钱啊?我怎么都欠费了?

侯梓皓:你等我查一下。

她本来只是找他抱怨一下,也不是真的想问他一条到底多少钱,没想到他居然还要去查,更没想到一分钟之后她居然又收到了通信公司的短信:"您尾号为××××的手机号已成功充值 500 元。"

周乐琪:……?

她简直哭笑不得,又给他发短信:你干吗呀!

他发来了一个笑脸表情。

侯梓皓:续五百,多聊会儿。

周乐琪:你这样我以后都不敢跟你说我有什么事儿了,一说你就打钱。

侯梓皓:胡说八道,我什么时候靠你说了,我都是靠自己观察的。

手机这边的周乐琪无语了一会儿,仔细想想又觉得他说的对——她几乎没有明确地找他帮过什么忙,可是他却总能在她需要的时候出现在她面前,这是因为……他一直都在默默地关心她。

于是她心里产生了一阵强烈的、想要立刻见到他的冲动。

她克制着这种冲动,又给他回复:那我也要给你充话费,你等着。

侯梓皓:可别,我刚充过,再充也是浪费,下回你请我吃饭得了。

周乐琪:你老是这么说,拖着拖着就没了,然后下次就变成你掏钱了。

侯梓皓:没有的事儿好吧。

周乐琪:切。

侯梓皓:要不……

周乐琪:?

侯梓皓:……现在就给你个请客的机会?

周乐琪:啊?

侯梓皓:嘿。

侯梓皓:你看看窗外。

周乐琪看着屏幕上闪烁的这几个字愣住了,脑子里有一瞬间空白,过了一会儿就有一个荒谬的念头冒了出来。

他难道……

周乐琪心里觉得不可能,然而身体却已经一下子从被窝里钻出来了,她连拖鞋都顾不上穿,立刻就跑到窗边一把拉开了窗帘。

窗外是寂静的黑夜和朦胧的月色。

楼底一片漆黑，可是却有一个小小的光点在亮着……那是他的手机屏幕。

他抬起了头，目光穿过五层楼的高度与她相会，那么暗的光线下她却好像依然看到了他眼中明亮的光，以及他好看的、深邃的眉眼。

她的心好像立刻就要跳出来了！

她根本顾不上再给他回什么短信了，也顾不上收拾打扮自己，只有一个强烈的想见他的念头在她心里横冲直撞。她匆匆抓了一件羽绒服穿上，又轻又快地从房间里跑出来，蹑手蹑脚关上家里的大门时心中的情绪只有无限的快乐。

她飞快地跑，而在此之前她根本都不知道自己居然可以跑得这么快，快到区区五层楼就让她气喘吁吁了。

她终于跑到了楼底下，见到了那个在凌晨一点穿越大半个城市，并安安静静站在她面前的少年。

她没有丝毫犹豫，立刻向他奔去。

图书在版编目（CIP）数据

难追 / 桃籽儿著 . -- 北京 : 国际文化出版公司，2023.9

ISBN 978-7-5125-1575-8

Ⅰ.①难… Ⅱ.①桃… Ⅲ.①长篇小说 – 中国 – 当代 Ⅳ.① I247.5

中国国家版本馆 CIP 数据核字 (2023) 第 133710 号

难追

作　　者	桃籽儿
责任编辑	侯娟雅
出版发行	国际文化出版公司
经　　销	全国新华书店
印　　刷	三河市冀华印务有限公司
开　　本	880 毫米 ×1230 毫米　　32 开　　9.875 印张　　294 千字
版　　次	2023 年 9 月第 1 版　2023 年 9 月第 1 次印刷
书　　号	ISBN 978-7-5125-1575-8
定　　价	48.00 元

国际文化出版公司
北京朝阳区东土城路乙 9 号　　邮编：100013
总编室： (010) 64270995　　传真： (010) 64270995
销售热线： (010) 64271187
传　真： (010) 64271187-800
E-mail: icpc@95777.sina.net